人性的徘徊

徐文华 著

中国言实出版社

图书在版编目(CIP)数据

人性的徘徊 / 徐文华著 . -- 北京 : 中国言实出版社, 2022.10

ISBN 978-7-5171-4176-1

Ⅰ . ①人⋯ Ⅱ . ①徐⋯ Ⅲ . ①侦探小说–中国–当代 Ⅳ. ①I247.5

中国版本图书馆 CIP 数据核字 (2022) 第 193962 号

人性的徘徊

责任编辑：王蕙子
责任校对：张 丽

出版发行：中国言实出版社
地 址：北京市朝阳区北苑路180号加利大厦5号楼105室
邮 编：100101
编辑部：北京市海淀区花园路6号院B座6层
邮 编：100088
电 话：010-64924853（总编室） 010-64924716（发行部）
网 址：www.zgyscbs.cn 电子邮箱：zgyscbs@263.net

经 销：新华书店
印 刷：四川科德彩色数码科技有限公司
版 次：2023年1月第1版 2023年1月第1次印刷
规 格：880毫米 × 1230毫米 1/32 12印张
字 数：300千字

定 价：69.90元
书 号：ISBN 978-7-5171-4176-1

不再徘徊

读徐文华长篇小说《人性的徘徊》有感（代序）

顾志坤

坦率说，在如今林林总总的文学作品中，能够找一本从头至尾吸引你读下去的作品已经不多了，但最近有一部作品却吸引了我，这就是徐文华的长篇小说《人性的徘徊》，拿到稿子的这一天，我几乎是一口气就读完了这一部作品，读完之后我的第一感觉是，这是一部值得一读的作品。

《人性的徘徊》讲的是江屿市副市长景一凡夫人被害后，由市公安局副局长徐寅为首的侦破小组通过不懈努力，最后将凶手缉拿归案并将腐败分子绳之以法的故事。作品情节紧凑、跌宕起伏、视觉独特、文笔流畅，十分引人入胜。

公安题材的文艺作品，因其故事曲折、头绪纷繁、场面惊险刺激而结局又常出人意料，向来受到广大人民群众的喜爱。中华人民共和国成立后，公安题材的文艺作品在我国的文艺百花园中可以说是一枝独秀。除了小说、戏剧等艺术门类外，尤其是电影，更是瑰丽灿烂，我自己就是从小看着这些电影长大的。那些二十世纪五六十年代拍的经典公安题材的电影，如《斩断魔爪》《神秘的旅伴》《天罗地网》《虎穴追踪》《国庆十点钟》及《羊城暗哨》等，曾在我的学生时代和青少年时代产生过深刻的影响，那电影中的许多英雄形象，至今还定格在我的脑海中，永难忘怀。这种固化了的对英雄的崇敬及情结，甚至影响了自己的人生走向和职业选项。17 岁那年，我在参军年龄还不到的情况下毅然决然地投笔从戎，与此不无关系。更加幸运的是，在后来的从军生涯中，我曾有几年时间与公安工作发生过密切的联系，其间还参与过一部公安题材小说和电影的创作。

一个时代有一个时代的文艺作品，公安题材的作品也一样，与新中国成立之初集中反映隐蔽战线对敌斗争的文艺作品有所不同的是，今天的公安题材作品，无论在题材的拓展还是故事的开掘上，都要丰富和深刻得多了。在广大人民群众的心目中，头顶神圣庄严国徽的公安人员形象早已从以前反“敌特”、抓“坏人”的英雄而成为当下反腐败、反贿赂、反潜逃、打击走私及毒品犯罪、打击各种刑事犯罪及维护社会安定的主力军。

除了题材多元外，公安题材作品在表现形式上与过去比，也不可同日而语了。别的不说，就拿小说来说，除了传统意义上的小说外，现在的悬疑小说、推理小说、侦探小说、惊悚小说、女法医小说等各种门类的小说在许多书店的书架上，比比皆是。其中不乏优秀作品，但多数却不敢恭维，其内容也不能说都很真实和正能量，但因其情节紧张、诡异、刺激、惊悚，倒也吸引了不少读者的眼球，具有一定的卖点。

但《人性的徘徊》是一部不同于上述表现手法的作品，它的可贵之处是，它虽然是小说，但却像是真实的，不仅在艺术处理上做到了真实可读，在生活中也有迹可寻，这就是作家多年在公安一线积累的生活素材升华而成。

《人性的徘徊》约二十几万字，对一个初次尝试长篇小说创作的作者来说，这容量已经不小了。我们通常说，衡量一个作家创作实力强不强，要看他的长篇小说写得怎么样。因为长篇小说是很难驾驭的，一部几十万字的小说，就是一个庞大的系统工程，稍一疏漏，读者就会发现其中的破绽和硬伤。尤其是人物，一部长篇小说，少说也有几十个人物，而这些人物又不是千篇一律的，都得有区别，有个性，张三就像张三，李四就像李四，把这些人物写活了，就是作家的功力。这之中不仅仅只是情节的设置、场景的布局、故事的推进，更重要的是人物的语言，文学艺术离不开语言的表达，你不能叫一个南方老汉像东北人一样卷着舌头去说“咋整的”这样的东北话，这就太不伦不类了。

而《人性的徘徊》中有103个人物，我一开始真有些担心，心想这么多人作者怎么把握啊，结果读完之后，闭目一想，里面有不少人物还真的在眼前鲜活地走动。比如副市长景一凡、公安局副局长徐寅、他的女儿甜甜、刑侦大队长王蹇、法医刘建平、死者陈一飞的弟弟陈一迪、江屿市飞天建设有限公司董事长崔夏萍以及烂眼董炳忠等，其中最为成功的是主管刑事案件的公安局副局长徐寅。我有这样的感觉，这个徐寅身上似乎有着作者自己的影子，至少，也有他身边战友的原形，要不然，作者怎么会写得如此真实和鲜活呢？

我们常说，生活是文学创作之母，倘若徐文华不是一位有着丰富刑侦经验的老公安，倘若他没有亲手侦破过那些错综复杂诡异缠结步步惊心的疑案，他是不可能创作出这部真实可信的作品的，更是不可能塑造出徐寅这个成功形象的。这就是生活对他的赐予和馈赠。对一个作家来说，这就是最高的褒奖了。

徐文华是位在刑侦一线摸爬滚打了多年的老公安，现在担任着一个区域公安局局长的要职，我与他握手时，感觉他的手是粗糙有力的，这是一双与他的职业和身份相称的手，现在，他用这双粗糙有力的手拿起了笔，为我们奉献了这一部《人性的徘徊》，我不知道作者以前是否发表过作品，我在前面已说过，如果没有一定的文学功底和较强的语言把握能力，即便你有丰富的生活积累，也是很难完成一部长篇小说的，但是徐文华完成了。而且写得很不错，真的很不错，由此我想说的是：与其说我们今天在欣赏徐文华创作的一部文学作品，不如说是在和他一起回顾那些他亲身经历的艰难曲折的破案历程，它不仅使我们有一种身临其境之感，更从心底油然升起对这支队伍的崇敬之情。

祝贺徐文华的这部侦探小说成功面市，让更多的读者能欣赏到它的精彩厚重，是为序。

2019 年 7 月 5 日

（顾志坤，中国作家协会会员，国家一级作家。）

目　录

闺蜜之死

人性的徘徊

六月的江南，烟雨霏霏。步入了梅雨季节，到处是水洼洼的，空气闷热，让人觉着不爽。江屿市位于江南某省东部沿海地区，是一个有着六十几万人口的县级市。经济发达，产业门类众多，尤以生物医药见长。除了每年夏秋时节有台风袭扰，几乎没有更大的天灾让人担心。城乡环境优美，民风淳朴，是个创业安居的好地方。

徐寅今天特别兴奋，刚接到女儿学校丁校长来电说女儿中考获得学区状元，正好今天又是当医生的妻子罗蔓的生日。

他等到局党委会结束，便匆匆换装，去接妻子女儿到本市一家知名餐馆“激舞飞扬”开个家庭烛光餐会。他特意又刮了刮胡子，穿上那套平常不轻易穿的品牌西装，走向电梯口。

“徐局，去当新郎呀？”不知啥时候刑侦大队教导员赵凤已在他身后，开起了玩笑。徐寅转过身，对着这位四十出头却气度不凡的女部下打个哈哈，“尽乱说。”他一改平常严肃的面孔，笑着说。赵凤扮个鬼脸，吐了下舌头又说：“最好今天发生命案，让徐大局长白兴致一趟。”说完哈哈大笑。徐寅立即收了笑容，正色道：“再乱说，把你调去大山派出所。”

大山是该市西南部一座海拔近千米的山脉，天山顶是主峰，交通不便，是一个只有三千多人的小镇。

赵凤立刻静了下来，啪的一个立正，高声道：“再不胡说。”见她这样，徐寅微笑道：“好啦，早点去看望你母亲。她住院几个月了吧？”赵凤突然眼睛一热，点了点头。沉默不语。正好电梯门开了，她逃也似的立即奔向她停在车库的那辆私家车。

徐寅笑笑，摇了下头，也径奔他的座驾。

徐寅很快吹着口哨到了妻子所在的第一人民医院门口，妻子早换好装在医院门口等着。

穿一身红色连衣裙，背个白色手提包，一头短发，四十五岁的妻子依旧风姿绰约。她兴冲冲赶了过来，车还没停稳，她就拉开车门蹦了上来。

“当心，急啥呀？”徐寅责怪道。

“快开，接宝贝女儿去。”妻子罗蔓急匆匆地说。

“我的老天，咱们又不赶飞机去。”徐寅哈哈大笑。说完，驱车直往女儿班主任家赶。

女儿考完试，天天“臭”在班主任家蹭饭。班主任黄老师像个慈母，家里总聚着不少学生，闹哄哄的，她也愿意享受这份吵闹。

车到半途，徐寅的手机响了，是女儿打来的。

“爸爸，你们直接到酒店吧，我已在了。”

“这孩子，也不说一声，早知少跑冤枉路。”放下电话，徐寅装作生气地说。

“女儿长大啦！”罗蔓看了他一眼，仰起头，得意地说。

车子很快到了“激舞飞扬”酒店门口。这是一家不大的酒店，仿古建筑，位于老护城河边上。

老护城河是一条有历史文化积淀的河，河面不宽，才六七米，以前这里总有些倒败的砌石，浮萍遍地，臭气熏天。

近几年来，经过市政府的大力整治建设，如今变成了一条水体良好、环境优美的民生河，尤其沿河的仿古砌石栏杆和仿古建筑，与沿河的倒垂杨柳相映成趣，大有“十里秦淮河”的古韵。

这里成了城市建筑的样板景观点，各地前来参观取景的游客不少，也成了罗蔓的高中老同学、分管城建的副市长景一凡最为得意的一件作品。每逢聚会，他都要选在这河边的几处咖啡屋、茶室，津津乐道当初是如何亲自监管这处水利景观工程。

激舞飞扬。

徐寅把车停下后，抬头看见这四个霓虹灯大字，闪烁着光芒，似与这古色古香的建筑极不协调。

“这老板肯定没什么文化。”徐寅笑说。

“谁说的？我估计是一小青年开的，才这么与众不同。”罗蔓反驳说。

“不扯这个了，进去看了说，甜甜选的地儿，我们只能服从。”徐寅哈哈大笑。正说着，女儿甜甜正站到店外，做了个请的姿势，夸张地弓着腰。

“哈哈，你个小捣蛋，等不及了？这么早就过来了。”罗蔓走近女儿，点了下她的鼻尖。女儿甜甜扮了个鬼脸，一左一右各挽起了爸妈一只胳膊，直往店里走，马尾巴辫子左一甩右一甩的，像只快乐的蝴蝶。

“爸爸，你今天可不能当小气鬼哦。”甜甜径直把爸妈拉到点菜区。“店不大，菜品不少。”徐寅自语。

“放心吧，宝贝，你想吃什么尽管说。”徐寅拍了女儿的后脑勺，“当然，大宝贝，你也一样。”他转身对妻子说。他习惯把妻子称作“大宝贝”。

“谢谢老公！”罗蔓轻声地对着老公的耳朵说，“不过，你今晚属于我们娘儿俩，今天是我们一家的节目，不许你以任何的借口离开。”

“肯定不！”徐寅故意大声说，引来其他客人围观。罗蔓使劲拧了他一把。

点完菜，走进包厢，不大，坐一家三口倒也还宽裕。长条餐桌，雪白的台布上，已放了一方工艺蜡烛。

坐定，服务员立马进来，先端上三杯白开水，点上蜡烛，说了声“稍等”就出去了。习惯了灯火辉煌，看着这烛光摇曳，竟有一种温馨的幸福感弥漫开来，自全身而至整个空间。女儿甜甜一声不吭，傻傻地盯着蜡烛，喃喃地说：“我祈祷！”

“你祈祷什么呀？”罗蔓问女儿。

“我不告诉你。”女儿吐了下舌头。

菜很快端上来了。

“来，亲爱的，祝你生日快乐！”徐寅举起水杯面向妻子，“为这个家，你辛苦了！”

“谢谢！”罗蔓也举起杯，今天一家难得相聚，她显得特别兴奋，烛光下，她满面红光，分外妩媚。

“来，宝贝，祝你高中状元！”徐寅转过身对着女儿甜甜说。

“谢谢爸爸！”甜甜忽然放下水杯，走过来，对着爸妈的脸每人一个亲吻，“妈妈生日快乐！”

“谢谢女儿！”罗蔓亲上女儿额头。

一阵手机铃声突然响起，打破了这短暂的温馨。

徐寅下意识摸出手机，一看是刑侦大队长王蹇打来的。“不好意思。”徐寅起身走出包厢去接听电话。

“徐局，我是王蹇。”电话那头有些气喘吁吁。

“听出来了，天又塌不下来，急什么，慢慢说。”徐寅说得有些严厉。

“出大事了，景副市长家出大事了。刚接到派出所报告，他夫人死在家中，死因不明，技术人员已赶往他家中。我马上去，您不急，迟点再向您报告情况。”王蹇在电话那头大声报告。

“好，你尽快赶去现场，我一会就到。”

徐寅接了电话，刚欲开门，忽然停住。他用双手搓了搓自己的脸，努力让自己平静下来。稍作调整，他推门而入，对着女儿和妻子笑了笑。

“有事了吧？”妻子很平静地问，似乎已预感到什么。

女儿甜甜低头吃她的蛋糕，头也不抬。

“你出来一下，我有事对你说。”徐寅轻声附在妻子耳朵旁说。

“爸，你说吧。你就在这说。我知道，你又有工作了。”女儿忽然仰起头说，面无表情，眨巴着大眼睛。

“好，那行。罗蔓，你的那位老同学景副市长，他的妻子死了，刚接到的报告。死在家中，死因不明。”徐寅尽量平静地叙述。

“啊？”罗蔓失声道，“有这样的事！上周末我俩还一起逛商场呢。”说完，竟因惊讶而流出泪来。

“是的，我得去一下现场。”徐寅拍了拍妻子的肩膀。

罗蔓点了点头。

“爸，你去吧，没事的，我和妈妈接着吃。”甜甜大声说，眼里已饱含泪水，十分委屈。

“宝贝，是你批准爸爸去的。”徐寅抱着女儿，在她额头上亲了亲。

说罢，徐寅也在妻子额头上亲了亲，大步流星地走出包间。

“慢点开！”妻子罗蔓半个身子探出包间，在他身后喊道。

罗蔓还未关上门，女儿已从她身后抱住了她。

“妈……”甜甜抽泣起来，“你想知道我刚才祈祷什么吗？”

“祈祷什么？”罗蔓问。

“我祈祷今天我们家庭聚会能圆满结束，一家人好好在一起，爸爸能抽空陪我们，没有人也没有事能打扰到他。”甜甜呜呜地哭了起来，把妈妈抱得更紧了。

罗蔓没作声，任女儿抱着，自己的眼泪也止不住流了下来。忽然想到老同学妻子，也是自己闺蜜陈一飞之死，立即止了眼泪，掰开女儿的手，转过身去对女儿说："宝贝，爸爸的工作太重要了！我们应该理解他，支持他。"

"嗯！"甜甜重重地点了点头。

母女俩重新落座，可谁也没心情再享受她们的大餐了。

离奇的刀痕

人性的徘徊

景副市长家位于城郊的一处依山傍水的地方，三面环山，林木葱郁。前面一条小河称为“王母河”，名字响亮，传说王母娘娘在这河里洗过脚，谁知道呢。不过河水清澈，经过石砌，也是一处景致。背靠的一座山称之为“花果山”，不过与《西游记》中所载的“花果山”并无半点关系。

小区依山势而建，称为“花果苑”，一式的排屋，虽说不上豪华，却也雅致。

景副市长的家宅位于小区的最顶部，也是地势最高的地方。

徐寅赶到时，现场周围已经停了七八辆警车，虽然拉了警戒线，却拦不住周围观望群众的视线，大家七嘴八舌，议论纷纷。侦查员孙小刚早在门口迎候，引导徐寅进现场。

徐寅却不着急进去，示意小孙跟着，沿着警戒线外围环视了大半圈，屋后的山坡被主人砌了高墙拦死。长期的侦查生涯让徐寅养成了面对这类命案冷静、镇定的性格，面对死亡也显得波澜不惊。

他抬头凝视案发的住宅良久。

这是一幢双联排屋，与其说是排屋，倒不如说是一幢别墅，看得出开发商在建筑设计时做了技术处理。主人把两套联排一并买下来，形成独立的庭院空间，且只有一套有一处较宽的露台，另一套则没有。米色大理石栏杆，欧式塑钢门窗，铸铁防盗栅栏，看得出主人的品位不俗。

徐寅走近院门，刑侦大队教导员赵风立即迎上来，递给他一双塑料鞋套，“徐局，给！”赵风对徐寅扮了个鬼脸，吐了吐舌头。徐寅却一声不吭，瞪了她一眼，穿上鞋套，小心地往中心现场走去。

中心现场位于二楼卧室内，卧室宽敞明亮，家具简单，一张欧式大床和两只床头柜，一排橱柜，一套简易茶几。死者陈一飞，景副市长的夫人，今年四十出头，比景副市长小了整整五岁。

徐寅走进卧室，大队长王蹇和几个法医技术员正在紧张但有条不紊地工作。法医在做尸表检查，其他的技术员正在提取微量痕迹物证。王蹇站起来向徐寅点头致意，其他技术员、法医没人吭声，专心工作。这是搞刑侦多年的默契，这个时候用不着太多礼节性的东西。

“确定已无生命迹象？”徐寅小声问。

“没了，死亡时间估计已有五六个小时，具体还不能确定。”王蹇也轻声报告。

“景副市长人呢？”徐寅抬眼看见墙上挂着的巨幅结婚照又问。

“在医院呢，晕过去了。是在办公室晕倒的，他秘书小晏告诉我的。”

“我可以走近看看吗？”徐寅突然问正在低头工作的刘法医。

“行呀，徐局。”刘法医头也不抬。

徐寅轻脚走过去，他知道，这会儿，地面的技术处理应已完成，他基本可以放心走动。

死者仰面躺着，穿着睡衣睡裤，面部表情安详，不见有任何惊恐之状，却有几分桃红色，看上去仿佛只是睡着了。死者陈一飞生前身材婀娜，皮肤白皙，细眉大眼，也是个美人胚子。

“死亡原因？”徐寅低声问。

“有多处外伤，但均不是致命伤。分析煤气中毒可能性较大。”刘法医答道。

“伤在何处？”徐寅略提高了声音。

“徐局，您看。”刘法医把刚才虚掩的睡衣往两边拨开，可以看见死者胸前有两条长长的伤痕，各长约二十公分，血已凝固，伤口外翻，疑为利刃划伤。“刀口入身半公分，但均不致命，未伤及心脏。”刘法医补充道。

两道刀伤仿佛给死者胸前划了个大大的错号，把死者的胸部都割伤了。而且基本对称，伤口长短深浅基本相似。

“背部也有。”刘法医抬起死者一侧，让徐寅看。果然，死者背部亦有类似“X”的伤痕，只是比前胸浅些、短些。

“我当了三十一年法医，没见过，头一次见这样的刀伤。”刘法医皱着眉头说。

“初步判断是一起杀人命案，排除自杀或者其他意外事故。”王蹇急着说。

“初步勘验后，立即将尸体运往法医中心做深入解剖分析。其他技术员继续深入勘察现场。调查访问工作随即展开。相关专业调查亦同步开展。不用等，现在是晚上七点半。十二点开案情分析会，听取汇报。”徐寅像背台词，一口气不假思索给王蹇下达命令。

说完，徐寅走出房子，深深吸了一口空气，忽然觉着空气中真有一丝煤气的味道。

空前的压力

“强强，强强！”徐寅正沉思间，被一阵熟悉的叫声打断，有人喊着自己的乳名。抬头望去，正是小姑，站在庭院中间冲他招手呢。

“小姑，不好意思，没留意。”徐寅急忙说，说完快步走了过去。

“您老怎么亲自来了呢？”徐寅俏皮地说。

“你堂堂局长大人来到我这一亩三分地，何况出了这么大案子，我还坐得住吗？”小姑向来是伶牙俐齿的风格。

哦，徐寅这才想起小姑徐爱兰是这个花果山社区的主任，她是该到场的。

“刚才我进门怎么没瞧见您？”徐寅问。

“看你刚才你进去那严肃的表情，我不敢打扰你这位大侦探。房子里闷，出来走走。”小姑一本正经地说。

“小姑，您闻着煤气味了吗？”徐寅突然问。

“煤气？没有啊。我再闻闻，好像有，又好像没有……”小姑一脸认真。胖胖的脸庞透出几分可爱。

“您来这社区工作多久了？”徐寅问。

“这小区好像十年前建成，社区成立大概六年了。我从挂牌那天就来了。哦，记起来了，那天不是甜甜从楼梯上摔下来伤了骨头吗？我挂完牌还着急去医院看她呢。”小姑记性不错。

“那您平常了解景市长一家吗？”徐寅低声问。

“景市长我只见过两次，一次是社区在职党员大会，他来了，还讲了话。一次是社区建设恳谈会，他也在场。应该对我们社区工作挺关心支持的。但接触不深，平时也见不着，缺乏了解。”小姑认真地说，“不过人挺和善，蛮帅的。”小姑突然话锋一转。“至于他夫人嘛，人特别好。我们社区大小事去找她，她只要帮得上，从不说二话，前不久社区成立关爱空巢老人志愿队，她还自荐当队长呢。好人啊！可惜……”说完，小姑哗哗落下泪来，抽泣不止。

“节哀节哀。”徐寅拍拍小姑肩膀，示意她不是哭的地方，小姑才镇静下来。

“你知道她平常与哪些人交往？”徐寅点上一支烟，抽两口，又问。

“我也不太清楚。但我看她为人正派，从没有对她不利的传言。她待人和善热情，生活低调，从不张扬自己老公是什么什么领导。”小姑说得很坚定。看来，徐寅也只能从小姑这里了解到这么多。

“你吃饭没？”小姑反问。

“吃了，放心吧，我走了。”徐寅对小姑笑了笑，转身迈步离开现场。虽说是姑，但只比自己大五岁，是父亲六兄妹中最小的妹妹，从小与他说得来。

“少熬夜，注意身体。胃药带了吗？”小姑在后面喊。

徐寅刚上车，手机响了，是局长王必虎的电话。

“喂，徐寅吗？那边情况怎么样？”王局的语气总是那么沉稳雄厚。

“王局，我刚从现场出来，人早已死了。现场还没勘查完，尸体也还没解剖，初步分析是他杀。我已通知晚十二点开案情分析会，您来参加吗？”徐寅汇报。

“我当然得参加。这么大的事，市里主要领导都过问，急等结果。有关工作不要停，随即展开吧。”王局大有将军风范，讲话一字不漏，掷地有声。

“明白。我已布置，您请放心！”徐寅高声回答。

“你这家伙，我有啥不放心的？你给我听好了，此案必须尽快侦破。”王局命令道。

“好的，那等会见。”徐寅答完，放下手机，对司机说，“你给我送到刑侦大队，我在会议室稍稍休息会，你回我家去罗蔓那拿胃药来，胃又有点疼了。”

山雨欲来

人性的徘徊

刑侦大队办公楼是一幢六层建筑，建在看守所边上，也是为了方便提审讯问犯罪嫌疑人。

四楼会议室灯火通明，气氛凝重。

十二点不到，会议室已坐满了人。王必虎局长居中坐定，徐寅坐其一侧。

“来，把我这包烟给大家分了。”王局长从拎包袋里取出一包软中华顺手扔给了大队长王蹇。

“好。”王蹇接过烟，给会抽的每人一根，一圈下来，还不够分的。王蹇对着王局摊摊手，王局又从包里扔过去一包，笑着说：“这下够了吧？”

“够了，谢局长！”王蹇大声说，惹得大家哄地笑开了。

看着时间差不多，徐寅转过头向王局长请示：“可以开始了吗？人都齐了。”王局长点了点头。徐寅哼哼两声，刚才还热闹的会议室立刻静了下来。

“同志们！今天发生在花果山社区的案件，初步推断是一起严重的刑事案件，大家要高度重视。”徐寅故意不把“杀人命案”这四字吐出口，因为现在还不能定性太早。“这个案子由于牵涉的对象特殊，也就是被害人特殊的身份，引起了市里主要领导的高度重视。王局长百忙之中也来参加今晚的案情分析会，等会儿还要作重要指示，大家以热烈的掌声欢迎王局长的到来！”话一落音，大家热烈鼓掌。

“自家人，不必客套。切入主题吧。”王局长向大家挥了挥手，转头对徐寅说。

“好！那就正式开始，请王大队长先发个言，简要介绍下案情，谈些看法。”徐寅提高了声音。

“行！我先汇报下。”王蹇站起来说。

“110指挥中心是26日，”王蹇习惯性看了下腕表，“对，是26日傍晚六点三十七分接到报警，屿城派出所是四十四分首批到达现场。报警人是死者陈一飞的弟弟陈一迪。他称有事与其姐相约去她家，他到达时楼下大门未关，进入后喊姐见未答应，便上楼查看。见姐死于房中，床单上有大量血迹，尸体已冰凉，于是报警。我刑侦大队是六点五十五分赶到现场，随即对现场作了详细勘验。下面请分管刑事技术的副大队长张又松同志汇报现场勘验的情况。”

“好。”张又松副大队长圆圆的脸蛋上戴副眼镜，讲话慢条斯理，但逻辑思维严密，他推了推眼镜说，“现场位于城郊街道花果山社区35幢36幢联体排屋，位于整个小区最北侧。小区三面环山，南临王母河，以南门为主出入口。两排屋各有编号，实则为一户。房主景一凡，大家都知道，不赘述。房子为三层框架结构，坐北朝南，总建筑面积约380平方米。另最底下有车库一处和地下室约20平方米，二楼有一处20多平方米露台。两排屋结构并不对称，一层为客厅及厨房卫生间，一间简易客房，在设计时客厅功能已作通盘考虑。二层为主卧室和次卧，三层有一处健身房，一处书房。房子背靠花果山。

房子与山体砌石处距离为 380 厘米，山坡上装有高五米钢网结构围栏。所有门窗为塑钢双层中空玻璃结构，装有铸铁工艺防盗栅栏。中心现场位于二层主卧室。尸体位于床左侧，仰卧，头东脚西。现场未见有翻动，所有门窗及防盗栅栏未见有新鲜撬痕。现场提取到的指纹掌纹数枚均为死者夫妇及报警人死者弟弟陈一迪所留，已作了甄别，尚无其他人掌指纹。左侧床头柜台灯上提取到一枚尼龙手套印，犯罪嫌疑人戴手套作案可能性较大。目前进出口问题仍存疑。另外，主卧及卫生间提取到两枚鞋印，鞋底无花纹，疑为做过技术处理。鞋印长 26.5 厘米，推测嫌疑人身高 178 至 182 厘米之间。鞋后跟部着印较重。在床上提取到男性阴毛三根，其中二根具备 DNA 条件，待作技术鉴定。房外为独立庭院，在东侧围墙水沟处提取到烟蒂一个，为白沙牌香烟，待做进一步技术鉴定。另发现一分硬币大小聚酯钮扣一粒，待鉴定。尸体情况请刘法医介绍。报告完毕。”张又松讲完，滴水不漏。

死因悬疑

人性的徘徊

刘法医是位资深法医，全名刘建平，但大家都不叫他名字，叫惯了“刘法医”，以至于部分同事忘了他的真名。他在法医界颇有名声，省内只要有疑难命案都会来请他去协助。五十几岁的人，除了秃顶，脸色依然红润，显得精神饱满。刘法医写过不少论文，发表在《中国法医》刊物上，在业内颇有权威，被列入公安部刑侦专家人才库。手下有三个徒弟，都有四五年不等工作经历。他有个习惯，轻易不发言，但一旦发言就如教授上课，滔滔不绝，引经据典。于是又有人称其“刘教授”。凡是命案，他总得发言报告尸检情况，听到领导点了他的名，他自然得说说。

“奇了怪了，我还没想出缘由。”他一反常态，显然还没从深思中缓过神来。“先说说吧，尸体解剖只能说基本完成，工作还没做完。死者陈一飞，女性，身高 160 厘米，体态中等。正如刚才张大介绍的，尸体被发现时仰卧于床上，头东脚西。死前穿一棉质白底黑点花纹睡衣，里面未穿内裤，也未穿胸罩。体表有多处外伤，主要集中于胸背部颈部和四肢。胸部有两处开放性外伤，深达半公分，自两侧乳头呈斜向形成 X 状交叉，左伤 22 公分，右伤 20 公分，创口边缘整齐，应为利刃所致。背部肩骨下同样有一处 X 状创伤，左长 12.5 公分，右长 13 公分，较浅表，也为利刃所致。颈部前面有多处压迫性皮下出血，颈背面无。两手手腕处可见多处条状皮下出血，疑为绳索捆绑所致。两大腿内倒有少数皮下出血。死者阴道试纸检测呈阳性，检获多量男性精斑，分析死者生前曾遭性侵。右侧耳朵耳垂处有一处咬痕，瞳孔放大，头皮无损伤。牙齿整齐，无脱落。肺部有多处出血点，舌骨未见骨折，肋骨完好，子宫正常，未见有怀孕。从死者右手食指及中指指甲内检获微量人体组织，待作进一步 DNA 检测。胃内容物已几乎耗尽，推测死亡时间在饭后四小时。综合尸斑形成分析，死亡时间应该在 25 日晚 11 时左右。胃内容物经毒化检验，未见中毒。嘴唇上有咬伤，为自致。”

“致死原因是什么？致命伤在哪？”王局长突然插问，看得出他有点心急，不习惯刘法医这种按部就班的介绍方式。

“我个人的意见，死者死于煤气中毒并伴有窒息。只是房间内未见煤气管损坏，空气中煤气含量极少，几乎闻不到。另外，我最不解的是为何凶手要在死者胸前及后背用利刃划两个‘X’形状伤口，且均不致命，未伤及脏器，纯属多余动作，被子及床单上血迹样本已提取。”

“根据你的判断可以确定本案为一起杀人案件？”徐寅明知这种问题有点多余，但作为指挥员必须经过这个确认程序。

“是的，我认为可以确定。因为许多创伤是死者本人无法完成的。”刘法医喝口茶回答道。

“下面请面上调查的同志发言。”徐寅环视会场。

“我来介绍下报警人陈一迪的询问情况。”重案中队指导员孟杰明说，“陈一迪报警后一直待在现场，屿城所的同志将其带回所里。我一起参与了对他的询问。据他描述，他是前一天即 25 日下午两点与其姐通过电话，商量祭奠亡母故去十周年忌日事宜，其姐已买好祭奠用的各种纸钱祭品，让他第二天去取，先装车上，次日母亲忌日时备用，谁知他今天下午五点多开车去时，见姐家楼下房门大开，进入后喊其姐不应，上楼查看，见姐遇害，遂打 110 报警。经 110 平台核实，报警人确为陈一迪，用其本人手机报的警。但其声称 25 日用本人手机与其姐联系，查其本人通话记录及死者即其姐手机通话记录，没有通话发生，发现其向我们撒谎，且在现场和其所驾花冠牌轿车上均没找到其所说的祭奠用品。经查，陈一迪有吸贩毒史，曾因贩毒被判有期徒刑二年，无业，社交关系复杂。但陈一迪幼年丧父，其父在一矿山爆破时出事故身亡，母体弱多病。本人比其姐小两岁，姐弟关系一直较好。由于家庭经济原因，他主动放弃高考，外出建筑工地打工，节衣缩食供姐上完大学，其姐一直觉着愧对于他，对他特别关照。因此，他不具备杀人动机。但他为什么撒谎呢？我们暂时还没点破他。”

“景副市长醒过来了。”教导员赵凤报告说，“我和侦察员小史在人民医院万院长办公室对他作了询问。他说他和妻子陈一飞最后一次见面是 24 日上午七点。当天他去甬城出差，26 日下午回到办公室。因为第二天有个城建会议，他在办公室审阅讲话稿，后接到他秘书告知他妻子死亡的消息，当场昏迷了过去。他说他们夫妻关系非常好。最后一次通话是25日晚七点零三分，通话时间三分钟，他说只是简单寒暄，因为电话那头妻子一个女伴叫其去散步，把电话撂下了。他和他妻子是同一所大学——上海同济大学的校友，景副市长大她五岁，是学长，两人自由恋爱。他说妻子行事低调，性格好，从不与人吵架，交往简单，不曾听说有纠纷什么的，更不用说与谁结下怨仇。她平常最烦恼的一件事是她那个弟弟陈一迪，为躲债东躲西藏，还为他还了不少债。家中的经济都由妻子打理，他从不过问，也懒得理那位小舅子，基本上不与他说话。妻子陈一飞早先在本市特级建筑企业江屿市飞天建设有限公司任财务总监，他当上副市长分管城建，为了避嫌，让妻子辞了职。妻子后在市区环城河边上开了家叫做琴心茶庄的茶店，生意如何也不得而知，他很少光顾。景副市长看上去很憔悴，精神打击似很大，我们就先询问到这些。”

观音玉坠

人性的徘徊

“对现场附近的访问情况我来汇报。”屿城派出所所长周兵说，“花果山社区东西长 750 米，南北宽 980 米，共有排屋 123 幢，住户 118 户。与王母河对面相距二百米的碧山景苑合建为一个社区即花果山社区。社区总户籍人口 2056 人。在我所辖区属于规模最小的社区。今天我们分六组进行了走访，做到不漏户不漏人。目前尚无特别有价值的线索。普遍反映对被害人本人比较肯定，为人很好。对被害人丈夫景副市长接触不多，了解不深。被害人家庭成员仅夫妻俩人，无孩子。传被害人本人因早年宫外孕导致大出血从此丧失生育能力。其住宅东侧邻居左连宝，企业主，江屿市闲林食品加工有限公司总经理，案发前半月携妻子邹燕华女儿左芳一家三口在澳洲旅游未归，家中仅一女佣莫秋娣是湖南人，57 岁，未发现可疑迹象。西侧邻居叫马爱红，40 岁，丈夫因车祸去世多年，独自带一 15 岁女儿，正念初中，平时住校不回，就她一人在家，与死者陈一飞关系较好，常相约晚饭后外出散步或去琴心茶庄与死者聊天。刚才询问景一凡在事发前一天，即 25 日晚与其妻陈一飞通电话时说，有女伴相约散步的人即是马爱红。已找马爱红询问，马称两人出去时约晚上七点，具体没看表，只在小区里走了半个小时，陈一飞说有点头晕就各自返回家中。马爱红走进自家客厅打开电视正好央视新闻联播结束。两人散步中没谈其他，主要还是说死者弟弟躲债已有几天不见，手机也关机，非常担心，害怕遭债权人追杀，而且陈一飞当时还掉了泪，马爱红宽慰了一番。其他住户访问未获取有价值线索。明天接下去要扩大访问范围。今天时间有点仓促，还有漏户漏人的。”

“其他同志请补充。”徐寅说。会场内鸦雀无声，很多人陷入思考中。

“许多数据还没出来，比如DNA结果没那么快出来，而且现场仍需再作详细勘查。尸体上不少疑点未解决，没办法继续讨论，我看是否讨论到这，由王局和你徐副局长给我们作作指示？”大队长王蹇建议道。“我看行。”徐寅转头看看王局长，王局长点了点头，示意同意王蹇的建议。

“好，那我先总结今天案情分析会。”徐寅提高声音开始发言，“今晚大家交流了前期工作，我看可以归纳为以下几点：第一，这是一起杀人命案，可排除自杀和意外死亡。第二，就命案动机分类看，财杀仇杀可能性较大，而情杀的可能性相对较小。第三，死亡的原因初步定为煤气中毒伴随窒息。第四，案发时间应为6月25日，故本起命案命名为‘6·25杀人案’，要求各位全力以赴，全身心扑在这个案件上，力争尽早侦破。下面请王局长做重要讲话，大家欢迎。”说罢，会场内掌声雷动。

“大家都辛苦了！”到底是“一把手”的气场，“同志们，我也谈不上重要讲话，我主要来听听，主要靠你们。我同意徐副刚才对案件的点评。这是一起恶性程度很高的杀人命案，由于死者是我市一领导干部家属，引起各级领导和全社会的高度关注，流言四起，我们是倍感压力啊！为此，我提出三条意见：第一，立即成立专案指挥部，由我任总指挥，徐副任副总指挥，相关科室队所主要负责人为成员。成立专案组，徐寅呀，你来当组长。第二，全力以赴侦破，原则上一周内必须侦破。第三，大家放手干，不要有什么顾忌，无论涉及到谁，只要破案需要，什么人都可以谈。当然，涉及市领导的，事先得向我请示报告。就这三点，希望大家立即执行。噢，后勤要保障好，同志们熬夜会特别辛苦，不要让大家饿着渴着，讲完了。”说完，又是一阵热烈掌声。

徐寅看了下手表，已是凌晨二点，才宣布散会，并要求次日晚上七点再听取汇报。这时，胃又隐隐作痛，就吃了点药应付，踏上了回家的路。家人已习惯了，也没打个电话来。他这时太需要洗个热水澡，然后美美睡上几个小时。

早上六点半，徐寅准时醒来。他的生物钟太准时，才睡了不到四个小时，还是醒了，只是昏沉沉有点头痛。他坐了起来，靠在床头上做起了深呼吸。妻子罗蔓蹑手蹑脚进房拿东西，见他坐着，索性开了灯。

“醒了呀？谁吵着你了？”罗蔓轻声问。

“没有，不知为啥睡不踏实。”徐寅回答。

“你呀，啥时有了重大案件睡觉踏实过？休息好才能更好工作。”罗蔓突然拿出领导的口吻。

“哎,问你个问题,你最近见到陈一飞是什么时候?”徐寅问。

“上周末，也就是周五晚上。今天是 27 日，星期四，对，是 21 日，那天我们几个去逛了百货商场和商贸城。对了,那天一飞还在商贸城星女珠宝看中了一件玉挂件，翡翠观音，二万多呢，我们一起帮着看，然后买下了。她挂上去，真的好看。”罗蔓回忆道。

“标价吗?”

“不是，标价五万多。买价好像是二万二千多。淡紫色，可美了。不过她没福气，走了。”罗蔓忽又哽咽。

“你们哪几个人一起逛的街?”徐寅问。

“一飞，我，还有她邻居马爱红。”罗蔓答。

“除了你俩，她还有什么比较亲密的伙伴?”徐寅从床上起来，边穿衣服边问。

“没听她说过。她这人爱静，交往的人不多。但又热心，凡社区公益活动，她都热心参加。”罗蔓说。

现场疑团

人性的徘徊

“甜甜今天怎么安排？”徐寅突然想起宝贝女儿。

“你就放心吧，她还是去她那个班主任黄老师家里。那黄老师可喜欢她了，上回说干脆做她干女儿，我没马上答应。”罗蔓说，“你就安心破你的案吧。俺娘俩不用你老人家操心。”

“哎，那黄老师也真不错，天天一大帮孩子凑在她家，她不嫌烦呀，又要辅导又要做饭的，也够辛苦的，你可不能太不识相哦。还有，她那儿子二十多了吧，找到工作没？”徐寅问道。

“她儿子小磊也该有二十五六岁了，云南那边大学毕业后，一直留在云南，就很少回来，与家里联系也不多，我上次去接甜甜时与黄老师聊起她儿子，她总摇头，垂下泪来，我也不好再问，估计混得不怎么好。”罗蔓说。

“哦！”徐寅也不多问，立马洗漱吃早餐去了。

又是一天的忙碌。

晚上七点，刑侦大队会议室，第二天的情况汇总分析会再次在徐寅的主持下召开。王局出席市委常委会没来参加。

“DNA 鉴定结果出来了，情况颇为奇怪。”张又松喝了口茶，点上支烟。

“你还摆上谱了，抓紧说，磨叽啥呀。”徐寅觉得该怼他下。

“据刑科室的同志们检测，床上提取的三根男性阴毛有两根有毛囊，具备检测条件，检测结果是死者丈夫景一凡的。死者体内提取的精斑则为另一个男人所留。而死者指甲中所留人体组织却是第三个男人所留，与前两个不存在相似性。这就是说，现场进入过两个男人。这问题来了，目前现场所有的痕迹物证只支持单人作案而非合伙作案。中心现场只发现一种鞋印，由于地板质量较好，静电吸附法应不至于遗漏其他鞋印或足迹，所以这是第一个谜。其次，现场门窗完好，无撬痕，案犯进出口在哪？这是第二个谜。死者前后胸背的 X 刀痕，与死者的死亡不构成直接的因果关系，从达成杀人目的的动作看，纯属多余动作，案犯为何要这样做，这是第三个谜。死者穿着睡衣睡裤，却没穿内裤胸罩，而现场又没找到，这些物品去了哪里？此案谜团众多啊！还有死者与弟弟感情很好，死者给了其弟陈一迪不少钱还债，按理说，陈一迪应对其姐的死亡极为悲痛，为何却要编造谎言？我们大家要理出个头绪来。”还别说，张又松分析得十分透彻，道出了大家心中疑问。

“我再补充一点，从死者颈部出现多处皮下出血看，生前有遭扼颈的过程。但喉骨又未见骨折，可见力度较小或不愿将其扼颈窒息死亡。凶手采用煤气中毒法是致其死亡的主因，这些动作过于繁琐，不符合盗转抢继而引发杀人灭口案件中嫌犯急于逃离现场的特征。要说疑点，杀人动机是本案最大的疑点。被害人双手有条状皮下出血，推测为绳索捆绑所致，但从其手指甲中提取的人体组织看，生前有过反抗，嫌犯应有抵抗伤，捆绑是在抵抗后再进行的。但被害人一直来体弱多病，远不是成年男性对手，这种捆绑动作也令人费解。”大队长王蹇说。

“我在想，既然是煤气中毒致其死亡，那现场煤气设备完好，门装有安全自闭阀门，这煤气来自何处？”重案中队长范龙提出又一个疑问。

几个人一连串疑问，会议室立时炸开了锅。大家展开了热烈的讨论。

“大家对本案几个疑点提得很好，关于杀人动机，关于死亡因果，关于作案人数，关于进出口，关于神秘刀伤等等，这些的确是本案重点。下一步就围绕这些疑点开展工作。对比 DNA，先对花果山小区符合条件男性及有条件与被害人接触的男性进行甄别，要抓进度。另外，案发现场要复勘，细之又细，做到放心。近期禁止无关人员进出，包括景副市长在内。他这段时间住市政府办公室，已协调好。下面请王蹇大队长作具体工作部署。”徐寅毕竟是一名老刑警，在刑侦战线上摸爬滚打二十多年，见多了复杂场面，总是临危不乱。

王蹇摊开笔记本，按照计划一一作了分工，大家领命而去。

不一会儿，刚才还紧张热闹的会议室只剩下了徐王二人。透过满室烟雾重重，徐寅凭着职业感觉，已隐隐感受到了他所面临的严峻挑战，仿佛罪犯站在会议室的某个角落，对他发出狞笑：你想怎么样？敢较量不？徐寅突然用茶杯使劲敲了下桌子，说了声：“走！”

“走？去哪？”王蹇盯大眼睛看着极少有失态的这位上司。

“去现场。”徐寅站起来，也不理会王蹇，拎了包直奔楼下，王蹇只好紧跟在后面……

失态的丈夫

人性的徘徊

钻进车子，徐寅一声不吭，陷入思考。王蹇不敢作声，两人驱车直奔现场。

现场依然被围着，院门外多了两名辅警站岗守着。根据安排，警犬中队的警犬“贝贝”正在院子里搜索，并开始出现兴奋状态，两只前爪在一处铸铁电线杆上使劲刨着，似有什么发现。训犬侦察员林国正走近一看，也没觉异常，一根普通的铸铁管，下部大些，有许多小孔，上部光滑，顶部是一盏六边形仿古灯罩，内置节能灯管。他用放大镜在管壁上来回看，也不见有什么感兴趣的东西。只好牵着狗往山后水沟边走。贝贝一会儿又冲山坡上狂吠。

“小林，你们带上狗上后山去看下。”徐寅命令道。

“好的！”林国正带着两位助手绕道奔后山去。三人牵着警犬端着手枪，一会儿就走远了。徐寅走进景一凡家，王蹇亦步亦趋，技术员们正仔细复勘现场。徐寅直上三楼，依次而下，直至到达地下室。地下室也只有二十多个平方，放着一大块整木板，厚达二十公分左右，长约二公尺，宽约八十公分，板上放着广东福建人爱用的一整套茶具，也不算很考究。一把红木太师椅放在正后方，看得出是主人坐的位子。背后是一排橱柜，古色古香，放着几件工艺品，陈设倒也简单。除了给客人坐的几把木椅，墙上挂几条幅书法字画，别无他物。

“老婆开茶庄，家里怎么还弄这么个茶室？”王蹇自语。徐寅一直不语，这里看看，那边摸摸，虽然戴着手套，但他还是感觉到墙上潮湿冰凉，看得出房主人由于没安装新风系统，地下室还是有股霉味。“唯独南侧墙壁干燥点。有点奇怪。”王蹇又说。徐寅看了他一眼，点了下头。这时助理法医莫思聪走下来找到王蹇，向两位领导报告了一个情况：“今天早上我去找景副市长取血液样本，以提取DNA样本，但他不让取血样，只提供了一点唾液。问题倒一样能解决，但他的行为有点反常。”

“是吗？”徐寅陷入沉思，“这样吧，我向王局报告，让王局把他请到局里，我来找他谈。我们走吧。”见现场也没发现什么，徐寅只好返回局里。

来到局里，徐寅赶往王局办公室，王局刚开完常委会回来。

“来，尝一尝今年的新茶，武夷山大红袍茶，品相纯正，口感回香。”王必虎局长是个茶迷，亲自沏了一壶大红袍端上来，给徐寅倒了一杯。“我的大侦探，进展如何呀？”王局笑着问。“我可是在市委郝书记那立了军令状的，限期一周破案，你们可要替我长脸哦。”

“谢谢您的茶。”徐寅向王局做了工作汇报并希望王局把景副市长叫到局里，想找他聊聊。王局是个爽快人，立马给景一凡打了电话，才不到十五分钟，景一凡就来到了江屿市公安局的八楼会议室。徐寅先屏退左右，只身与景一凡面对面相坐。

景一凡当副市长已一届多了，约有五六年，一直分管城建的工作，担子不轻。他白皙的面孔，戴副纯水晶眼镜，蓄中分发，淡眉，方脸高鼻梁，甚是儒雅。四十五岁的年龄看上去怎么都不会过四十岁。只是今日看上去眼眶似发黑，有些憔悴。彼此认识，稍加寒暄，徐寅就直奔主题："景市长，您知道，您妻子陈一飞也是我内人的好朋友，大家都很悲痛。现在我们要做的是如何尽快破案，抓获凶手，为她伸张正义。您再悲痛，再忙，也要积极协助我们，向我们提供真实情况。"

"这我知道，我当然尽力。拜托你们了。有啥问的，我言无不尽。"景一凡声音不高但很坚定。

"那好。您妻子生前有什么仇人？"徐寅问。

"仇人？她能有什么仇人？从不与人红脸，更别说得罪人。"景一凡断然否认。

"那您本人呢？"徐寅问。

"我？如果是生活上，我没仇人。至于工作上嘛，由于我这人特别坚持原则，管的又是人家的命根子钱袋子，得罪人太多了。怎么想得出具体是谁呢？"景一凡有些激动。

"你这样问，是不是我家一飞是被仇杀？"景一凡突然反问。

"那倒不是，存在多种可能性。前几日她与我爱人罗蔓几人去逛街，买了个二万多的翡翠玉挂件，您知道这事吗？"徐寅重新掌握提问主动权。

"挂件？她没说起，我也没留意，还真不知道。我家经济方面都是她在管，我从不过问。”看得出景一凡颇有些尴尬，他试图提升音量来掩饰他的窘态。徐寅这时心中明白了许多，这件事给外界传言其夫妻感情甚笃打了个大大的问号。他清楚，一个爱着丈夫的女人，她喜欢某件首饰，买来了第一个分享的必定是丈夫。即便是从家庭夫妻相处的角度，二万多元，对一个普通公务员背景的家庭也不是个小数目，总得通个气，他居然全然不知。

“我太忙了，关心她少了点。”景一凡站起来踱到窗口，深吸一口气，似对妻子负疚太深。

“给我一支烟吧。”他对徐寅说。

“您不是从不抽烟吗？”

徐寅虽问着，已从裤兜里掏烟，递过去一支。他知道，也许此刻站在他面前这个男人即将敞开他灵魂的心扉。

人性的徘徊

反常的警犬

“来，把烟点上。”徐寅想象着这个从不沾烟的老兄必定够呛。点着了，景一凡深吸一口，半晌才从他鼻腔里冒出烟来，丝丝袅袅，把徐寅看呆了。这分明是老烟枪才有的功力，徐寅只是笑了笑也不点破。

此时，徐寅的手机响了。

是警犬中队长林国正的电话：“报告徐局，在现场后山的树林里，发现了一处有人蹲守过的痕迹。没留下什么，只有一只白沙牌香烟的烟盒。距小区围墙二十米左右，从那儿可以俯视中心现场。”

“好，继续搜索。”徐寅对着那头说了句，关上手机，“景市长，真不好意思。说说你俩怎么认识的。”才四五分钟，景一凡手中的烟都快烧到手指了。

他缓过神来，对着徐寅诡异而满足地笑了笑说：“我俩虽是经人介绍认识的，但也是自由恋爱。她比我低四个年级。我们的感情自打结婚起一直很好。当时因为她家庭在农村，早年丧父，母亲也体弱多病。她读大学，基本上由比她小五岁的弟弟打工接济。后来认识了我，我要帮她，她死活不让。结婚后我们还是比较恩爱幸福，那时我在市建设局工作，她去了街道当一名普通干部。那时我还没当什么官，但觉着特别幸福。在街道干了五六年吧，她下海去了一家建筑企业当财务总监。再后来，我从一名普通干部走上了建设局中层干部，副局长，局长，副市长岗位，分管城建国土，她只好辞职去开茶馆。”

徐寅认真倾听着，他明白，这会儿除了静静地倾听，还是倾听。对方的思绪何止万千。他甚至于不能动一下，因为这时你若站起来或做些幅度大的肢体动作，对方会立马警觉起来，不再往下说。

“后来，过了六七年，她一直没有生育。去医院检查了，她得了先天性卵巢良性肿瘤，动了手术，但仍无情夺去了我们拥有孩子的梦想。渐渐地，她与我母亲的关系日益冷淡，后来我那母亲几乎不正眼看她。她陷入深深的痛苦之中，我也备受煎熬。最不能让我忍受的，是她疯了似的四处找中医看病，整个家成了中药房，当时我们住七十几平方米公寓房，满屋子煎中药的味儿使我透不过气，我从小对中药味特敏感，闻着会吐。于是我就找各种借口不回家，在办公室里睡。直到我们买了花果山小区的房子，她才不再熬她的中药。人却像变了个人，除了去参加社区活动，平常在家不苟言笑。夫妻俩不太交流，夫妻生活味同嚼蜡。后来她开了家茶馆，倒有些事做，我也不在乎她能挣多少钱。如今，她走了，也许冥冥之中成了她解脱人生的一种安排。而我，唉！苟且偷生，心中何安！”说完，景一凡取下眼镜，取了几张纸巾，擦了擦湿润的双眼。

“你们没想过离婚吗？”徐寅很不想这样问，但还是问了。

“说没想过，那是假的。但毕竟我俩有深厚的感情基础。她呀，除了她弟弟，举目无亲。一些农村的亲戚极少往来，我弃了她，她会更孤独。何况，她四处求医，也是为了我，为了这个家。只是她后来性情大变，若不是她变得自闭自卑沉默不语，我们何至于各守清静形同陌路？就如你刚才提到买挂件一事，她压根儿就不会来与我商量。我把工资卡交给她，她衣食无忧，我落个清静。回到家，健健身喝喝茶，见见客人，生活仅此而已。”景一凡一吐为快，适才僵硬的脸色因为倾吐而渐变得舒展。

“这样吧，您今天也累了。知道您忙，但可否请您再从您和您夫人的关系人中好好找找线索。目前无法排除仇杀，因为尚没有找到凶手进出您家的路线。门窗完好，也无新鲜撬痕，有熟人作案的重大嫌疑。您回去梳理下，有什么线索及时联系，我手机 24 小时开着。对了，近几日若不是我们通知您，还是请您暂住在外，我们还没技术处理完。非常感谢您的配合。此外，为排除现场血迹，现在请您配合下要提取下您的血液样本。”徐寅立即拿起手机拨给了王蹇。少顷，来了两位穿白大褂的刑技人员，抽走了景一凡的一小玻璃管血液。

景一凡用棉球擦了下手臂，忽然问：“问下，你们可否最迟今天弄完？我换洗的衣服都在家里。还有些事要处理。”景一凡显得有些焦急。

“好的。应该差不多了。”徐寅想了想回答。

景一凡慢慢地从座位上站起来，正视着徐寅欲言又止。徐寅故意移开目光，装作不见。他知道，此刻不能聊太多。景一凡转过身，走出门去，徐寅只在他身后喊了声“慢走”，也不送他。估摸着景一凡已下了电梯，徐寅马上叫来王蹇命令道：“你立即落实化验景一凡的血液，特别是做一下毒品检测。”刚才景一凡抽烟的动作深深震惊了他，心中陡然而起一种很不祥的预感。

血检惊魂

人性的徘徊

王必虎局长办公室，气氛凝重。

刚刚听了徐寅的汇报，王局长此时也甚为惊诧。“我看我们是否反应过度了呀？”王局自言自语。

“局长，等一会儿就知道结果了。”徐寅提醒道，给王局斟上茶。茶色如酒，醇香四溢，然而这会儿谁还有心思品茶。夜已深，可几个局班子成员一点睡意都没。政委袁海兵还从食堂蒸来一大盘肉馒头，招呼大家吃，但没一个动手的

“报告！”凌晨一点，刑侦大队长王蹇在门外喊。

“进来吧。”王局长沉声道。

“情况怎么样？”没等王蹇报告，徐寅急着问。

“各位局领导，正如徐局所料，从景一凡血液中检出少量的甲基安非他命成分。”王蹇说

“甲基安非他命，就是俗称的冰毒。”徐寅补充道。

“你确认准确无误？”王局长显然非常诧异，大声问。

“是的，局长。”王蹇也高声回答。

“这事太重大了，事关一个领导干部的命运，你们必须慎重，需要再次做检测以核准结果。另外，我得向市委市政府主要领导汇报后再定。此前，严格保密。”王局长严肃地命令道。

早上九点，市委书记郝全民办公室。外间的小会议桌前围坐着六个人：市委书记郝全民，市长孔生生，副书记兼政法委书记牛冬连，常委兼纪委书记芮铁，常委兼公安局长王必虎，检察长李宝笈。除了郝书记和王局

长，其余四人并不知道开会的内容。但见郝书记一脸严肃，料定必出大事。

“老郝，这几天您的痛风吃了我给您的偏方有效果吗？”孔市长想缓和下气氛。虽叫着“老郝”，其实他只比郝书记大两岁，叫习惯了，小范围里总是这般称呼他。

“痛风算个啥，心痛啊！同志们。必虎，你先介绍下情况。”郝书记见人都齐了，一落座就叹口气主持道。

“情况是这样的，最近发生的‘6·25凶杀命案’大家都知道被害人身份，就不多说了。现在案子没破，偶然发现我们的副市长景一凡同志竟然存在吸毒行为，这是个非常严重的事件。从其血液中检出甲基安非他命成分，也就是俗称的冰毒。至于其吸毒史及毒品来源还无法搞清。”王必虎作了简短汇报。

“你们的检测不会有误吧？”牛冬连天生的大嗓门，部队转业干部，讲话直率。

“牛书记，我开始也是和您一样存疑，我们的技术人员已反复核准，不会有差错。”王必虎坚定的口气，让在场的每一个人不寒而栗。

“这件事太严重了。班子出了这么大问题，是我严重失察呀。”孔市长低沉地检讨着。

“先不忙检讨，目前大家议议下步怎么办？”郝书记抛出问题。

刹那，会议室里哄地议论开了。有骂娘的，有说扫地出门的，有说隔离审查的……见大家议论得差不多了，郝书记咳了一声说："同志们，这件事虽然还不是廉政方面的事，却是法律方面道德方面的事，严重触犯了国家法律，是一个党员领导干部决不允许犯的极为严重的错误。很不应该啊！我是凌晨二点才接到必虎的紧急报告的。是我让必虎暂不向各位报告的，因为这个会议开之前，让公安局再作多次复检，以防有误。各位，特别是孔市长牛书记，你俩不要有什么想法。景一凡同志一直以来工作负责，敢于碰硬，去年还被评为全省先进工作者。不曾想他给我整这一出，啐我们在座各位的脸呀，我都羞愧难当啊。关于下步该怎么办，综合刚才各位意见，我提出四条意见：第一，景一凡同志立即停职，由孔市长安排人手临时接管其工作。第二，由纪委芮铁同志立即报上级纪委批准，并由纪委牵头，公安配合，对一凡同志实行隔离审查。必要时，可商请检察院配合。第三，请公安局组织精兵强将尽快侦破'6·25杀人案'。第四，未查清前严格保密，这是纪律，防止信息泄漏引发严重社会舆论危机。大家有没有意见？"说完，郝书记严肃地环视各位。

"没有意见"，"同意"，"我赞成"，大家纷纷表态。

"那好，上述决定会后立即实施，各负其职。最后我想强调的是，党风廉政建设任重道远，责任重于泰山，我们必须以对党对人民高度负责的精神坚定立场，一抓到底。在这里，我宣布，本案中无论牵涉到谁，必须彻查，我会坚决支持。"郝书记掷地有声，洪亮的声音响荡在不大的办公室里，令在场的每一个人都觉着振聋发聩。

突然的灵感

人性的徘徊

时间过得飞快，转眼一周过去了。案件侦查毫无突破性进展。景一凡被上级纪委来人叫走谈话，他自始至终不吭一声，才几日，人已瘦了一大圈。公安局除了那份检测报告，也没查到他任何获取毒品渠道的线索。纪委芮铁书记亲自来找了王局长两次，王局长也无奈。这不，他又把徐寅叫到办公室。

“你们干什么吃的？现在怎么一点进展也没有？真是成了老百姓口中戏称的‘粮食局干部’。”王局有些生气，一改以往沉稳的性格。看得出他面临的压力有多大。

“王局，我们会全力以赴，您不要担心。”徐寅试图解释。

“我倒用不着你安慰，你有本事去安慰郝书记孔市长牛副书记，我可没这个本事了。他们一天天电话催问，你这叫弄的什么事！我看你打算好写辞职报告吧。”王局长把手中茶杯重重地放到桌上，对他这个爱将，尽管他更多的是信任，然而这几日，他自己也有点乱了方寸。

徐寅不再说什么，此刻，他明白任何解释或表态都没有意义，苍白无力。从王局长办公室出来，他双腿似铅，觉着自己整个身子都是空的。回到办公室，他关上门，在沙发上放个垫子，躺了上去，他太累了，真想好好休息。才闭一会儿眼，手机响了，是妻子罗蔓打来的。

“什么事？”他都调整不好情绪，嗡声问。

“累了吧？当心身体，胃不疼吧？”妻子那边一点也没生气。

他顿时没了脾气，赶快坐了起来，回答说："还好。不疼。"说也奇怪，这几天没日没夜，这胃倒是帮忙，没厉害疼过。

"别忘了吃药。甜甜也有些感冒了，有点发热，问题不大，吃了药，打了一针，好多了，您老就放心吧。"妻子总不忘开他玩笑，"另外，告诉你一个事，刚才在医院见着你手下那位美女干将赵凤了。我听她说她妈肝癌晚期，快不行了，住院住了五个多月，也开了刀动了手术，化疗放疗都做了，医院再次发了病危通知。她妈坚持要回家，不想死在医院里。执拗不过，只能同意她了，我找应副院长帮的忙。现在估计已出发回家了。你有时间的话去最后见她一面，毕竟你们老家是邻居。你小时候没少去老人家那蹭饭吃。"

"好，好，我知道了，我马上去。"徐寅答应着。刚撂下妻子的电话，手机又响了，是赵凤打来的。

"徐局，我想请几天假。"赵凤在电话那头呜咽道。"我都知道了，你不用说了，抓紧陪老人家回家，我马上来。"徐寅不容赵凤推辞，坚决地说。

徐寅把王蹇叫到办公室，安排了工作，就匆匆赶往赵凤家。赵凤的父亲赵根生早两年得病去世了，母亲王仙芽是去年十月市里组织农民健康体检查出来得了肝癌的，上省城复查证实了这一诊断，而且已是晚期。赵凤是独生女，一家的负担全压在她身上了。赵凤的老公是个远洋运输公司的海员，常年跑国外，回家次数不多，一年只有休假期才在家里呆着。现在人还在阿姆斯特丹，接到赵凤电话正往国内赶飞机。赵凤的老家十湾村也是徐寅的老家，两家的房子相隔才二十来米，原是近邻。徐寅小时很淘气，每被父母责打时，就跑去赵凤家，赵凤妈会叫他一起吃饭。他从小就亲热地叫她“三婶婶”。但自从他考上高中去市区念书，回家越来越少，也只是逢年过节才能彼此见着。

山路崎岖，说叫“十湾”，何止百弯。车行二十多公里，徐寅直接进到赵凤家，赵凤其实只比徐寅早到一个多小时。母亲是医院派救护车送的，车上她妈一直昏迷着，她担心母亲也许就在今晚甚至路上就会离世。母亲在十多天前还清醒时再三叮嘱并要赵凤发誓保证她弥留之际必须送回家中，在家里安静地走完她的人生。所以，这次尽管发生了大案，尽管医院开始怎么也不同意，但她还是找尽各种关系最后还是罗蔓找到应副院长帮的忙，她只想尽最后的一份孝心。徐寅走进这熟悉的三间木楼，邻居把他引到一楼东侧。

赵凤迎上来说：“徐局，您怎么也赶来？”说完泪如雨下，饮泣不止。

“什么呀，三婶怎么样了？”徐寅急步而入，来到赵凤母亲的床前。

“她一直昏迷着。”赵凤哭着说。赵凤母亲平时住二楼，这会儿人之将死，农村习俗是搭个床在一楼，其实也便于料理后事。至少，便于亲友前来探望。徐寅走近床前，大声喊道：“三婶，我是强强！”赵凤妈闭着的双眼突然动了一下，围着的几个邻居颇为惊奇。

“妈！妈！我是凤儿呀！”赵凤也使劲地叫喊着。突然间，赵凤母亲的手动了下，大约过了五分钟左右，她一直闭着的眼睛居然慢慢张开了。大家围上来，大喜过望。赵凤母亲已不会发声，眼睛却忽然有了精神，看看赵凤，也看看徐寅，笑了笑，慢慢地抬起右手，很吃力地往头后的墙壁指了指，就垂下了。这显然是回光返照，大家都心里明白，只是不会说出口。但谁也不清楚她为什么指了指墙壁。不一会儿，她闭上了双眼，脸上甚是安详。

“阿凤，你妈手指墙壁，会不会你家哪堵墙里藏着啥呀？”好心而又快嘴的邻居二婶心急地问。

“墙壁？藏？”徐寅脑子中灵光一现。那一刻，他仿佛习武之人突然打通了任督二脉，一股真气涌向全身……

再探现场

人性的徘徊

辞别赵凤一家出来，徐寅心急火燎地往家里转了一转看望了一下自己父母。爸妈都七十多了，但身体依然健朗。两老人死活不愿搬到城里和徐寅一家住一起，说住惯了农村，有一帮子乡亲邻居作伴，老爸更舍不得他那一亩多菜园地，老娘信佛，常与一些老年伙伴们做些佛事，因此徐寅只能定期去看望，每次去都一家子住上一晚，陪二老唠唠嗑。然而今天，他进门屁股没坐热，就赶紧说明情况，要往回赶。父母知道他是专程来送三婶，也都认为他应该来，做得对。二老也正打算去看望，徐寅把刚才赵凤妈那动作那情况说与自己妈听，妈说："强强呀，你三婶苦了一辈子了，能藏啥呀，老年人都喜欢节衣缩食省下点钱，留待死后让子女少点负担，好操办后事。估摸着床后边有个墙洞，把东西放里面，塞上一块砖完事。"

"妈，你顶半个神探了。"徐寅调侃道。

"小犊子，啥什么探，准没好话。"妈嗔怒。

"你呀，这都不懂，就是包公的意思。"爸吸口烟数落道。

"你才黑黑的像包公。"妈回敬。

"好了好了，您们二老就不要赤膊鸡啄来啄去。我觉着妈想的和我一样。噢，对了，见着小姑了，最近发生了一起杀人案，就在她当主任的社区。她挺好的。"徐寅说。

"杀人？你看你看，城里乱呀，所以我才不要去城里住。”妈嘟哝着说，“这下又该忙坏了吧？自己身体当心。”

“放心吧，爸，妈，我得赶回去。您们自己注意身体。我得赶路了。”徐寅边向父母告辞边起身出发。

“有空叫阿蔓甜甜过来住。”身后妈高声叮嘱。徐寅听了刚才妈对赵凤娘的一席话，觉着赵凤妈是否藏了钱对他已无关紧要，紧要的是进一步加深了自己的推测，景一凡家还有没发现的空间，那儿也许有更惊人的秘密。

夏日的山风吹来，异常凉爽，空气中还有丝丝九头兰花沁人的芳香。

徐寅一上车就拨通了王蹇的电话：“你，又松，再带上两个精干的，其中一个带上摄像设备，一个为痕迹技术员。去景一凡家门口等我。我大约半小时后赶到。”

“明白。我马上落实。”王蹇那边回答。侦查员之间，包括与上司，配合久了，一如护士之于医生，对于手术台上医生的每个手势，总那么默契那么心照不宣。

王蹇从电话里已听出，他的上司徐寅正如驰骋沙场的将军，这回必有着异乎寻常的决定。这种彼此的信任是岁月的磨合，是无数战斗的历练。

半小时后，徐寅赶到了景一凡家。几位干将已先于他到达，恭候他的到来。他一下车，径直往里走。由于景一凡被隔离审查，这里依然由派出所临时派人看管。大家跟上，鱼贯而入，也不问这位上司想干点啥。徐寅直接带一帮子人到了地下室。地下室陈设如此简单，大家面面相觑，不知徐寅想干什么。众人站定。

“王蹇，你还记得案发第三天，也就是第二次案情分析会后我们来这吗？”徐寅转身对着王蹇突然发问。

“是来过呀，怎么？”王蹇一头雾水。

“当时我们发现什么了吗？”徐寅接着问。

“好像没啥呀，”王蹇挠了挠头皮，忽然想起来说，“哦，您当时说其他墙壁都是潮湿的，只有南边那堵也就是太师椅后面是相对干燥的。这又有什么呢？难道这墙……有什么疑点？”

“那好，我来告诉你们，这个地下室其他的墙为什潮湿？有两个原因：一是墙外紧贴泥土，有地下水渗入，这段时间雨水又多。二是这房子装修时没装新风系统，地下室的湿气无法排出。但南边这堵摸上去相对较干，一是因为靠近采光处，二也是主要原因，我推测这墙后不同于其他墙直接与泥土接触。也就是说，我大胆判断，这墙后另有空间。”徐寅娓娓道来，仿佛他不是在破案，而是在考察一座古墓，令在场每个人目瞪口呆。

惊现密室

人性的徘徊

“愣着干嘛？找呀。”徐寅大声说。

众人这才缓过神来，不约而同拥上前去。也许许多事就差一层蝉羽般的纸被点破，不一会儿，技术员小严就发现一处墙纸与别处有点色差，成线状，再细看，果见一条缝。用力一推，缝隙渐大。“吱呀”一声响，展现在大家面前的是一扇门洞开。只是门窄些，只容一人侧身而入。用摄像机的强光光源一照，里面空间还真不小。王蹇往门里侧一摸，有个开关，打开了电灯，众人哗然。徐寅立即示意小严去守住地下室进口，命令不许任何人进来。

大家依次进入这门，来到了又一间地下室，显然是一处密室。这间密室大约有十四五平方米，从位置上推测头顶上应是庭院。也就是把庭院挖空用钢筋混凝土浇筑了一处地下室，只是出入口做得隐秘罢了。室内放着一桌一床、一个床头柜、一口双门木柜、两把木椅子。床是单人床，席梦思的。桌是一张小方桌。还有一只不锈钢洗手水槽。床上方做了个喇叭状通风管，室内墙角还放着两只鼓囊囊的白色塑料编织袋。

空气中弥漫着潮湿味和一丝霉味。

徐寅示意张又松先去打开蛇皮袋看看。张又松解开了绳子，里面是一只农夫山泉的纸板箱。箱子有点沉，使力取出箱子，见用透明胶布扎得严实，从刑事勘查专用箱中取来剪刀慢慢剪开，开了箱子，是一层崭新的塑料布，但已可隐约见到红红的颜色。揭开塑料布，果见是一沓沓堆放整齐的人民币，估摸着十万元一捆，一个箱子里装着约一百四五十万，大家都瞪大了眼睛。

“打开另一只。”徐寅命令道。张又松又很快打开了同样包装的另一个塑料编织袋和纸箱，打开后也一如前面的那只箱子，尽是人民币。摊在地上，一清点，整整二十八捆，一共是 280 万元。钱已有点发霉，应该是存放的时间久了。

“打开柜子。”徐寅下达指令。王蹇戴着手套去开门，发现柜子上半部分的门没上锁，打开一看，全堆放着各种各样的名酒洋酒。有一套水晶酒杯，共八只。中间是一排抽屉，共三只，钥匙挂在外面，也没上锁。拉开来逐一看去，两侧放的是一些玉器古玩，中间一只放着两个精致的钟表盒，里面各装两块名表。王蹇对表不太在行，让徐寅走近看。徐寅一看，说一块是爱彼，一块是江诗丹顿，都是男士腕表，甚是典雅精致。下面的柜门锁着，王蹇看看徐寅，徐寅示意撬开。这种锁在警察手上真是形同虚设，三两下就开了。大大的下层空间里只有一只大皮箱。把皮箱取出放于桌上，打开一看，里面有两只塑料袋，开了袋，所有人发出了“啊”的惊叫声。

袋中装着两包白色晶状物，看上去像两大包冰糖，长期从事禁毒斗争的刑警们知道，这就是俗称的“冰毒”。床头柜里是一些吸食毒品的工具，有针筒、锡纸、火机、玻璃管等。徐寅抬头看了看床顶上天花板悬着的通风设备，脑海中浮现出主人躺在床上吸食冰毒的情形。他的心隐隐作痛。他下令拍摄并固定了证据后，命令大家撤出，所有东西按原位放好，并详细作了记录。

“要严格保密。待我向王局长汇报后再定夺。办完法律手续重新启动搜查程序。另外，通知派出所加派四名正式警力到场昼夜警戒，严禁无关人员出入，连一只老鼠也不要放进去！”徐寅作了周密部署。

他走出景一凡家大门，来到他家庭院中，伫立良久，从地面建筑和绿化种植判断着地下密室的对应位置，忽然见到了那杆铸铁路灯，猜测应是密室床通风口相连的出风口，走近一看，果见底部有许多小孔，脑中忽然回忆起警犬贝贝那天围着这路灯底部又抓又吠，林国正还上前仔细看过、始终没引起重视的情形，他一拍脑门自言自语：“那天我怎么没想到呢？”

不过，此时此刻，一种取得突破性进展的喜悦，掺杂着愤怒痛心惋惜的复杂心态，五味杂陈，在他的心里翻江倒海，似觉胃痛，迫使他下意识按住胃部。见他这样，王蹇上来把他搀入了车。车子一加油，朝着局里飞驶而去。

王局长听完汇报，先是一拍桌子说了声：“好！大家辛苦！”接着陷入了沉思。他站起来在办公室来回踱步，他意识到从现在起摆在他前面的是一个无底的黑洞，宛如一条巨蟒张着血盆大口，吐着信子，向他示威。徐寅和王蹇都不作声，四只眼睛都盯着这位久经沙场的指挥员。

良久，王局长停住脚步说：“我马上去向郝书记汇报，你们立即组成精干审查班子，原地待命。”

“是！”徐王二人站起来响亮地回答。

人性的徘徊

诡异的弟弟

市委小会议室。

与前次一样，“六人小组”成员全部到会，王必虎局长作了简要汇报。

“问题很严重啊！同志们，远比我们想象的要严重。”郝书记沉重地说，“一个党员领导干部，丧失了理智，冲破了法律和道德的底线，在家藏了大量毒品，自己又吸食毒品，更为严重的是，还有数额巨大来历不明的现金，行为非常可疑，这里面大有文章。一个受党教育多年大有前途的年轻干部，居然胆大妄为，为所欲为，令人触目惊心。家中还建有密室，这似乎是过去谍战片中才有的情节，却活生生发生在我们身边。这件事给我们敲响了警钟，抓党风抓廉政一刻也松懈不得。关于这件事的下一步工作，公安按现有证据完全可依法对其采取刑事强制措施，但为了慎重起见，仍由纪委牵头，组成纪委公安检察的联合专案组，先报上级纪委批准对景一凡同志实行双规。审查工作可先吸收公安检察的专家以借调的形式参与审查，务求弄清事实真相。大家没什么意见吧？”与会者一致表示赞同。

王必虎提了一条补充意见：“我们公安局可先以涉毒罪先立案，否则无法启动搜查景一凡住宅的侦查措施。当前，搜查并固定证据是极为重要的。”郝书记认为可以，并要公安抓紧实施。

会议结束，王必虎局长回到局里，把徐寅和刑侦大队班子成员（除赵风尚在老家外）一干人等叫齐到了局里小会议室，传达了市会议精神，再次征求大家意见。

“我建议，对景一凡的审查由我亲自参与。因为他的陈述对本案太重要了。有几个问题必须搞清：其一，他一个堂堂副市长，怎么会吸毒？吸毒史有多久？其二，其妻子被杀，但至今除了她新买的翡翠挂件没找到，未发现有财物失少，现场也未见翻动，虽然发现被性侵，但纯粹定性为强奸杀人或抢劫杀人似觉太过简单，至目前也不能排除情杀和报复杀人，而且现场痕迹特别是 DNA 反映出有三个男性，这就更加匪夷所思。要弄清这些谜团，必须从死者及其家庭成员的社会关系入手。其三，景一凡家中藏有神秘巨款，这钱肯定不正常，那么这背后又是什么人？与本案是否存在关联？凡此种种，太多问题要弄清。所以，我必须亲自去参与审讯。”徐寅道。

“我看你也必须亲自出马了。”王局长投来信任的目光，“你的身体也要注意，听说你的胃病更加严重了，什么时候去省城医院检查下，要重视呀。省一院我有位同学，是这方面专家，什么时候去我替你联系好。”王局关心地说。

“谢局长！待破了这起案件再说。”徐寅推辞道。

“刚接到报告，去甬城的调查组已找到了案发当晚所有与景一凡接触的人，证实当晚他一直在开会的酒店，他晚十二点多还与几个朋友去吃海鲜大排档，应该没有作案时间。也就是说可排除景一凡自己杀妻又伪造现场的可能。”王蹇报告道。

“你们的工作要仔细，不要草率下结论。我看刚才徐副谈的想法很有道理，在审查景一凡的同时，其他调查工作尚欠深入，现场DNA这么好的条件，只要找到这个人，就完全可从技术上认定。又松，你抓紧去省厅DNA实验室一趟，与省厅王主任作进一步深入探讨。”王局长叮嘱。

“是！”张又松立即应声，“我明天就去。”

“对被害人陈一飞弟陈一迪的调查进展如何？”王局长突然问。“对了，陈一迪第一次谈话后，第二天就失踪了，到今天还不见踪影，我们正在组织查找。但其手机一直处于关机状态，其驾驶的花冠牌轿车被发现停在本市建设南路的蓝天大酒店地下车库。从其通讯记录看，最后一个与他联系的手机号只打过一次电话，尚无法查到该人身份。但通话时间长达五分钟二十二秒，应是熟人，甚为可疑。”王蹇补充汇报。

陈一迪，到底是一个什么样的人？怎么会与他最亲的亲人姐姐的死有关？大家陷入了沉思。

崩溃的市长

人性的徘徊

同志们正讨论间，王局的手机响了。他一看，是市纪委书记芮铁。

“老王呀，我这边出状况了。景一凡同志昏过去了，四肢抽搐，挺可怕。估计是隔离太久，毒瘾发作了。你得来助我一臂之力呀。同志们都吓坏了，以前都没遇到过这种状况。怎么办？”听得出芮铁书记那边很着急。

“不要急，有办法，我马上派人过去。”王局回答。

“那行，我可等着哦。已与人民医院急救中心联系了。”芮铁着急地说。放下手机，王局对徐寅说：“你与戒毒所联系下，让他们马上派出医生赶到人民医院急救中心，采用美沙酮疗法。”

“好，我立刻落实。”徐寅立即拿起电话给戒毒所长崔敏打了电话。他知道，美沙酮是戒毒的一种替代性疗法，给吸毒人员注射了美沙酮，会起到注射毒品同样的效果，只是不会成瘾。这是世界各国都用来作戒毒治疗的一种有效方法。

第二天晚上，市纪委办案中心谈话室，徐寅随同他的高中老同学市纪委副书记张朝国走进来。这位老同学毕业于西南政法大学，从检察院反贪局局长岗位上调任纪委副书记，专管办案的，有极丰富的办案经验，两人简单互通了情况做了分工。当他俩走进谈话室时，景一凡正坐在沙发上闭目养神。

这里与其说是接受隔离审查的审讯谈话室，还不如说是会客室。一组简单的沙发，一张写字桌，一台电脑，一台饮水机，桌上放着一叠白纸和一支笔。墙壁是清一色的白色，上面没有一幅画也没一个字，高瓦节能灯显得很刺眼，照得这个十五平方的房间如同透明的玻璃房，连人的灵魂都无法掩藏。

仅仅一周时间，景一凡已变得清瘦许多，往日秀气、白皙的脸庞蒙上了一层灰色。

“景一凡同志，您好！”徐寅在张副书记落座后，自己并没坐下，他第一次没把“市长”二字加上去称呼景一凡，似有些不习惯。景一凡渐渐睁开眼，水晶眼镜片后的目光呆滞而无神。抬头见是徐寅，他的眼光恍如回光返照，突然放出亮光。徐寅如雷达一般快速而敏锐地捕捉到了这一细微的变化，“我来看看您。”他先这样开口。

“哦，谢谢！”景一凡声音很低，但还是可以清晰听见。

虽然才几天，景一凡已习惯了别人不再称他“景市长”而是“景一凡同志”，比他年长的年幼的无一例外都这样叫他。但他清楚，只要他名字后这个“同志”还没省去，他还是被尊重的，甚至认为组织上还没有找到证据证明他违纪违法乃至犯罪。办案的同志这样称呼是出于习惯，而被审查的对象却异常敏感，一个细节也不会放过。这一周来，他几乎一字不吐，用沉默来回答一切，他似乎很自信，直到他昨天毒瘾终于发作，那一刻，他觉得自己已丧失了所有的尊严。当他从医院又被送回审查点时，他还是选择静坐，两只耳朵却在捕捉各种的信息，仿佛草原上的大耳狐狸，旁人的低语，电话手机的响声，甚至他可从脚步声中辨别出来人是谁。

今天的脚步声有点陌生，而声音又如此熟悉，他张眼看去，是这位也算是老朋友的徐副局长。见他来了，景一凡竟然无法自控地打了个冷颤，但他表面上仍佯装镇定。徐寅走过去，坐在景一凡身边，景一凡动也不动，连头也不曾侧一下。

“景一凡同志，”徐寅清了清嗓子，“看得出，你与花果山小区建设单位关系够好的，别人是排屋，你是变相的联排改别墅。人家只有一车库一地下室，你怎么把花园都挖空了呢？真够牛的。”徐寅话语不多，语调平缓，但他说的每一句话，在景一凡听来却如五雷轰顶，他突然眼前一黑，晕倒在沙发上……

良久，景一凡悠悠醒来。徐寅递给他一杯温开水，他接过喝了一口。“您这几天太累了，失妻之痛，悲伤过度，要保重身体啊。”徐寅名为劝慰，实为给他个台阶下，维护一下他残存的这点尊严。而且，徐寅也明白，从审讯心理学上讲，相信自己刚才那一击已彻底击碎了景一凡的心理防线，现在需要的是耐心等待，忌讳再营造新的对立。

果不其然，景一凡喝了一口茶，把杯子放下，突然把头慢慢低下，伸出双手揪住自己的头发，初而抽泣，渐失声痛哭，继而号啕大恸，不能自制。

徐寅拍拍景一凡的肩膀，从边上的纸巾盒里抽取了几张纸巾塞到了他手中。慢慢地，哭声渐止。

“我有罪呀！”景一凡此刻心里已非常清楚，一旦自己精心建造的密室被发现，他所有的一切希望都不复存在，现在心里突然莫名其妙升起的是复仇的怒火，“是他们两人害了我呀。”徐张二人也不追问，静听他接下去的陈述。

陷阱多多

人性的徘徊

景一凡的思路回到六年以前。

那时的他刚被市人代会选为市人民政府的副市长，踌躇满志，意气风发。正值孔市长到江屿市走马上任，借着他曾在上级市建设局长岗位上对自己老部下的了解，就把分管城建国土水利的这副重担交给了他。领导的信任和人民的期待如春风扑面，让他充满工作的激情和斗志。

上任伊始，他从大量的人民群众来信和人民代表政协委员的议案提案中整理出一个工作重点，那就是江屿市人民关注的环城臭河。他带领水利局班子和几个水利专家做了大量的调研，查阅了大量资料，向市政府常务会议汇报了整治环城河的方案，得到了孔市长的充分肯定。经市委常委会拍板后，江屿市历史上最大的水利工程项目之一——耗资二十五亿元的重大项目环城河治理景观正式启动。为尽快推动这个被列为全市十大惠民工程的项目顺利快速进行，他在方案中将整个工程分为四个标段。作为政府性投资项目，这样的工程在水利建设的业界看来，无疑是一块块巨大的肥肉，令人垂涎。

没过几天，景一凡的好朋友、他妻子陈一飞的同学——江屿市飞天建设有限公司董事长崔夏萍约他们夫妻聚餐。妻子陈一飞当时还在飞天工作，而且她的上司崔夏萍也是她最要好的同学，把她从街道拉到飞天，也是这位老同学的一番美意。她平常爱好清静，不喜杯光斛影迎来送往，但今天不同，也只好略施粉黛，与景一凡赴宴了。

宴席设在本市最豪华的香格里拉国际大酒店。

景一凡抵达时，崔董事长已在酒店大堂恭候多时。这位才三十五岁的女人穿一身黑色晚礼服，气质不凡，看上去比实际年龄小出不少，风姿绰约，一双大眼睛顾盼生辉，真个也是人间尤物，大有敦煌莫高窟壁画上的“飞天”之神韵。她在英国念的大学，回国后父亲崔岳山就把飞天董事长的位置直接让给了她，自己则如闲云野鹤，四处旅游，极少再过问公司的事。

见景一凡夫妇到来，她立即迎上前去，

“景市长好！夫人好！”崔夏萍握手致意。

“什么呀，神经。”陈一飞也不管在不在大堂，拍打了一下崔夏萍的手臂，亲昵地挽住她的手。

“呵，谢谢崔董。”景一凡含笑致意。其实双方都很熟悉，他在建设局那么多年，在局长岗位上也干了不少年，工作上多有接触。但当上了副市长，作为主管领导，还是第一次见面。

进了包间，有两人站起来迎接，不用介绍，景一凡都认识。一位是江屿市环海水利工程有限公司董事长孙赛虎，大腹便便，穿着背带裤，宽脸大耳，头发往后梳理，五十出头，活脱脱港商大亨形象。另一人是江屿市百佳水利工程建设公司董事长周雁郎，四十左右年纪，身材匀称，一米八的个头，长得一表人才。手上戴颗偌大的绿翡翠戒指，据说价值三百多万元，煞是醒目。这人特好搜罗名表，家中都可开名表展览馆了。但自己又不戴腕表，也算是一怪癖。这两家公司在偌大一个江屿市也是仅有的两家一级资质的水利工程公司，加上这两位老板一高一矮，一胖一瘦，名字又巧合，人称“虎狼兄弟”。

“景市长好！”孙赛虎的大嗓门是出了名的，他大声招呼，生怕别人不听见。

“景市长好久不见。”周雁郎则显得彬彬有礼，温若教书先生。

景一凡微笑致意，握过手，坐定，环视包厢。这包厢很大，整个餐桌可以坐十五六人，而现在才五个人，显得特别冷清。“景市长，这两位也是大名鼎鼎的企业家，您应该都熟悉。我是搞房屋建设工程，他俩搞水利建设工程，虽然都是搞工程，却是隔行如隔山。听说我们有旧交，”崔夏萍特意看了陈一飞一眼，表示与陈一飞关系特别，“他俩要我请您伉俪两位赏光小聚一下，当面汇报汇报工作。”看得出，这顿饭是崔夏萍精心安排的。

“你们无论搞房屋还是搞水利，都是我市知名的行业龙头，以后还得请各位多多支持。”景一凡得体地回答。

“我们都是市长您手下的兵，愿听调遣。”孙赛虎早年当过三年兵，对当兵的情结较深，在他办公室里的墙上，挂满了早期的军用水壶、挎包、军号等军用品，连他喝茶的茶缸也是早年的军用绿色搪瓷茶缸，因此讲话也喜欢用这种军旅生活的腔调。

“那是那是。”周雁郎在一旁附和。

“好了，不客气了。开席。”崔夏萍招呼道，“酒店昨天刚招到一名扬州大厨，河豚鱼烧得超级正宗，特别鲜美，等会大家尝尝。”

一顿饭，吃了两个小时。

席间，谁也没说啥，海阔天空神侃。景一凡矜持着，没多喝，倒是大胖子孙赛虎喝得东倒西歪。见三个男人在包厢里聊得起劲，崔夏萍把陈一飞拉到阳台上。

从二十八层高楼的阳台上望去，入夜的江屿市灯光璀璨，远处高楼林立，别样繁华。

仲春时分，乍暖还寒。一阵风吹来，竟也有些寒意。两个女人并肩站着，倒也没觉得冷。

“一飞，新房搬进去了吗？”崔夏萍问。

“搬进去三个多月了。”陈一飞答。

虽在一个单位工作，也少有机会谈谈家事，两人工作都太忙。

“还满意吧？”崔夏萍问。

“谢谢老同学帮我操心，也特别谢谢崔伯伯。”陈一飞感激地说。

陈一飞的这声感激是发自心底的。

花果山社区是由飞天置业公司投资开发又由飞天建设公司建设的。设计图纸一出来，崔夏萍就把陈一飞叫到办公室，让陈一飞挑一套，说是公司中层以上可优先购买。后来陈一飞把这消息告诉了丈夫景一凡，丈夫说面积要大点宽敞点，干脆买两套，单门独院，并要求设计上作调整，崔老爷子立即同意了。而且，景一凡要求挖空庭院搞一个酒窖，在施工时也予以了满足。

在陈一飞看来，以前的七十余平方米的公寓也太局促了。她弄得满屋子中药味，使得丈夫找借口很少回家。这下好了，老同学帮忙，有了这舒适的住所，景一凡也像换了个人，有事没事总窝在家。

“说啥呢，咱俩还客气。”崔夏萍拍拍陈一飞的手背，“满意就好。哎，你那个浪荡子弟弟咋样了？”

这一问，陈一飞的眼泪扑簌簌落了下来。“我弟一迪太让我失望了。他现在不务正业，天天赌博，欠了一屁股债。为了还债又借高利贷，整天因为躲债东躲西藏。你知道，我爸死得早，我妈又是老病号，为了供我念大学，我弟四处打工挣钱，那会儿从脚手架上摔下来还差点没命。三十出头了，也不成家立业。我不管他吧，谁管他？我欠他太多。我管他吧，怎么管？他自己说欠烂眼那个痞子已有二百多万了。这种高利贷滚雪球似的，何年月还得清呀？烂眼已多次威胁要砍掉他两只手。我家这点收入买了房还贷款五十万。哪有钱给他还债。何况，一凡与我弟向来不睦，他根本不管。唉……”说罢，陈一飞已泣不成声，泪如雨下。幸好隔着玻璃门，里面的人不会留意。

崔夏萍拿出手帕替陈一飞擦干眼泪，用手指指包厢内，示意她不要失态。突然，她从包内取出一张银行卡交到陈一飞手中说：“一飞，你的弟弟也是我的弟弟，这里有三百万，是去年公司给我个人的年终奖，你是财务总监，你也知情，你先拿去用，算借我的，将来有了还给我，我一个人，也没用钱的地方，不急，救人要紧。”说完，转身就走。陈一飞死死拉住崔夏萍的手：“夏萍，这钱我不能要。”

“钱算什么？弟弟只有一个。我告诉你，有一年我被人在街上欺负，你弟正好路过，还救过我一回呢。你不救他，我也得救。”崔夏萍回过身对着陈一飞低声却是不容推辞地坚决地说。

说完，她顾自开门进包厢去了，留下陈一飞怔怔地站着，她仿佛觉得她手中拿的不是一张银行卡，而是弟弟陈一迪的救命符，那么沉重，又那么无助……

苦海无涯

人性的徘徊

吃完饭回到家，陈一飞犹豫再三，还是把刚才崔夏萍给她一张银行卡的事告诉了丈夫景一凡。正如她所料，景一凡一听火冒三丈，一改往日人前儒雅斯文的品行，指着她的鼻子骂：“这钱你都敢拿？穷疯了吗？三百万哪！又不是三万，我们住的这套房子都不值三百万，以后你拿什么还？再说，你弟是个什么东西，整日里嗜赌成性，到处借钱欠钱，他根本就是个无底洞，亏你想得出，我看我们一家迟早让他害死。”景一凡一生气，把桌上的一只工艺烟缸摔了个粉碎。陈一飞开始害怕，担忧，内疚，但当他大骂自己的弟弟时，她突然变成了一头发怒的母狮，气得指着景一凡骂：“你现在看不起他了，把他当作人渣，当作垃圾！你什么时候关心过他，去年你酒后开车去钓鱼，把一个农村老伯撞成重伤，那时你怎么会想到让你这个小舅子跑去替你顶罪？若不是一迪摆平这事，你怎么会选上副市长？我看你那个局长帽子都保不住。现在他有难，你这姐夫忍心他被人砍了双手？何况这钱我是向夏萍借的！现在还不上，不等于将来还不上！”陈一飞边哭边说，“我嫁你那么多年，我妈一直住在农村，身体那么不好，都是我弟在照顾，你去看过几次？”说罢，陈一飞痛哭不止。听完妻子那么说，景一凡也露出无奈的表情。叹了口气，走进书房，关上门，不再理会她。但陈一飞心里明白，这回她已没有退路，既然决定了，就必须坚定地走下去。

那一刻，她满脑子闪现的都是弟弟浑身血淋淋被追杀的场景以及老母亲拖着病弱的身体拉着她的手要她去救救弟弟的画面。事实上，母亲一直被蒙在鼓里。老人家只知道儿子在搞建筑，其他的她一概不知。由于她忙于一些农村年老妇女组织的佛事法会，也自有天地，只要儿女活得好，她也没什么要求。她哪知道，她的女儿陈一飞这一刻正在人生的十字路口徘徊，挣扎。为了丈夫，为了家，她不该去拿这笔钱；为了同胞手足，为了弟弟，她又只能收下，她不能眼睁睁看着弟弟被伤害的事发生。

她都快崩溃了。

经过了数个不眠之夜，她终于把弟弟陈一迪叫到家中。那天，景一凡正好去省城开会了。面对这个不争气的弟弟，她真是欲哭无泪。

“你说，你给我彻底地说，你到底欠了多少赌债？”陈一飞噙着泪厉声问。

陈一迪坐沙发上一声不吭，一支接着一支抽烟。

“你倒是说呀！”陈一飞怒不可遏，与平常见到的温柔娴静的陈一飞判若两人。

“姐，你就别管了。你也帮不了我了。”半晌，陈一迪甩出这么一句。

“你先不要这样说，告诉我欠债的情况。”陈一飞盯着弟弟问。“我还能欠谁，都是在烂眼开的场子赌的。先后输掉一百多万元，都是烂眼放的资，月息八分一角最高一角五，到上个月结账，欠烂眼共二百七十万元，这个月利息还没算。其他地方我没欠钱。”陈一迪面无表情，仿佛在叙述别人的故事，“姐，你真别管了。这数字，你也不会有办法。反正我对烂眼说了，要钱没有，要命一条。”

“你以为你是谁呀，烂眼心狠手辣，几进宫的人了，听人讲上次判五年就是为了讨他的高利贷债指使人挑断了对方的脚筋。他能饶过你？他之所以拖到今天没要了你的命，一定程度上也是因为你是景一凡的舅子。但他一定会失去耐心。”说到这，陈一飞又哭。

陈一迪沉默不语。

“你真的只欠这些了？”陈一飞手指指着弟弟的鼻尖。

“姐，真的。”陈一迪抬起头，看着姐姐一脸泪光，他也忍不住掉下泪来。

“那好，我去给你把债还了。你得对天起誓，从此戒赌！”陈一飞吼道。

陈一迪瞪大眼睛看着姐姐，许久才反应过来：“姐，你哪有这么多钱呀？你自己不要活了？”

“你不用管，答应还是不答应？”陈一飞的脸都扭曲了，平常秀气的脸庞这会儿变得狰狞。

陈一迪“扑通”跪在姐姐面前：“姐，我再也不赌了。若再赌，我必不得好死。”

“行，那你去约好烂眼，我亲自去找他谈。”陈一飞命令道。

“你亲自去？他是虎狼呀。”陈一迪试图劝阻姐姐。

“我不信他敢对我怎么样，他还没那个胆。”陈一飞的举止言行，让陈一迪首次见到了姐姐的另一面，坚强，沉着，不可抗拒。

第二天上午，陈一迪联系上了烂眼，用车载着姐姐陈一飞直奔约定的地点而去。

约定的地点选在了离市区车程二十分钟的一处农庄。

说是农庄，其实是一大片桃林、梅子林，约有一百多亩。此时正值梅子花盛开、桃林才吐出小小花蕾的时节，远远看去是一片白色的云朵掉落人间，芬芳四溢。梅子是一种果实，特别酸，不适宜食用，但可以入药，也可用作酿制梅子酒。初春开花，初夏果熟，果实呈金黄色。宋诗人范成大有《四时田园杂兴》云：“梅子金黄杏子肥，麦花雪白菜花稀。日长篱落无人过，惟有蜻蜓蛱蝶飞。”而实际上当地农民把梅子当成一种经济果木，在果实还是青色时就摘下来，叫作“摘青梅”，自有人来上门收购，听说用作化工添加剂。

而此刻，陈一飞根本无心欣赏这美景，直奔农庄中心。

这片花果林的中间建了一排十余间平房，仿古风格。中间一间为会客室，室内放了一圈红木座椅，中间一张红木雕花八仙桌，简单而不失品位。

见姐弟二人下车，“烂眼”已在门口等候。见陈一飞过来，他大步迎上去说：“欢迎景夫人光临。”

陈一飞并不正眼看他，理也不理。烂眼满脸堆笑把姐弟迎进客厅。其实陈一飞之前并不曾见过烂眼，只知道这人右眼角上有一块刺目的黑色胎记，人称“烂眼”，猜测必是他了。

烂眼本名董丙忠，四十出头，身高才165㎝，身材微胖，剃光头，蓄浓胡，两只眼睛都很小，笑起来眯成一条缝。许是他脸部神经得过炎症，讲话久了，半边脸部肌肉会抽搐一下。他未成年时因盗窃被判刑一年，二十三岁又因强奸被判刑五年，前些年又因故意伤害罪被判五年，是个三进宫的主儿。出来才两三年，又混成老板样，靠的是开地下赌场。这处花木林据说是一个当地企业主抵债给他，他成了这儿的主人了。

“请坐。”烂眼客气地对陈一飞说，“上茶。”不一会儿，有一三十岁左右模样的女子端茶上来，耳朵上脖子上叮叮当当挂了不少黄金饰品，料想也不是什么服务员。

救赎之中人性的徘徊

三人坐定。

“我弟陈一迪到底欠你多少钱？”陈一飞直入主题。

“阿迪，你这人真不地道。还兄弟呢，不就一点钱的事儿，犯得着请你姐大驾光临来与我谈吗？”烂眼打着哈哈。

“兄弟？我看你都想杀了他吧？”陈一飞冷笑。

“景夫人说笑了，我长了豹子胆了，敢动景市长小舅子一根汗毛？”烂眼仍然眯着眼笑。

“废话少说，一迪到底欠你多少钱？说给我听听。”陈一飞有点按捺不住，厉声说。

“是这样的，景夫人，阿迪呢，我们多年兄弟了，也就是玩玩牌。他呀，手气臭，老是输，我都替他着急。去年开始输了二十几万，今年春节期间最惨，输了百八十万，具体数字他心里最清楚，阿迪，对吧？”烂眼扭头看了看陈一迪，“我们吧，几个兄弟朋友成立了一家投资公司，正规的，绝对绝对正规的，有工商执照。我只是占点股份。阿迪赌急了，向我们投资公司借钱。我不许，不同意，他非要借，因为利率太高，最低八分利，最高一毛五。我怕害他呀，当时竭力阻止的，阿迪你凭良心讲是不是？是不是呀？可他不听，赌红了眼，非借不可。这下好了，掉里面了吧。”

“你别充好人了，到底多少，给个数。”陈一飞不耐烦了。

“景夫人，你错怪我了呀，”烂眼叹口气，故作怜悯道，

"如果可以，是否让我也跟着阿迪叫你一声姐。"

"我消受不起，说吧。"陈一飞简直想吐。

"那行，我们都有账，每次都签协议，放心吧。阿迪，是吧？"烂眼问陈一迪。

陈一迪一声不吭，也不回答，冷冷地看着烂眼。

"丹丹，丹丹，你来一下，你去把我保险柜里的账簿拿来。钥匙在你那吧？"烂眼对着门口喊。被称作"丹丹"的女人在门外应了声，才待了几分钟，她拿了一本厚厚的账本进来，竟是刚才倒茶的那个女子。

此人全名赵珍丹，以前开美容美发店，本市大山乡人，长得倒还标致，只是走路一扭一扭地摆动肥臀，多了许多妖冶之气，看得出她是烂眼的情妇。

烂眼把账簿摊在桌上，从裤袋里掏出一只眼镜盒，打开，煞有介事拿出来戴上眼镜，然后他翻到其中一页念道："去年9月13日，陈一迪借5万元，月利率8分。9月27日，借8万，月利率8分。11月2日，借6万，月利率一角。今年……前后共借13笔，本息合计，到上月底，为272.55万元。到今天嘛，又快一个月了，差不多310万元了。"

"你们也太黑了！"自打到达农庄后，陈一迪一直没发一言，这会儿气呼呼崩出这么一句。

"阿迪，这些账白纸黑字，都有协议的，你也签了字的。所谓愿赌服输，赌也是你自己在赌，又没人逼着你赌。何况，我也没跟你赌过。你难道不承认？"烂眼不屑地说。

“你认为刚才他报的账有没有假？”陈一飞对着弟弟大声问道。陈一迪低下了头，一声不吭。陈一飞明白了，看来烂眼所言非虚。刹那，泪水又不自觉地从陈一飞眼中涌流而出，无法自制。她仿佛站在一座高达云端的吊桥上，天旋地转，摇晃得厉害，差点跌倒。

“景夫人，您知道，这钱也不是我一个人的，我只是占有三分之一的股份。其余还有好几个兄弟的，只是让我牵头管理管理。我也没太大自主权。我看这样，阿迪也是我多年兄弟，一起出来混也不易，谁让他又有您这么一位知冷知热的姐姐，我就没他这份福气，光棍一个。今天我破例一回，我几个兄弟的事我做主了。这个月的利息全免了。以前欠的本息看在您景夫人面上打八折，去掉零头，共 218 万元，条件是一次付清。阿迪你看咋样？景夫人您看如何？”也没见烂眼拿出计算器算，就准确报出了数字，看得出烂眼事先已作过精心计算和准备的，刚才的对账不过是一种形式罢了。

陈一飞看看弟弟，姐弟俩对视了下目光，见陈一迪微微点了下头，想想这烂眼说得有板有理，有进有退，还真不好不同意，就说：“行，钱我可以还，而且一次性给。你可给银行账号，明天到位。但你听好了，陈一迪已戒赌，你们以后谁也不许再和他赌。谁也不许！否则别怪我不留情面。另外，我弟如有什么三长两短，我也不会饶过你。”陈一飞说得斩钉截铁。谁都不会把一个孱弱女子与此时此刻气场强大的陈一飞联系在一起。

“景夫人，言重了。阿迪赌不赌，完全取决于他本人。至于他的安全，您是多虑了。您就放一百个心吧。以后还得仰仗您和景市长多多关照。”烂眼面带笑容，谦卑的态度怎么看也不像个歹人。

“别扯上我先生。我们走。”陈一飞站起身，对着陈一迪高声说。此刻，她一刻也不想多留。这些她以前只在小说或影视片中看过的场景如今却真实地亲身经历着，如果这一刻让她突然离开这个世界，她也愿意。“那不送了，慢走。”烂眼依然堆着笑，忽然他的老毛病又犯了，脸部肌肉抽搐了一下，抖动中，瞬间闪过一丝狡黠和狞笑。

好苦的茶

人性的徘徊

第二天，二百一十八万如期打到了“烂眼”的卡上。陈一迪也真的完全变了个人，不再涉足赌场。他在水果批发市场摆了个摊位，倒腾水果批发。虽然挣不了大钱，倒也能自食其力。陈一飞生了一场大病，但觉着把弟弟从火坑里拉了回来，也感到欣慰。景一凡还是知道了妻子陈一飞去还债的事，他不再说什么，只说了句：“我们往后节衣缩食也要把债还了。”陈一飞觉着还是很感激丈夫的，渐渐地也不再怨他。然而，夫妻间从此几乎没了激情，景一凡在家说话越来越少，原本闲置的地下室被他布置成了茶室，添置了不知从哪搬来的红木桌椅和茶具，在家除了健身就是喝茶。当上了副市长，工作也比原来忙许多，不是开会就是调研外出考察什么的，陈一飞也不去理会。

转眼到了夏天，陈一飞来到崔夏萍的办公室，她轻轻敲了敲门。

“进来。”崔夏萍刚从美国考察回来，昨天才到的办公室。

“崔董，这是第二季度的报表，请您过目。”陈一飞把报表递给崔夏萍。

“好的，一飞，我待会儿再看。对了，你弟弟现在好不？”崔夏萍忽然抬头问。

“他挺好的，已经戒了赌，还由朋友帮忙在果批市场弄了个摊位，搞水果批发，饿不死他。上次借你的钱除了给他还赌债，我还余八十万元。本来这事早就该来向你报告了，无奈防他另有债隐瞒着我，以备不时之需。现在看来，应该没有余债了。我得先把这八十万还你。夏萍，我太感谢你对我的帮助，感谢你救了我弟。我终身不忘你的恩情。”陈一飞因为激动而双眼湿润。

“说什么呀，好朋友还这么见外。不就是钱嘛，你看我，除了钱还有啥？没有自己的家，没有爱情，有的也只有你们几个好友的友情了。那么多年同学，同桌同学，我不帮你谁帮？我倒是想问你，下步你自己怎么打算呀？”崔夏萍突然问。

“我自己？打算？”陈一飞一头雾水。

“呵，这不，想不着了吧？”崔夏萍莞尔一笑，“我在替你想，你先生景一凡当上了副市长，而我们建筑公司正是他管理的对象。他的夫人又在我这样的公司担任财务总监。你不觉得该为他的工作处境想想？怎么着也得避避嫌呀。”

“你的意思让我离开公司？”陈一飞大大的眼睛扑闪扑闪，满是疑惑。

“呵，你想不通了吧？一飞，我这样想，你呢，从我公司辞职。然后呢，我替你想好了，你去闹市区租五六间店面，开个档次高一点的茶馆，租费吧，一年也就六十万元。前期装修大约一百多万。加上购置些器材，大约二百万元。钱呢，我来投资二百万元，加上之前你借的三百万，共五百万元。股份呢，二一添作五，咱俩各半。赚了，你安心得你的那一半，亏了，全算我的。

这事就咱俩知道，咋样？再说，你不老觉着之前欠我三百万要还吗？按现在公司给你的年薪，再加上你先生的收入，你也该还十多年吧？你买现在住的房子还贷着款呢，咋过日子呀？所以，余下的八十万你就不用还了。如果你认为行，我明天再往卡里打二百万。”崔夏萍一口气说完，没容得陈一飞插嘴。

“这行吗？”陈一飞都听呆了，自己压根儿没想过这档子事。

“有什么不行的？我俩合作，你情我愿。况且，投资总有风险，亏赚也平常事。你也太苦了，总得有解决之道。就算你仍是为我打工吧。更重要的是，你为你先生的工作避了嫌，对我们公司也有利，省得有人说闲话，我们公司正常地拿地承揽项目都被说成是受了景市长和他夫人的关照，对公司不利，对景市长的锦绣前程也有影响。另外，茶庄的名字我都替你想好了，你不弹得一手好古筝吗？那就取个雅趣点的店名，叫琴心茶庄吧。至于你先生那边的工作，我来做。怎样？”崔夏萍娓娓说来，仿佛深思熟虑，而陈一飞的思路怎么也跟不上。

“夏萍，容我回去好好想一想。”陈一飞回答。

“行，但这件事我个人觉着这样安排是最好的。一飞，我们是老同学，当初是我把你从街道拉到公司的，我该对你负责到底。”崔夏萍诚恳地说。

是夜，陈一飞辗转反侧，难以成眠。她一个农家孩子，出身贫寒，要不是弟弟陈一迪放弃学业外出打工供她上大学，也许她就是一农家女，日出而作，日落而归。当时由于她的学习成绩一直处于全校前列，考上重点高校应非难事，而弟弟陈一迪则成绩一直很差，否则按农村习俗父母定是培养儿子而放弃女儿。谁知高中未毕业，父亲惨遭横祸，死于矿难。家里倒了顶梁柱，天都塌了。办完父亲的丧事，她提出了辍学回家。母亲正在犹豫不决时，才初中毕业的弟弟提出非让姐姐继续读书而他选择打工的想法。她坚决不让，但弟弟陈一迪跪在她面前说："姐，你成绩好，考大学没问题，你是我们一家的希望。以后陈家要是有什么出息，都指望你了。我成绩差，不会念书，也不想再念了，你若不答应，我今天就不起来了。"她死活不允。

后来母亲开口了："一飞哪，你弟弟讲得也对。你就安心去读书吧。其实这事你爸活着时，我和你爸也说起过，你爸也这意思。只是有一件，你将来有出头之日，要照顾好你弟弟。你爸九泉之下才会安心。妈老了，身体也不好，妈也帮不了你。听你弟弟的吧。"

姐弟俩抱头痛哭。

陈一迪很快选择了去建筑工地打工，省吃俭用攒些钱寄给她。大学毕业，她顺利地考上了乡镇公务员，在城关街道财办工作。后来经人介绍认识了长她五岁的景一凡，与她是同一所大学毕业，是她的学长，以前也不曾谋面，在市建设局当个办事员。两人恋爱一年后步入婚姻殿堂。她觉着，她的一生这般平平淡淡，但也知足了。

最让她牵挂的是自己这位弟弟陈一迪，在外奔波，一直靠打工为生，也没见他事业有什么重大成就。倒是自己，老同学崔夏萍说公司缺个管财务的，她爸把建筑公司这份重担交给她，正缺个帮手，让她辞了公职去她公司当财务总监。当时抉择也是艰难的，而如今，崔夏萍的一席话让她不得不重新考虑一下自己的人生定位。

思前想后，她觉得夏萍的话不无道理。特别是弟弟，救是救了回来，但这笔巨款何时能还？还有，自己没这方面的任何经历，经营茶庄的经验是一张白纸，以后如何应对？亏光了怎么办……

夜已很深，陈一飞觉着自己的头都快裂了，异常地疼。她明白，面对崔夏萍给她铺的路，她其实已别无选择。

深渊森森

人性的徘徊

横亘江屿城的是一条百米宽的河流，由于当地降水充沛，河水常年保持高水位。这条河有个好听的名字，叫“菖蒲河”，大概早年河边长了不少菖蒲，因而得名。但如今，河两岸的河滩做了景观改造，只要不是汛期，这里便成了市民健身休闲的好处所，也是恋人们幽会倾诉的好地方。沿江还建了一些仿古建筑，开了不少茶室咖啡店，也是文人雅士聚集、商贾洽谈的理想场所。

“鸿运楼”临江而建，雕梁画栋，飞檐斗拱，红灯高悬，酒幡猎猎，别具风格。二楼西侧包厢不大，放一长条桌，桌两边是两把藤椅，房角一茶几上放一盆君子兰，正含苞欲放，房间简洁而雅致。

景一凡和崔夏萍面对而坐。

“市长先生，想吃点什么？这儿的牛排可是澳大利亚进口的上好牛肉，是这儿的招牌菜，来一份？几成熟？”崔夏萍柔声问。她今天穿一身淡绿色连衣裙，胸前开得有些低，一颗钻石挂件熠熠生辉。一袭披肩长发显得有些松散，全身散发着香奈儿香水特有的香味。

“行啊，来一份牛排，六成熟，加香菇酱。一杯可乐，加冰，一份披萨。”景一凡也不客套。

“酒我自备的，拉菲的，极品红酒。今天我带了一箱，管够。”崔夏萍熟练地打开两瓶红酒，直接倒进一个大玻璃醒酒器。不一会儿，服务生先端上来两碟冷菜：一碟盐水煮花生，一盆果蔬沙拉。崔夏萍往两只高脚玻璃杯里分别倒了小半杯红酒，她用手捏住酒杯底部，拇指在上，四指在下，捏住杯底往空中摇曳下酒杯，又对着灯光摇动，红酒在杯中旋转，待酒杯静止，她对光看了看杯壁，静观酒线慢慢挂下来，动作甚为专业。

“不错。来，举杯！为了友谊。”崔夏萍举杯，景一凡也举起杯，“咚”，酒杯发出好听的玻璃回音，甚是悦耳。

“我想知道，环海的孙赛虎和百佳的周雁郎怎么与你走这么近？”景一凡把一小杯红酒一饮而尽，盯着崔夏萍问。

“这有什么呀，也算同行嘛，都是搞工程的。相互帮忙，正常不过。”崔夏萍咯咯笑了起来，旋即又拿起湿巾掩住口。

“没那么简单吧，你并不是不了解他俩的为人。”景一凡打开临江的窗户，远处是万家灯火，江面上几处星点般的渔火给眼前的风景平添了许多诗情画意。

“孔市长那边也给您说了吧？”崔夏萍端详着酒杯中的红酒，悠悠地说。

“你倒消息灵通。也就这点工程，四个标段，两家都想平分天下，不想让别人分得一杯羹，也忒霸道了。”景一凡有点忿忿。

“景市长，您也真是的。您之前倒数十年，本市的大小水利工程哪个不是这一虎一狼的口中食。说句你不爱听的，在江屿，还没人敢虎口夺食。”崔夏萍说得异常平静。

“我就不信这个邪！经过几个月的准备，这个月月底就要开标了。这虎狼兄弟凭什么垄断？”景一凡很生气。

“来，大市长，别激动，我们不谈工作，喝酒。”崔夏萍揶揄道。

景一凡低头不语。

“哦，对了，关于你夫人一飞的工作，您有什么考虑？”崔夏萍忽然问。

“工作？她的工作？她不是在你那吗？你又有什么打算？”景一凡颇感意外。

“看把您急的。一飞呐，是我老同学，也是我把她从街道叫来公司的。这之前，她这个财务总监当得好好的。但今非昔比，如今她的先生当上了分管城建的副市长，成了管着我们建筑行业的顶头上司。如果她再在我这一亩三分地上，怕会连累您，影响您的前程。”崔夏萍叹口气说。

“是啊，可你知道，为了来你公司，她可是辞掉了公职的。现在这年纪，去哪就业？”景一凡不得不佩服这个比他年轻几岁的女性企业家虑事之远之细。

“这个呀，我都替她想好啦。”崔夏萍于是把与陈一飞谈的和盘托出。

“开茶庄？她可是没这经历，更没经验，大学里学的财会专业，也不是什么经营管理，开不了一个月准关门。”景一凡道出了自己的担心。

“她没学过管理，我学过呀。您以为我那么傻，把钱打水漂？我会物色一名在经营茶庄方面有专业水平的人来做职业经理。一飞呀，其实可以基本不用管，管着财务就行了，那是她的专长，应该很轻松。”崔夏萍微笑着说。

“这样的话，应该行。”景一凡若有所思。不过，他此刻想到了坐在面前的这个漂亮单身女人的五百万元。这是多大的一笔钱，已经像捕野兽用的铁夹子一样，把自己紧紧夹住，加上她刚才无意间说到的对孔市长的了解，令景一凡倒吸一口凉气，浑身打了个激灵。一瞬间，一个邪恶的念头从景一凡头脑中一闪而过……

堕落的轨迹

人性的徘徊

“来，为感谢你救我小舅子于水火，我敬你一杯。”景一凡给自己倒满酒，端起来一饮而尽。崔夏萍杯中虽然只有一半，也只能跟着喝完。这时，菜都上齐了。景一凡真是海量，连续几杯下肚，竟是不显醉态。而崔夏萍则两颊绯红，窘态百出了。

“我实在不胜酒力。喝不下了。”崔夏萍醉眼迷离了，正说话间，她居然趴桌子上哼哼，看上去已是沉醉。景一凡看看时间不早，让服务生买单，被告知崔夏萍事先已关照过，不允许他人付钱。他只能扶着崔夏萍，让店老板叫了代驾，开了崔夏萍的奔驰把她送往家中。一路上，崔夏萍全身软软地把头靠在景一凡的肩上。一股好闻的体香直冲景一凡的鼻歙，令其心神不定，心潮涌动。崔夏萍在全市豪华富人住宅区也叫“华莱士别墅”买了一幢500平方米左右的别墅，就她一个人住。崔夏萍谈过几次恋爱，由于彼此生活情趣相去甚远，几段感情都无疾而终，故此至今孑然一身。崔夏萍平常也会抽时间看看父母，但她坚持一人居住。

车子直接开到了别墅车库，送走了代驾。崔夏萍居然还能颤颤巍巍从手提包中取出房子的钥匙。景一凡只能把崔夏萍抱起来，把她放到了一楼大厅的沙发上。他把她在沙发上平放好，在其脑后放了个沙发垫子，好让她舒服点。她的酒品特好，不吐不闹，也不胡言乱语，只是昏昏欲睡。见她闭着双眼，长长的睫毛，弯弯柳眉，浅浅的嘴角上扬，似在微笑，只是胸脯起伏，有点气急。

景一凡都看得呆了，仿佛在欣赏一件艺术品。他环视大厅，室内布置极具欧式风格，色彩简洁而不失奢华，客厅一旁放置的巨大钢琴透露着主人对音乐艺术的钟爱。通往二楼的楼梯设计得特别宽敞，高大的水晶吊顶把大厅照得透亮，经过墙壁上鹅黄色大理石的反射，光线变得柔和很多。

“我去给你倒杯水，你躺着休息会。”景一凡起身去找厨房。

“嗯。”崔夏萍似应非应。

当景一凡从厨房端水出来时，崔夏萍已坐在沙发上了。

景一凡很吃惊：“你咋不躺着？”

“我头疼，好疼。”崔夏萍恍如梦呓。

“要去医院吗？”景一凡问。

“不用。躺一会儿就好。”崔夏萍轻声说，但吐字还是清晰的，“您走吧，我一个人……一个人能行。”

“那行，你早点休息，我该走了。”景一凡看了看她的反应。见她不语，他起身从客厅往外走，走出客厅也不关门，站在门口，对着夜空做了个深呼吸，张开两臂做了几下扩胸运动，而耳朵，却专注倾听着房子内的声音。他之所以不急着离开，还真有点放心不下。刚才是他不怀好意地把这个女人给灌醉了，一阵凉风把他吹清醒了，他忽然觉得自己有点过分，太不君子了，把她灌醉自己能干什么？一个男人若是在一个女人醉酒的状态下干了些什么，这男人也太不男人了。何况自己还是堂堂正正一政府副市长，有家有室，岂不可笑？想到这些，景一凡哑然失笑，自嘲地摇了摇头，正欲转身去关门。“呯”，似有什么东西倒地的声音，他冲入客厅，果见崔夏萍倒在通往二楼的楼梯口，把放在楼梯上的一盆芦荟打翻在地。

“你看，还逞能，没伤着吧？”景一凡急切地问。

“没事，没伤。”崔夏萍显得有些吃力。景一凡把她扶起来，一用力，把她直接横着抱起，直往二楼走去。崔夏萍很自然地把手搭在他的肩头，羞涩地低着头。崔夏萍属于那种身材婀娜浑身柔软丰满而又轻若无骨的女人，不费太大力气，就把她直接抱进卧室放在了大床上。帮她脱下高跟鞋，拉过被子一角盖在她胸口上，她的连衣裙本来开胸就很低，这会儿一松，竟是半露，景一凡的脸霎时红了。他觉着口干舌燥，见床头有杯水，拿起来喝下半杯。站起来转个圈，审视着这个颇大的房间。女人的闺房总少不了香水味，间杂着一种莫名的芳香。一面墙上画着一幅巨大的油画，描述着亚当夏娃偷吃禁果的画面。他走近油画，画风近似中国实力派当代油画家之手笔，看来作者实力不凡。然而此刻，一双眼睛正盯在他背后，崔夏萍的脸上露着诡异的笑容。

看完画，正欲告辞，忽然，景一凡觉着有股热气从自己丹田往上涌动，迅速传遍全身，浑身热了起来，继而头晕目眩，踉跄几下，他跌跌撞撞直往床上倒去。朦胧中，见有一条蟒蛇向他扑来，缠住他的身子，吐出信子，搅住了他的舌头。蛇身光滑细腻，散发着醉人的异香。感觉自己身上的衣物正被慢慢褪去。身上仿佛有着无尽的烈焰，炙烤着他，也仿佛有万千条蚂蚁，叮咬着他，吸吮着他……不知过了多久，景一凡慢慢睁开眼，以为从家里醒来，正欲起身去健身房锻炼，这是他早起必做的功课。然而，掀开被子的一瞬间，他惊呆了。他居然一丝不挂。而床上正背对着他酣睡的一个长发的女人，居然不是他的妻子陈一飞！抬头看见床头柜上那件淡绿色的连衣裙，他突然明白了。他慌张起身，去找自己的衣服，最后在衣柜里找到。衬衣和外套裤子被整齐地挂着，仿佛未被穿过。连内裤也被夹子夹着。这一刻，他忽然想起昨晚和崔夏萍的对酌，想起曾经一闪而过的歹念，试图意淫而把对方视作猎物，这下可好，自己被对方的猎枪真实地击中，然而都不曾滴下一滴血就倒在了地上……

虎狼成群

人性的徘徊

景一凡穿戴整齐，只觉得头仍有些疼。他来到卫生间洗把脸，待有些清醒后，正在努力回想昨晚之事，目光所及之处，竟发现洗手台的角落里散落着针筒和一小包白色粉末，混在一堆护肤品当中，不仔细看并不容易发现。景一凡心中大惑，但回想昨日喝下那杯水后的特殊反应，一时间竟如当头棒喝，心中之惑已解七八。这个崔夏萍，如此歹毒，是何居心！忽地有人从背后抱住了他，把脸贴在他的背上。他看了看镜子，也看了看这双洁白的有着纤细十指的双手。他一动不动，任其抱了数分钟，然后掰开她的双手，转过身来，面对着崔夏萍，问："为什么害我？为什么？"

"不为什么，我喜欢你，爱你！"崔夏萍用手理了理乱发，对视着景一凡，"其实，我喜欢你很久了。昨天，昨天……请原谅我出此下策。我想，不是这样，我可能永远得不到你。"

"你混蛋！你知道你在干什么吗？是在犯罪。你对得起一飞吗？你居然使这种下三滥的手段。"景一凡似乎占领了道德高地，叱斥道。崔夏萍突然坐到地上，埋头呜咽起来。景一凡斜靠在盥洗台上，叹了口气。

"你走吧，走吧，我再也不要见到你。"崔夏萍大恸。

"行了，你好自保重。"说完，景一凡起身离开，走至楼梯，他又折回来，对着崔夏萍严厉地说："你若真的爱我，请你把毒戒了！必须！"言罢拂袖而去。景一凡走了，留下崔夏萍颓然坐在地上，良久，她慢慢站起来，拭干了泪水，怔怔地望着镜子中的自己，看着自己的容貌纵然素颜也依然姣好，然而她明白自己的灵魂已被邪恶吞噬了。她苦心设下圈套，把景一凡抓到自己手心，为了昨晚的结果，她筹划多日。可以说，拉下陈一飞是为了更好地俘获景一凡。然而，到底有没有真正地俘获景一凡呢？她细细咀嚼着景一凡刚才的每一句话，特别是临走的那句话更令她反复回味。他让她戒毒，说明他已开始在乎她了，还说“你若爱我”，什么意思？应该是他也动心了。可他哪里知道，毒品这东西，一旦沾染上了，就如同绝症一般，让人万劫不复，坠入深渊。也许，有意志坚强的人，可以戒掉自己的行为，但已戒不掉潜意识的意念，只要环境允许，这份意念就极易被点燃。这也许就是人类面对毒品的最大悲哀，当然这也是人类与毒品作坚决斗争的坚定理由。戒掉？崔夏萍无奈地摇了摇头，谈何容易。

“我也不愿意呀。”崔夏萍想起过去，不禁潸然泪下。她想起了同在英国念大学的同学施琳和孔阳，这两人后来成了恋人，回国后施琳嫁给了孔阳。施琳一直是她的闺蜜，两人无话不说，读的也是同一个专业。孔阳一米八的个子，长得眉清目秀，高大伟岸，性格谦和，是很多女孩子心目中白马王子的标准形象，他学的还是颇有前景的建筑设计专业。施琳却相貌平平，还戴着一副深度近视眼镜，脸上还有不少痘痘坑，个子才一米六二，身材也微胖，个性却很张扬，作风大胆泼辣，说话专断犀利，人送绰号“女土匪”，各方面与崔夏萍都不在一个量级上。然而，人就是那么奇怪，这位白马王子不曾对她崔夏萍这位华人学生中公认的美女有什么示好的举动，却被施琳这“爆妹”深深吸引。施琳的父母都是做服装批发生意，在欧洲有不少客户。孔阳则出生于公务员家庭，他的父亲是时任地级市建设局局长现任江屿市市长孔生生。回国后不久，崔夏萍从父亲手中接过重担，出任飞天董事长。一次偶然的闲聊中，施琳谈到去西南诸省投资房地产，还可享受国家西部大开发战略的政策。几个人一合计，来到了西南边陲云南，在一个三线城市买下了一百五十亩土地准备大搞房地产开发。事先征询老父意见，他只说一句：“你自己认为对的就干！”于是她就前期筹备了一亿多资金拿下了地。在云南运作了近一年，工程发包后让云南当地一家一级建筑企业承建，由孔阳施琳开办的必诚尔建设工程监理公司担任监理。也许造化弄人，先是乙方单位建筑公司老板因非法吸收公众存款被公安局刑事拘留了去，接着是拘留取保候审又折腾了一年多，期间施工过程中从脚手架上掉下一名民工不幸身亡，被建筑监管单位限期责令整改，工期大大延期，无法按原计划进行，错过了房地产热的黄金期，随后国家调控房地产的政策法规先后陆续出台，售楼处的促销再怎么努力都见效不彰，销售比不足百分之二十。真是屋漏偏逢连夜雨，飞天为之提供银行担保的江屿市彩虹棉织厂因资金链断裂陷入破产，飞天得为其分担银行债务二亿元……飞天陷入了空前困境。

所谓雪中送炭，正当其时，环海和百佳两位虎狼兄弟先后登门，各以银行基准利率借款一亿元给飞天，而且期限可由飞天意愿作必要延展。条件开得如出一辙：对环城河水利工程的中标提供支持。这两人嗅觉灵敏，说道：“崔董呀，景市长夫人在您麾下，您是‘挟天子以令诸侯’呀。”崔夏萍尽管从心眼里瞧不起这两人，但对她来说已受人之惠，无法推辞。她也明白，要让陈一飞这张牌发挥作用，远不是“枕边风”所能解决的。而且，既要把陈一飞牢牢拴住，又不能把她放在身边，让虎狼兄弟之流受了好处还往自己身上泼脏水，那是很不可取的。

所以她才安排陈一飞去开了茶庄，对外撇清了与陈一飞的关系，其实陈一飞还是自己的一颗卒子。至于要使景一凡就范，那更非易事，她是苦思良策，以为非多管齐下不能见效，冒险之举迫在眉睫。

虎狼兄弟毕竟虑事周全，向她提供一条重要信息：孔市长那边已说通，但他不便多说，只说叫景副市长拿出方案，他自会同意。看来，这位分管副市长炙手可热，这关不过不行啊。

然后这几天令崔夏萍更心急如焚的事尚不是工程和款项，烂眼手中的货断了档。警方开展了“百城禁毒”

专项行动，扫毒之力空前，很多毒窝被铲除，毒枭被打击，风声日紧。

烂眼之流，颇为崔夏萍所不屑。而如今，他成了她的重要干将。认识烂眼，也是马小磊介绍的。而认识马小磊纯出于偶然。

那是四年前的事了。

毒瘤背后

人性的徘徊

那时崔夏萍的楼盘举步维艰，又遇上楼盘建设工地出了安全生产事故，虽然与甲方没有直接关系，但造成工程进展停滞。崔夏萍很是焦虑。烦恼之余，崔夏萍来到昆明滇池边一处酒吧，坐在吧台边，点上一支烟。因为是第一次抽烟，连打火机都打不着，吧台内的调酒师是个壮实的小伙子，二十出头，微笑着替她点了烟，见她咳嗽得厉害，给她递上一杯橙汁，并问她喝点什么酒。崔夏萍喝了口果汁，润了下喉咙，对小伙子报以感激的眼神，说："来杯杜松子鸡尾酒，加冰块。"但见小伙手持调酒器上下翻飞，继而从左手扔至右手，继而从前胸扔至后背，娴熟的动作仿佛一段曼妙的舞蹈，让崔夏萍看得入神。一听口音有着熟悉的乡音，一问果然是老乡江屿市人，在云南读大学，是大二学生，叫马小磊，正利用课余时间勤工俭学挣点生活费。了解到这些后，崔夏萍对他顿生几分亲切。此后，崔夏萍多去了几次，渐渐熟悉起来。崔夏萍把他当作自己的弟弟，马小磊也把她当成姐姐，一口一个"崔姐、崔姐"地叫着。有一次，在她喝得醉醺醺的时候，他不知从哪里弄来一包白色粉末，把她拉到酒吧临湖的阳台上，让她吸了进去，她感到如坠云端，飘飘欲仙……后来，她才知道自己已不可自拔。

如果说投资遇挫是崔夏萍在人生道路上摔了一跤，那么沾染毒品则从此使她走上了不归之路。一时的沉沦，一时的发泄，等待她的是无底的深渊。虽然以前她也了解一些毒品知识，但她以为偶尔的一次放纵不至于欲罢不能，马小磊更是这样认为。两人在吸食完毒品后还一起疯笑：也不过如此嘛！而后来的发展是，她已不能再掌握自己的命运！吸毒的次数从少而多，数量由小而大，谁也不会相信一个美丽的躯壳已从灵魂开始腐烂。

她，崔夏萍，一家大型建筑企业和一家房地产投资公司的老板，开始怂恿她的小老乡马小磊去购买毒品，继而贩卖毒品。及至马小磊大学毕业，他已迅速成为掌控江屿市毒品网络的“头陀”，而崔夏萍成了真正的幕后老板。崔夏萍心里清楚，也许有一天，她在江屿市打造的毒品王国会瞬间崩盘，她也会受到法律的严惩，然而，她已没有退路了。

“烂眼”是马小磊物色并培植的在江屿市的“项目经理”（马小磊这样称呼他），其手下有不少马仔，都是他开赌场请来护场子的，渐而成为贩卖毒品的帮手。“烂眼”没受过多少教育，差不多文盲一个，但他却深谙管理之道，小马仔对大马仔负责，按江屿市镇乡街道行政区域划分成多个销售网络，各网络负责人互不隶属，也互不联系，对下一律实行单线联系，对上只对他一人负责，他负责供货，收入按提成奖励。别看马小磊年轻，这心狠手辣的烂眼对他竟是唯唯诺诺，唯命是从。崔夏萍从不与烂眼联系，也是为自己加堵防火墙。崔夏萍吸毒后除了犯瘾身体上倒没什么变化，可马小磊就不同了，人越来越瘦，早先壮实的小伙在短短二三年间变得判若两人，让人轻易认不出来，讲话的声音也从洪亮变得沙哑。

让崔夏萍最为担心的事还是发生了，马小磊被查出得了艾滋病。她了解到，艾滋病是一种危害性极大的传染病，由感染艾滋病病毒（HIV 病毒）引起。HIV 是一种能攻击人体免疫系统的病毒。它把人体免疫系统中最重要的 CD4T 淋巴细胞作为主要攻击目标，大量破坏该细胞，使人体丧失免疫功能。因此，人体易于感染各种疾病，并可发生恶性肿瘤，病死率较高。这种病多发于吸毒人群，主要是注射毒品使用不洁工具导致传染。由于目前还没有可治愈的方法，得了这病等于陷入绝望。马小磊前些年在被查出自己感染了这病之后，变得暴躁易怒，整日借酒消愁，失去了生活勇气。向烂眼供货变得不那么准时了，加上风声更紧，了解到货源缺档，崔夏萍真是心急如焚。

前些年房地产产业的不理性发展，导致国家不得不出台调控政策，连带给相关产业链也带来了巨大的发展压力。

崔夏萍的手机响了，是施琳打来的。“萍呀，忙啥呢？你那边景市长的工作做得怎样了？我和阳这边都快揭不开锅了，这帮子班底都要解散了，还指望着环城河水利工程这点粥呢。两位老板都表了态了，工程监理这点业务都给我们必诚尔了。万事俱备，独欠你这股子东风吹一吹了。成了，请你好好搓一顿，有日子没喝个一醉方休了。”施琳心急火燎，总是没个消停。

“正想办法呢，再等等吧，你那公公吃干饭啊。”崔夏萍没好气地回答。

“你呀，揣着明白装糊涂，他得避嫌呀。监理就算交我们必诚尔手上了，必诚尔也不能是签约方，还得找个可出面的监理公司呢。”施琳从不隐瞒什么。

看来新娘急了，做嫁衣得赶紧呀。

无尽的忏悔

人性的徘徊

已经有一周没见到景一凡了，打他电话也不接，发他短信也不回。崔夏萍真有些沉不住气了，尽管根据自己的判断，他应该会再来找她的。正思忖着，有人敲办公室门，进来的是自己的女秘书小邱。

“崔董，领导来了。”小邱悄声说。

“领导？谁呀？人呢？”崔夏萍迫不及待地问。

“是市里的景副市长，大领导，在公司大院子的凉亭上，叫你过去呢。”小邱用手指往外指了指，吐了下舌头说。

“好，知道了，你去吧。”崔夏萍边说边起身往外快步走，几乎小跑来到凉亭。

凉亭周围堆了假山，也栽了不少修竹，亭中一桌四椅，甚是简单，倒是个清静的去处。亭上一副对联甚是醒目：火样激情非夏有，水般柔情自萍聚。这是她造这亭子时以自己的名字为题自撰的，读着颇耐人玩味。景一凡正凝目远眺，见崔夏萍来到，示意她坐下。

“你怎么也不事先打个招呼？”崔夏萍嗔道。

“这是昨天开的关于环城河水利工程招标的会议记录复印件，也许对你和你的朋友有点用。”景一凡从公文包中取出一叠纸丢在桌上。

“一凡，你好吗？”崔夏萍也不去看资料，急切地问。她今天第一次叫这个男人的名字而不是称呼他什么市长。

景一凡怔了一下，冷冷地回答：“我还会好吗？连你都算计我。”

“对不起，一凡，我也是糊涂，主要是太在乎你了。”崔夏萍说着流下泪来。景一凡转过身，剧烈地咳嗽起来，冷不丁打了个冷颤，身子微微抖动。崔夏萍站起来，从后面抱住了他，轻声说：“一凡，跟我回家吧，家里有药，别坚持了。”一阵风吹来，引得无数翠竹摇曳，发出哗哗的声音……

纪委谈话室内。

夜深了，房间里的空气几近凝固。徐寅和张朝国毕竟都是久经沙场的老将，很是沉得住气。他俩甚至可以和对手对视一二个小时不吭一声，双方可以相互听到对方的心跳，而对方哪怕有一丝细微的变化都不会逃过这两位职业猎手的感应。录音磁带被换了一盘又一盘，虽然是空白，空白其实也是一种武器，一种证明对手态度的证据，更是让对手更加焦虑不安的催化剂。有时候，沉默的力量会如涓涓细流，侵蚀着对方的心理堤坝，直至其崩溃。

景一凡知道，他已无法再沉默了，留给他的机会正在流失，显然已经不多了。他咳嗽了下，推了推眼镜，低沉地说：“我可以说了吗？”徐张二人相视一笑。这有别于一般刑事嫌犯“我说”的开场白，似觉新鲜。

“当然可以，我们理解你有难言的苦衷。”张朝国不失时宜地给了景一凡一个台阶。

“我有罪呀！”景一凡长叹一声。

“我作为一名党培养多年的领导干部，不该辜负组织和人民的期望，应当勤奋工作，奋发有为，当好人民公仆。我出身于普通农民家庭，靠自己的努力和奋斗才走到今天。应该说我这之前二十多年的工作自认为是刻苦的，做人也是清白的，自我要求也是严格的。在我担任建设局长任上，我还创造性地开展工作，建设工程质量市民质询机制还被上级作为改革成果好经验好做法推而广之，个人多次被评为全省和地市级先进，受到表彰。然后，当选为副市长后，本也想踌躇满志干一番事业，却因权力观价值观发生了扭曲，交友不慎，生活奢侈腐朽，走上了吸毒犯罪道路。这太不应该啊！我好后悔，后悔呀。该说的我都说了，希望得到组织和领导的宽恕，得到法律的宽恕。”景一凡在讲到“交友不慎”时特别加重了语气。景一凡的一席话听起来像作报告，讲大话，而实际上，徐张二人都明白，他是发自肺腑的由衷之言。只是他尚心存侥幸，避重就轻，仅交待了吸毒的事实，还想试探对手的意图。好狡猾的狐狸！

“一凡同志，请讲讲你吸食或注射毒品的毒品来源。”徐寅是不允许景一凡做规避动作的，一语切中要害。“刚才我说了，交友不慎，飞天建设的董事长崔夏萍害了我。起初，她在我不知情的情况下往水杯里放了毒品，也不知是什么品种的毒品，从那以后我渐渐上瘾，我感觉瘾犯了就去她家，和她一起吸。她是老手了，都是她安排好的。”景一凡辩解道。

“这点说得不完全。难道您家里就没有？”徐寅反问。

“家里，哦对了，有点，好像是两袋冰，是她叫我替她藏一下的。”景一凡自知已瞒不过去。

“景一凡，一个男子汉，什么都往女人身上推，你还是男人吗？”张朝国终于忍不住怒斥，直呼其名，不再称其为“同志”了。景一凡转过头，白了张朝国一眼，感觉尊严受到伤害。他旋即又低下头，重新陷入了沉默。这时，天已蒙蒙发亮，一缕晨曦已如小孩的脸蛋贴在了小小的玻璃窗上。徐寅感到不必再交谈下去，求得进一步的突破尽在掌控之中，有时候留点悬念给对方，会更易于下次展开突袭，正如战场上的攻守，在狂攻滥炸之下突然静寂，守的一方会劳心伤神，揣摩攻击方的意图，从而因太过紧张而百密一疏，全线崩溃。

徐寅站起来舒展下身子，忽然胃部一阵疼痛，接着冒出不少汗来。张朝国立刻过来搀住了他，关切地问:“没事吧？”

“没事。今天到这里吧，我先回家吃点药睡一觉就好。”徐寅不好意思地说。徐寅很快被送回家中，平常遇到这种情况，徐寅多是在单位里对付一下。今天实在没药了，只能回家吃去。他蹑手蹑脚开了门，吃了药，然后在客厅的沙发上沉沉睡去。

这时，起早的小商贩们已开始了新一天的叫卖。

失踪的弟弟

人性的徘徊

徐寅是被淘气的女儿甜甜弄醒的，她用牙膏在他的鼻尖挤了一滴，然后哈哈大笑。徐寅从沙发上坐起来，一看表，已是早上九点了，吓了一跳。女儿正在给他烤面包，那是她的拿手好戏，面包的香味弥漫着整个屋子。

“甜甜，你妈呢？”

“妈？昨天半夜去抢救病人，被医院叫走了。你们俩都那么忙，也没人管我。”女儿噘着小嘴说。

“呵呵，女儿长大了，懂事了，知道为父母分忧了。”徐寅笑着说。早知道妻子在加班，他本可以到床上睡个安稳觉，用不着在沙发上将就，徐寅心里想着，摸了摸有点酸痛的脖子。

“爸，你别给我戴高帽了。有件事跟你说下，我们班主任黄老师老是在偷偷抹泪，好像很伤心。我怎么问她她都不说，后来她只说了一点，好像小磊哥哥身体不大好，心情也不太好，每次回家都跟黄老师吵架。黄老师心情不好，我也不好常去她家吃饭了。”甜甜嘟哝着。

“你最近见到过小磊哥吗？”徐寅问。

“没有啊，好多年没见了，我上次见到他时他还没上大学。这么多年来他是神龙见首不见尾，总见不到。”甜甜回答。

“先别管他，见了黄老师代我向她致问候。另外，你叫你妈一起抽空去看看黄老师，她对你可好了，她可是我们家的恩人呢。”徐寅把手搭在女儿背上叮嘱道。

“知道了，爸，您的早餐备好了。”女儿做了个请的手势。徐寅看见女儿把烤焦的两片面包夹上番茄酱和火腿香肠，放几片生菜叶，算是汉堡了。牛奶是现成的盒装的，煮了四个鸡蛋，父女俩一人两个。还别说，女儿还真会张罗呢。徐寅围上餐巾，煞有介事地装作吃西餐的样子，逗得女儿哈哈大笑。

刚享用完这顿丰盛的早餐，徐寅的手机响了，是重案中队指导员孟杰明打来的。“报告徐局，陈一迪找到了，是在西山公园的一处防空洞里找到的。一个小时前一个果批市场到防空洞存放香蕉的戴姓摊主发现的，他打了110报警。我们赶到时，他全身血肉模糊，深度昏迷，已送人民医院抢救。”

“有没有生命危险？”徐寅问。“生命体征还有，现在不好说。身上有几处刀伤，但都不致命，还有几处钝器伤，也集中在背部臀部，应该也不致命。”孟杰明回答。

“告诉医院，全力抢救！”徐寅命令道。

“是！”孟杰明在电话那边响亮地回答。

放下电话，门开了，是妻子罗蔓上完夜班回来，一脸的疲惫。

“你回来啦？”徐寅笑着迎上去，替妻子把背包放好。

“嗯。你可是难得一见呀，我家的大忙人。”罗蔓打趣道。

“嘿嘿，你辛苦了。”徐寅打着哈哈，“我以为你在房间睡着，为了不吵醒你，我还在沙发上对付着睡了，你去加班也不说下。”

“说下？你这位大侦探来无影去无踪的，找谁说去？”罗蔓伸出一只手指刮了一下徐寅的鼻子。

“陈一迪找到了，伤势很重，已送你们人民医院急救中心抢救，你来时见到了吗？”徐寅问妻子。“陈一迪？哦，难怪今日值班的应副院长急匆匆赶往抢救室，他没说，我也没问。我就换了衣服，直接回来了。刚路过昌蒲大桥上有个车祸堵了阵。”罗蔓叙述道。

紧接着她又问：“在哪找到的？”

“防空洞，西山防空洞里。”徐寅简单地回答着，“噢对了，甜甜刚才说黄老师为了儿子小磊的事伤心不已。听说小磊病得不轻，母子又吵架。你休息完了下午或晚上去抽空看看她，买点水果去。黄老师对咱家有恩，一直对咱家宝贝女儿挺好的，视如己出，而且以前两家是邻居时，那会儿甜甜还小，咱俩又忙，常把甜甜扔她那让她照顾。甜甜与她感情多好呀。她儿子小磊小时候也有礼貌，见咱俩老远就叔叔阿姨叫着，现在也不知得的啥病，你是护士，认识医生专家多，能帮黄老师出出主意。黄老师的老公马师傅是个钳工，木讷不会说话，遇事也没主意，离开他那车床仿佛就是外星人。”

“是呀，小磊回来了？见着了？他大学在云南读的，不是在那边工作吗？这孩子，有年头没见了。”罗蔓嘀咕道。

“我怎么知道？你去看了，不就什么都清楚了吗？别再问了，快去睡觉，把觉补上比什么都强。我也得回单位了，先去你们医院看下陈一迪。”说完，徐寅在女儿妻子额头上各亲了一口，拎起包就走，因为他听见了楼下来接他的熟悉的汽车喇叭声。

人民医院急救中心，徐寅心急火燎地赶到后，见队长王蹇带一干人马已在那里。

“情况怎么样？”徐寅问王蹇。

“还在抢救中。估计遭人殴打后昏迷时间太长。头部好像未伤，正在全力抢救，应副院长都在亲自参与抢救。”王蹇说。“我也不进去了，你们派两个人在这轮流值守，不能出任何意外。人清醒后抓紧了解情况，这人对我们来说很重要。毕竟被杀死的是他亲姐姐，他身上也有很多事情需要搞清。你布置完回我办公室，我们还有事商量。告诉应院长，务必尽全力抢救。”徐寅加重了语气。

“明白。”王蹇坚定地回答。

突然一阵紧急的救护车声响起，听声音自外直冲医院，急救中心霎时忙碌起来，医护人员做着紧急准备。不一会儿，一班人抬个担架往里冲，直入急救室。与此同时，徐寅的手机上，110 指挥中心发来一条短信：上午 10 时 05 分，110 指挥中心接到报警，华莱士别墅小区 21 幢有人割腕自杀，被发现时尚有呼吸。伤者，崔夏萍，女，40岁，江屿市人，江屿市飞天建设有限公司董事长。

“快，去院长办公室，出大事了。”徐寅说完就往院长办公室跑，王蹇还没弄清咋回事，见徐寅在跑，知道定是出了很大的事，忙跟了过去。留下孟杰明等守在原地。

较量之下

人性的徘徊

田院长办公室小得可怜，一张窄小的办公桌，椅子背后的书柜上全是书籍，放不下了就都堆地上，占用了很多空间，靠窗的位置还放了巨大的眼部模型，标着血管神经诸元。所以他把办公桌尽量往前推，留下的空间只可容一人坐他对面说话。他是全省有名的眼科专家，平常里除了医学研究，就是应邀去全省各地作临床指导，基本上不在办公室坐，他也没坐办公室的习惯。今天凑巧在，徐寅敲门进去，王蹇只能立在外面了。

“徐大局长，稀客呀，有什么吩咐？天塌下来了，这么急？哈哈。”这位满头银发都气宇不凡的学者型院长半开着玩笑问。

“是这样的，刚才有人送来急救……”徐寅显然还有点气急。

“崔夏萍，崔董事长，对吗？”田院长没容徐寅细说，打断了他，“她割腕自杀，正在抢救中。放心吧，应该还有救。失血过多，昏过去了，幸亏发现得早。她对你们破案很重要吧？刚才，两分钟前，对，不会超过两分钟，估计你快到前，你们王局长给我来过电话了。怎么？还不放心，派你来督战？”

“哦，那就好。田院长误会了，我正好有事在你们医院，一着急，跑来了，电梯挤不上，走楼梯，十三层呢，对不起。”徐寅气喘吁吁地解释着。

他不得不佩服他的上司王局长的果敢冷静。

“哈哈，你就去破你的案吧，这边交给我，放心吧。

另外，还有个你们关心的人，应副院长亲自在组织抢救，也应该能抢救过来。我看你呀，比罗蔓病了还重视。”田院长讲话率直，不失风趣，处乱不惊。

“那我就不多说了，拜托院长大人啦！”徐寅起身告辞，田院长伸出手，徐寅却不去握，而是立正，郑重其事地敬了个礼，引得田院长哈哈大笑。

徐寅很快来到王必虎局长办公室。

“看来是山雨欲来风满楼啊！”王局长开口就说上这么一句，“消息走漏得很快呀，这景一凡才开了点口，崔夏萍就割腕自杀。还是刚刚凌晨才开的口，徐副，对吧？估计你还没睡够呢。”

“是的，局长。景一凡才刚刚松口，也只交待了吸毒的事，并说他吸的毒品是崔夏萍提供的。这不，我还没来得及向您报告呢，刚去医院看了下陈一迪才耽搁了。”徐寅连忙解释。

“你也辛苦了！没事，陈一迪的事，王蹇已向我报告了。这两个人都不能死，必须活着！他们对我们太重要了。我刚才已给人民医院的田院长打过电话了，让他们不惜一切代价全力抢救。同时，我也给郝书记孔市长牛副书记都打电话作了汇报，三位领导很重视事态发展，郝书记已明确指示要卫生局长牵头负责抢救工作。孔市长指示说飞天毕竟是我市建筑龙头企业，市区内有好几个建筑工程在施工，旗下员工几千人，事关一方稳定啊。

先抢救，待其清醒后的审查不可操之过急，要择机而行。总之，当务之急先把人抢救过来。另外，我与芮铁书记说了，对景一凡的审查一要抓紧二要做好严格的保密工作。徐寅你要配合好。”

“好的，明白。”徐寅回答。

从王局长办公室出来，徐寅叫王蹇再去医院看下，如果顺利，晚上七点再开个情况汇报分析会，王蹇领命而去。他直奔纪委谈话点，找到了张朝国。听完徐寅的情况通报，张朝国也颇为吃惊。两人合计着谁会走漏风声，他俩之外，当时还有记录员小蒋，录音监控设备调试员小钱。小钱是刚从城关街道纪委借调来的。小钱？两人同时想到了这人。

小钱，全名钱洋，男，三十出头，商学院计算机专业毕业，考入城关街道事业编制，先在党政办工作，去年才调到街道纪委。

“这件事暂没证据，先搁一边。我会安排让小钱回街道工作，从另外地方调人。但这件事已造成严重后果，你来想办法去监控这个小钱的一举一动。”张朝国说。

“好。我来安排。我建议必须向景一凡严密封锁崔夏萍自杀的消息，防止我们下步工作陷于被动。抓紧审查景一凡，尽快突破其口供。”徐寅提议道。

“有道理，我同意你的观点，芮书记也这意见，我们想到一块儿了。”张朝国点了点头。

“但是，我们不能太暴露我们已掌握的证据，否则他会顺竿爬。必须让他自己说，我们切忌操之过急。”徐寅谈了自己的想法。

“嗯，这点上我们确要沉得住气。点破，只能是恰到好处。已经点了一次了，接下去暂时不能点了。对了，你们那个美沙酮疗法很有效，上次后他还没出现过严重的毒品成瘾反应呢。”张朝国表示赞许。

“什么呀，这其实不是治疗，是一种替代。他妻子的尸体还冰冻着，我们已完成解剖检验任务，适当时得让他作为家属签字火化。”徐寅说，“另外，我晚上在刑侦大队有个侦查工作汇报交流会，过来你这边会迟一点。”

“你呀，先管住身体。看你那胃疼的样子，都替你担心。忙完这阵子，去做个检查，管好身体为了更好地革命嘛。”张朝国打趣道。

“呵，谢了，我备好药了。回见。”徐寅起身。

走出纪委办案点，徐寅看了看表，已过了午饭时间，因为早饭吃得迟，也不觉着饿。他忽然觉得该去理发了，就叫司机把他送到“天涯理发屋”。

天涯理发屋坐落于市政府后门的一条小弄堂内。其实只有楼师傅一个人，楼师傅六十多岁，早先就在市政府大院理发，属于吃公家饭的，机关事务局的一名职工。理发修脸的技术特棒，特别是给男士理平顶头那可有绝活。而且待人热诚，人缘极好。他不是江屿市本地人，是邻县人。老伴两年前得脑溢血过世了，只有一个女儿留学美国休斯顿大学，已在美国工作，一年才回两次国。楼师傅倒也落得清静，退休后闲着没事，选在市政府大院后面弄堂开这么一家理发屋，来的都是些老顾客。还别说，许多市领导包括主要领导都慕名而来。徐寅是他的老邻居老朋友老顾客。倒不是徐寅留平顶头，而是以前住同一单元，徐寅住他家楼上，对门是黄老师。后来徐寅一家买了新房，搬到另一个较远的小区去了，楼师傅黄老师依旧住那。

“楼叔，吃饭哪？”徐寅推门进去，见楼师傅坐在小板凳上，一张矮桌上放着四个菜，正小酌呢。

“阿寅呀，吃饭没？”见徐寅进来，楼师傅抬头问，也没站起来，老熟人了呗。

“还真没吃。”徐寅视楼叔如家人，也不客气。

“来，那喝点呗。”闻言，楼师傅起身去拿碗筷。

“楼叔，我们有规定，工作时间不饮酒，来杯开水吧，以水代酒，陪陪您。”徐寅推辞道。“那行。咱爷俩好久没聊了。”楼师傅端来一杯热水，放一双筷子。徐寅拉了把高椅坐下，与低矮的桌子很不协调。可那一桌一椅是独有的，据说打从楼师傅二十几岁时就陪伴他了，是他的标配。

“阿蔓甜甜都好吧？”一坐下，楼师傅就问，“有半年没见到了。”

“都好，甜甜中考不错，还是学区中考状元呢。”徐寅说，“来，以水代酒，碰下。”徐寅举起杯，两人碰了一下。

“楼叔，正想问你个事，近日有见黄老师吗？”徐寅问。“她呀，没见过几回。我晚上回去晚，早上又起得早，你知道我习惯，坚持每天五点起来去早锻炼，所以碰见少。但听邻居讲，她一直不开心，小磊可能得了什么病，我是有年头没见过他了，但有邻居讲他其实时常回家的，人好像很瘦。唉，现在的年轻人呐，捉摸不透。她老公半天放不出一个屁，也不管，都黄老师操心。”楼师傅叹口气，“滋”的一声，喝下去一口酒，听着让人觉着甚是有滋有味。

“噢，你的杀人案破了没？”楼师傅反问。“没呢，尚没头绪。”徐寅吃着菜。

“我看你们当个官也不易，你来之前，孔市长刚刚来理了个发，我瞧着他有事，以前来总是说说笑笑，今天来基本没说话。多大的一个市呀，工作压力够大的。”楼师傅笑笑，“还是我小老百姓好哇，无忧无虑，过我们的小日子，喝点小酒。”

“那是。”徐寅表示认同。他突然想，幸亏自己没当什么市长，也当不了。又为自己的异想哑然失笑。楼师傅讶然地看着他，举起杯：“来，喝酒吃菜，管那么多干嘛呀。”

小磊之变

人性的徘徊

吃完饭，正理着发，徐寅的手机响了。徐寅因为围着围布很不便，从口袋里掏手机掏了半天，弄得楼师傅在后面直埋怨：“理个发也没个消停，那么多事呀。”电话是王蹇从人民医院急救中心打来的：“报告徐局，都是好消息，两个人都救过来了。陈一迪还没完全恢复意识。崔夏萍已经清醒了，输了很多血。她爸也赶到医院了。崔老爷子说等过了危险期想与你聊聊。”

“好的，你们还要留下两三个人继续看护，以防再出意外。见了崔老爷子，告诉他，改天我专程去府上拜访他。另外，如果一切顺利，晚上七点的侦查工作汇报交流会也算是专案组成员会议照原计划进行，你抓紧安排下去。我请示下王局，看他晚上是否有空参加。”徐寅布置着任务。放下手机，他依然理他的发，也许太过疲劳，他竟然在电动理发刀嘈杂的声音中沉沉睡去……

徐寅是被妻子罗蔓的电话吵醒的。她说去看过黄老师了，这两天她身体不适，正好中考完了，学校也没什么事，多是让老师们集中起来搞搞理论学习，相对宽松。下午她正在家中休息。罗蔓说：“我们谈起了小磊的情况，她哭得可伤心了。我问她怎么了，她只说她命苦，没指望了，做人都没意思。我问她小磊得的什么病，她就不说。我说我是医生，有什么病一起来解决，我们江屿不行，去省城，去上海去北京。她说不用了，没救了。还说小磊一个月前回来过一次，向她诀别，说以后再不能和她在一起了。现在也不知去了哪，手机通的，但没人接。她要你帮个忙，说你们警察有办法，可以查到手机的方位。作为母亲，可以理解，你想个办法行吗？”

“这我想想办法，她虽然是我们的朋友，但也是普通群众。群众有紧急求助，公安机关理当施以援手，你把小磊的手机号记下了吗？”徐寅问。

“记下了，我给你发过去。小磊的病我觉着蹊跷，又不像癌症，有什么病那么难以启齿，不可告人？难道是……”罗蔓自语。

“难道是……”徐寅也在思忖。“艾滋病！？”夫妻二人不约而同说出，两人顿时心里有了浓重的阴影。

放下妻子的电话，徐寅心情异常沉重，脑海中闪现马小磊少年时的身影：圆圆的脸蛋，大大的眼睛，总留着很短的头发，见人腼腆，不善言辞。然而他却曾是个品学兼优的学生，一直担任班干部，年年被评为“三好学生”“优秀班干部”。最让他记忆深刻的是，有一次他在街上偶遇小磊的班主任柳老师，因为柳老师的老公是江屿市禁毒大队的大队长桑田（徐寅任刑侦大队长时，桑是副大队长），她与罗蔓又同是江屿市公安局评出的“十佳警嫂”，大家都是老熟人了。她知道马小磊是徐寅的邻居，就特地告诉了他一件事，让他转达下黄老师，近来有段时间快个把月了，马小磊老是不在学校食堂吃中饭，是不是忘了给他饭钱了？徐寅碰见黄老师说起这事，黄老师又气又急。由于不在同一所学校，柳老师不说还真不知情。后来问了小磊，他硬是不肯说，还是在徐寅帮着开导之下他才说出实情，原来他早餐尽量吃得饱一点，中饭基本不吃，把省下的钱去帮助一位身有残疾的同学了。他了解到这位同学父亲早逝，他自己幼年因为一场大病致右腿肌肉萎缩，每天拄着拐杖上学。同学与母亲相依为命，母亲做钟点工为生并供他上学，谁知母亲遭遇了一场车祸，受伤住了院。这个同学又要上学又要照顾母亲，更主要的是经济上有了严重困难。小磊获悉后，就默默地帮助他。这件事，对徐寅的触动很大，多好的孩子呀！多有爱心和责任感的孩子呀！他甚至开始憧憬这孩子美好的未来。小磊从小敬重父母长辈，见了徐寅夫妻老远就喊叔叔阿姨，只要有机会他就会缠着徐寅给他讲警察抓坏人的故事，徐寅也能从这棵幼苗身上感受到满满的正能量。考上高中后，他专程买了袋小磊最喜欢吃的白巧克力送给他。考上大学了，临去云南前，他又买了把小磊最想得到、而他妈一直担心影响他考大学没买的小提琴送去。马小磊的小提琴演奏《圣母颂》获得过全市中学生音乐才艺大赛一等奖。那优美的旋律如诗如画，堪比天籁，听得人灵魂深处都觉着是一尘不染的。谁知，才过去了仅仅几年，他如今却重病染身，与往日已不可比肩。若是真得了那病，他该如何自处？想到这些，徐寅不禁双目湿润，唏嘘不已。

徐寅定了定神，立即拨通情报中心主任曾蔚兰的电话，让她立即联系相关部门查一下马小磊手机的位置和通话记录。

“号码我马上转发给你。”徐寅说。

“是！我马上落实。”曾蔚兰是女军人出身，讲话做事从不含糊。

徐寅辞别楼师傅，跨出理发室，他觉着有必要回到办公室好好理一下思路，在晚上的会议上提出下步工作的重点方向。

“你要注意身体呀！”背后，楼师傅总不忘他每次去必有的同一句叮嘱，一股暖流涌过他的心头。

似露端睨

人性的徘徊

晚七点，公安指挥技术大楼，局党委会议室。

今晚的案件侦查汇报会改在这举行。王必虎局长、袁海兵政委亲自出席，徐寅和全体专案组成员齐刷刷到场。“同志们，‘6·25 命案’发生至今已快一个月了，至今未破，愧对市委市政府，愧对六十万江屿市人民啊！最近，发生了很多事，江屿的天下很不太平，人民群众议论纷纷，网络舆论可是众说纷纭，但很少是给我们公安机关点赞的。一个市领导的家属被害，牵动多少人的心啊。同志们，我们面临着前所未有的挑战，我们只有拿出铁一样纪律，铁一样的决心，铁一样的意志，攻坚克难，以置之死地而后生的勇气，拿出锲而不舍的刑侦精神，向人民交出一份满意的答卷。这样，人民才会相信我们，拥护我们！”到底是优秀的政治工作者，政委袁海兵的开场白让在座每个人都热血沸腾，“下面请王局长讲话。”

“同志们，诚如政委所言，我是压力很大啊。废话不说，大家畅所欲言吧。”王局长总是这种风格，喜欢直入主题。

“那好，先请王蹇大队长介绍下总体工作进展情况。”徐寅点将。

“好的。综合我大队此前工作，我们是从以下三个方面来开展工作的：第一，围绕现场痕迹物证的甄别和现场疑点的排除。从现场足迹推断，嫌犯身高应在一米八左右，从其脚后跟着地较重、磨损度大推断，有两个职业的人应作重点考虑，一是部队服过役的，即有当过兵的经历；二是汽车司机，特别是货车司机。经调查，死者及其家庭成员的交往主要关系人中，身高符合条件的极少，即使有也不具备此类条件。至于后者，则更没有符合条件的对象。现场院子外水沟中提取的香烟头与后山上警犬搜索到的烟盒均为白沙牌香烟，可以推断嫌犯作案前在后山有事先潜伏或踩点的可能。经向市烟草专卖局核实，白沙香烟由湖南中烟公司生产，有很多规格，最高的极品烟卖到每包一百元。而现场发现的这款属于蓝色盒子包装，精品烟市场价每包八元，全市各网点有售。但本地人买得不多，抽的也多属于农村收入不高的人群，湖南本地人较为喜欢。从烟头提取的DNA与被害人指甲内提取的人体组织DNA认定是同一人，可以认定为凶手所留。但被害人阴道内提取精斑的DNA却是另外一个人，当然也不是景一凡的，这个疑点还没排除，也是个很关键的疑点。再者，致被害人死亡的原因是煤气中毒，又称一氧化碳中毒。其中毒机理是，一氧化碳与血红蛋白的亲合力比氧与血红蛋白的亲合力高200~300倍，所以一氧化碳极易与血红蛋白结合，形成碳氧血红蛋白，失去携氧能力，造成组织窒息，也就是说通常发生于煤气泄漏而又密不通风的条件下。但现场装有煤气自动保护切断装置，那么这煤气又来自何处？难道嫌犯自带煤气瓶？有悖常理啊。而且现场也没遗留煤气钢瓶。难道不是第一现场？从床上喷溅的血迹看，也不应该是移尸后的第二现场，这个谜底至今也未解开。”王蹇示意技术人员按照他讲的顺序把现场提取的物证通过投影仪投射到屏幕上，配合他解释。他呷了口茶，停顿了一下。

“常理？如果囿于常理，我们就会自捆手脚。大家尽可以展开想象，甚至异想天开，不要怕被人笑话。罪犯是不会给我们按常理出牌的。”王局长语重心长。

“我想补充一点，死者死后面部神情安详，而不是扼喉勒脖子致人窒息死亡时呈现的瞳孔放大面部现惊恐扭曲之状，面色桃红，嘴唇樱红，符合一氧化碳中毒死后的状态，通常被称作艳尸。”刘法医插言道。

“我再接下去说。第二，围绕杀人动机来开展。本案是凶杀案无疑。但杀人动机是什么？情杀？死者生前社交简单，无复杂感情史，调查未见有与异性的不正当交往。但丈夫景一凡就有待作深入调查，似有端倪，是否陷夫妻感情纠纷还难说。虽然因其长期不能生育导致夫妻关系冷淡，但也不曾有过感情破裂。所以情杀显然缺少论据。财杀呢？她生前买过一玉石吊坠，也叫挂件，价值两万多，至今失踪未找到，但现场柜橱未见翻动或有撬痕，又不似盗转抢引发杀人。就算是，也不应选择煤气中毒方式，而且胸背部有奇异伤势，多余动作无法解释，难道嫌犯有此怪癖？强奸杀人？强奸的行为已确实存在，但被害人虽然还有姿色，毕竟四十多岁，一般意义上不太会成为强奸的对象，即使是，那么现场出现两个男人似也于理不通，也不是什么轮奸，定性有点牵强。仇杀？面上两个调查组调查，她本人应无直接的仇人。被害人行事低调，为人谦和，乐于公益，但其丈夫和其弟是否有仇人继而迁怒于她，还无法确定。但若是仇杀，那么为何没有先兆？唯一线索是生前与邻居马爱红讲起过其弟陈一迪因债务遭人追杀，是说说而已还是真有其事？她本人怎牵涉其中？另外，我们不能忽视一个重要事实，她是一个堂堂副市长的夫人，不是血海深仇，谁敢冒这个险？”王蹇一口气讲完第二点，环视会场。

“第三，”王蹇清了清嗓子道，“围绕被害人丈夫景一凡是否具备作案可能来开展。赴甬调查组先后访问了景在甬案发当晚交往的关系人三十余人，既有与会人员，又有景在甬的朋友，还有宾馆服务员、夜排档工作人员，经排查其前期情况无异。只有晚十点与十一点二十分这段时间与一在甬同学相约外出过。这名同学是景大学同学，在勘测设计院工作，男性，名叫童禄伟，因其正好去欧洲考察，待其返回后作了详询，耽误了些时日，证实两人去看望了在甬的高中老师戴老师，也从戴老师处得到了印证。屿甬两地车程至少一个多小时，无法在一小时二十分内完成作案返程。因此，景一凡本人不具备作案时间，也缺乏杀人的动机。”

“我先汇报这些，接下去由其他同志作补充。”王蹇说完看了看手下众位干将。“我来汇报下去省厅刑事科学研究院工作的进展情况，”张又松站起来补充道，“非常凑巧，省厅刑研院王主任刚刚来过电话，说DNA检测有了进展。”

进展？什么进展？大家屏息静气，齐刷刷把目光投向了张又松，个个目光热切而期待。

充满信心

人性的徘徊

“我先由DNA基因中Y染色体的特质作一说明。科学家认为Y染色体是决定生物个体性别的性染色体的一种。男性的一对性染色体是一条X染色体和一条较小的Y染色体。在雄性是异质型的性决定的生物中，雄性所具有的而雌性所没有的那条性染色体叫Y染色体。对哺乳类动物来说，它含有SRY基因，能够触发睾丸的形成，因此决定了雄性性状。更具体地讲，人类的Y染色体中包含约6千万个碱基对。Y染色体上的基因只能由亲代中的雄性传递给子代中的雄性。人类有23对46条染色体，其中22对44条为常染色体，另外一对为性染色体，XY组合的为男性，XX组合的为女性。Y染色体只能父子相传，所以研究Y染色体，可以发现人群在父系关系上的迁徙和发展。”张又松仿佛课堂上讲课。

“你想说什么，科普吗？这么啰嗦，急死人。”孟杰明是个急性子，催促道。

“这么说吧，掌握了这一特性，即使不能锁定犯罪嫌疑人，也可以大大缩小侦查范围。当然前提是找到有相似的DNA，Y染色体位点的检材。”张又松不紧不慢。

三位局领导都不言语，含笑拿眼看着他。他们都了解，这个张又松总喜欢多说一点。

“我们对花果山社区全部成年男性甚至下限放宽到了十六岁，提取了血样。经DNA检测，小区保安吴大龙的DNA有七个位点与现场被害人阴道内提取的精斑DNA相一致。”张又松加重了语气。

哇！会议室一阵骚动。

“这是什么概念呢？”王局长微笑着问。

“这个结果告诉我们三个信息：第一，吴大龙肯定不是嫌犯，其相同位点之少，可以排除他本人。第二，从Y染色体的特性看，这个凶犯是吴姓一族，或与吴姓存在渊源血亲关系的人。第三，基本可以排除外地人流窜作案的可能，但只是基本，因为有些宗族历史上迁徙有过反复，比如谢氏宗亲曾从中原迁入江浙，而又有一支回迁至中原地区。”张又松说到这里，会场内报以热烈掌声，弄得他局促不安，几近站立不稳，大家哈哈大笑。

“当然，也不是百分百吴姓，还有吴姓人入赘为婿的，还有不正当男女关系引发的。”王蹇补充道，又一阵哄笑。

“大家不要笑，这是科学，严谨的科学！两位大队长讲得非常有道理，也为我们下一步工作重点提供了方向。”徐寅正色道，“刚才王蹇同志补充的，其实反映的是我们刑侦工作的严谨态度，任何可能都不能忽视。DNA技术的成熟和应用，为我们新时期刑事侦查工作提供了新途径新手段。大家要深刻认识到这项工作的重要性，特别是搞技术勘查的同志，要有强烈的意识。大家继续就侦查工作发表意见。局长说了，想啥说啥，畅所欲言，异想天开都行，不拘形式嘛。”

“我发个言，我认为案犯并不是熟人作案。理由是：第一，既然案犯曾潜伏于后山，进行踩点观察，如果是熟人，就多此一举。第二，晚上十点至十二点，城市小区还不是夜深人静的时候，小区内还有少量人员走动，选择这个时间段作案，说明对这一规律不够了解。”侦查员孙小刚发言。“我不这么认为，到目前为止，尚没有发现案犯是如何入室的，既无新鲜撬痕，门窗又完好无损。这有三种可能：第一，熟人作案，敲门而入，被害人从里面开的门。第二，乘被害人不备，溜门而入。第三，案犯有钥匙，开门而入。这三种可能，个人认为第一种可能性为最大。因为第二种情况现在很少了，一般人外出定随手关门。我在对邻居马爱红的访问中，再三问了这个细节，她说被害人陈一飞一直有随手关门的习惯，而且每次还不忘提醒她。而具备房门钥匙的，只有丈夫景一凡，刚才说景已排除。所以，我认为是熟人作案。”侦查员黄佳是中国刑警学院毕业的高材生，梳个马尾辫，反驳别人时从不会考虑对方是她上司还是同事。

“那么本案是一人作案还是二人合伙作案？这个问题首先要解决。否则讨论是熟人作案还是陌生人作案就没有意义。从现场痕迹物证特别是出现两种除景一凡之外男性 DNA 样本看，应该是合伙作案。但奇怪的是为什么只有一个人的足迹？难道是一个人背着另一个人进去作案，作完了再背出来？”重案中队长范龙抛出个说法弄得在场人人大笑。

“以前也有个案例我们学到过，嫌犯将建筑工地模板铺地上，依次递进进入现场，作完案后再同样逐次换板退出的情况。”侦查员小史说。

“这不瞎扯淡吗？用这个方法理论上行，但要用也得一起用呀，一个人用，一个人不用，你以为演大戏呀？”范龙立即反驳。

“范龙，你这方法不对，让人家说嘛。什么叫畅所欲言？”徐寅批评了范龙。

“有没有这样一种可能？嫌犯对被害人的性侵是为了转移我们的视线？”刘法医一直不吭声，冷不丁吐出这么一句，说明刚才他陷入深深的思考中。

“你的意思是嫌犯根本没有强奸被害人？”张又松反问。

“是的，我也是推测。”刘法医道。

“那如何解释阴道中的精斑？”张又松紧追不放。

“这个嘛，可以人为。”刘法医想半晌，语出惊人。

啊？众皆哗然。

看了看表，时间不早，大家已七嘴八舌议论了半天，徐寅得小结一番了：“同志们，今天的会议既是对前期工作的回顾总结，更是采取发散思维，开了个诸葛亮会，对下步工作探讨方向，效果很好，值得肯定。特别是刘法医小孙小黄等几个同志的观点让我很受启发。关于下步工作，我先讲几点，等会以王局长的指示为准。第一，被害人的社会关系，特别是其丈夫景一凡和其弟陈一迪的社会关系作为延伸关系要作专门详尽的调查。刚才会前已获悉陈一迪已抢救过来了，他在其姐遇害后自己又在这么短时间内遭人伤害，难道仅仅是巧合？两者就没有联系吗？第二，DNA反映出吴姓宗氏的Y染色体问题，以小区保安吴大龙为基点，先对本市吴姓分布各支作详尽调查，这方面调查以屿城派出所为主牵头，注意邀请吴氏宗族中有一定威望的人参加，要正面引导，防止误解，争取吴氏宗族人民群众的理解和支持。第三，在不能排除盗窃转为抢劫杀人的情况下，对全市住宅条件较好小区的入室盗窃线索做一次全面梳理，这块工作不能忽视。完了，接下去请王局长作指示。”

话音刚落，掌声响起。

“大家辛苦了！我看今天的会议开得好！形式好，效果也好。优秀的刑事侦查员就要善于思考，直面问题。关于下步工作，徐副已作了明确指示，我完全同意。希望大家盯住不放，力争尽早突破。此案不破，我们何以面对六十多万江屿父老啊！不多说，静候佳音静候佳音啊。”

听得出，王局长内心很焦急，但他就是没表达出来不耐与责备，这中间既有他作为局长应有的担当，更有他对这些部下们弥久不变的信任和期许，会场里的每一个人都明白，他们所能做的，就是用热烈持久的掌声来表达决心和这份沉甸甸的责任。

深情追忆

人性的徘徊

“徐寅兄，你晚上还过来吗？”徐寅开完会，才回到办公室屁股还没坐下，张朝国来电话了。

“来呀，怎么不来？那不仅是你的菜，也是我的菜呀。”徐寅回答，“我一会儿就过去。”

“那我们一会儿见。”张朝国依然劲头十足。

一小时以后，纪委谈话室，灯火通明。与昨日不同的是，原先房间内的陈设作了改变，沙发被移走了，只放了一条硬板凳，对面是一张桌子和三把椅子。桌子上有的只是一台电脑和一些录音设备。看来，这些是张朝国的精心安排。走入室内，徐寅拍了拍张朝国的肩膀，两人会意地哈哈大笑。显然，他们觉得到了给景一凡一种“角色置换”的时候了。坐定，景一凡很快从其不远的休息室被人陪着带进了谈话室。当他跨入房间的一瞬间，看到了改变后的布置，忽地停住了脚步，怔了半晌。

“景一凡，坐吧，还怔着做什么呢？”张朝国直呼其名，语气中可以听出态度严肃。景一凡抬头看了看坐在他面前的三个人：张朝国、徐寅、一名负责记录的纪委工作人员，比之前少了一人。他一声不吭地走过去在椅子上慢慢坐下。

“景一凡，留给你的时间已不多了。你应该明白，仅凭你吸毒这一项，足够你喝一壶了。你若不愿向组织坦白，只能让你直接进入刑事程序了。”张朝国说完转过头去对着徐寅，徐寅点了点头。

景一凡摇了摇头，苦笑几声，并不说话。气氛陷入令人尴尬的僵持中。

“您倒清闲，崔董可是痛苦啊！”徐寅突然说，声音不大，景一凡耳旁如“嗡”的一声，他整个人抖动了一下。

“她怎么了？她……”景一凡瞪大了眼睛，急切地问。

“不是她害的你吗？你不恨她？”徐寅反问。

“恨？恨呀，但我也爱她。”景一凡竟然如孩子般呜呜哭了起来，哭声里，他的脑海里再次浮现出以往的岁月……

不可否认，起初，景一凡对崔夏萍是仇恨的，对她处心积虑设下陷阱令自己染毒感到非常的厌恶和恐惧。然而，毒品这东西，使人产生的精神依赖由浅而深，挥之不去。当然也因人而异，有人几次都不怎么上瘾，有人一次则可成瘾，景一凡属于后者。痛恨之后是痛苦，痛苦之后就变成不自觉地追求。景一凡内心产生强大抗拒，抗拒自己成为崔夏萍的俘虏，强大的自尊和极度的诱惑相互交织撕咬着他。崔夏萍所言“在乎他”，在他看来是实实在在的谎言。因为他知道，她及她背后的利益集团正利用他手中的权力获取利益工程，不就是水利工程吗？他从内心鄙视她。所以，当他把内部会议记录扔给她的时候，他居然想起小时候去田里抓了泥鳅喂老鸭，鸭子会贪婪地把泥鳅吞入肚中。但是，精神上的需求已如昌蒲江的滔滔江水，把自己残存的一点抵抗力冲得无影无踪。

他不自觉地跟着崔夏萍来到她的家，她的卧室。当他屏住呼吸然后猛然吸入的那一刻，他分明看到自己的灵魂如一缕轻烟，袅袅娜娜地飞离了自己的躯壳。他依稀看见，崔夏萍从浴室出来，婀娜的身材，洁白的肌肤，及肩的长发还滴着水珠，她用毛巾边走边擦干着头发，不断地在景一凡面前摇晃着，他觉得自己的血管偾张，快要裂开了。他躺在床上一动不动，盯着眼前的一切。

“一凡，你怎么啦？”娇啼声中，崔夏萍钻了进来。“我爱你！爱你！”崔夏萍边说边捧住他的脸，一阵狂吻。景一凡霍地起身，双目喷火，两臂肌肉隆起，如饿狼扑羊，心中的怒火席卷而出……

“你要杀了我呀？”崔夏萍说是责怪，却发出银铃般动人的笑声。他忽如斗败的公牛，喘着粗气，瘫在一旁动弹不得。毒品引发的亢奋正慢慢褪去，他感受着人生的游戏剧如折子戏般完成一个又一个，渐渐睡去。

从此，他隔三差五，只要有机会就会不请自去。妻子陈一飞依旧去茶庄去社区去散步，规律地生活，从不过问他在干什么。

环城河水利工程从原预算20亿元调整为28.7亿元，理由是建设标准提高。工程建设招标的结果，四个标段毫无悬念地分别由“环海”和“百佳”中标，各两个，一碗水端得很平。参与招标的范围划到三级水利资质，参与企业五十余家，当然，这些企业都是抬轿的。而工程监理由省城的“蝶恋花”监理公司中标，老板是上海人，叫裘丽蝶，听说与孔市长公子孔阳儿媳施琳都是同学。开标结果出来后，孔市长在听取景一凡汇报后说：“好的，都是我市的骨干企业中标，很好嘛。至于监理，引入上海公司也是好的嘛，对本地企业也是一种触动嘛。”景一凡暗暗发笑，也不便明言。他想：谁做不是做呢，只要保证质量，按期完工。经过一段时间，景一凡发现，崔夏萍对他，远没有他想的仅仅利用他那么简单。其实，崔夏萍是真痴情于他的。她会从很多细微的地方关心他，穿什么西装合身啦，与什么颜色的领带搭配好啦，用什么男士护肤品啦等等，仿佛他身上的一切都是不可大意的，这与妻子陈一飞形成了鲜明的对比。妻子从不关心他这些，衣服都是给他洗净熨平挂衣柜里，至于他想怎么穿，她一概不问，两人之间话语不多。渐渐地，景一凡感情中的冰山被崔夏萍慢慢融化了。如果说他从心里开始对崔夏萍产生了好感是一种量变，那么发生根本质变让景一凡内心掀起巨大波澜的事终于还是发生了。

“一凡，我今天去医院了。”崔夏萍轻声告诉了景一凡。

“去医院？你病了？”景一凡随口问。

“什么呀，我怀孕了。”崔夏萍很随意地说。

景一凡几乎不相信自己的耳朵，这对于一个男人来说应该是令人兴奋的，而对于一个妻子未曾生育的男人来说，那是一份巨大的感动。景一凡几乎对一生中有自己的子嗣绝望了。而这一刻，他难抑喜悦，几近落泪，情不自禁地抱住了这个他为之恨为之怨为之疯狂的女人。他差不多在这一瞬间彻底颠覆了对这个女人所有的一切不满与不齿。

“一凡，这辈子，我也不会再嫁了，我会永远跟着你，不需要有什么名分。待过些时日，肚子还没显露出来，我就选择去美国。待孩子生下来，我再带回来，就说领养的。你不用担心，一点也不会影响到你的前途、你的家庭。孩子虽然是我们俩的，但主要还是我的。我的一生注定会是这样。这是上天送给我的礼物。”崔夏萍悠悠地说，泪流满面。

想不到这个自己曾经鄙视的女人如此善解人意，景一凡也禁不住热泪盈眶，两人依偎得更紧了。一轮圆月当空，如银的月光倾泻下来，与庭前草丛中的露珠交相辉映，星星点点，引出无数美好的憧憬……

算是交易

人性的徘徊

然而，不幸的人总是不幸。几个月后，崔夏萍出境来到香港住下，每天坐在酒店阳台上看维多利亚港湾的船来船往、碧海蓝天，享受人生，她放下一切，把公司交给下面的人打理，自己则专心养胎，偶尔到深圳珠海转转，重要的事都在电话里解决。到了怀孕六个月的时候，香港医院的检查结果让她痛不欲生：胎儿发育出现畸形，很快将成为死胎。她仿佛天崩地裂，不敢相信这个事实。虽然，她也曾担心过，她吸毒会影响到胎儿，现在悲剧终于发生。当她哽咽着把这个消息告诉景一凡时，景一凡感觉自己从摩天大楼上一跃而下，脚下耳旁是嗖嗖凉风，几欲晕厥。

因为没保住胎，崔夏萍万念俱灰回到了家。为这事，她差不多走到了自杀的边缘。她不是一个文科生，但她却为此写了一首诗，题为《陨石》，景一凡读过，忘不了其中的诗句：

星空，
好多星星，
我从来没有，
打小起也没有，
数清是多少颗。
奶奶说那里有一颗，
必定是我，
将来，

你有几个孩子，
就会有几颗星星，
我记住了。

我问，
奶奶当你老了，
离开我们时，
你是否还在星空？
奶奶说人老了，
星星就会殒落，
不见了，
永远不会回来，
我记住了。

因此我总不时凝望星空，
盯着那颗我自以为是
我的星星，
身旁突然有了
一颗两颗三颗……
很久，很多年以后
真的有了一颗小星星

稚嫩得像颗萤火虫，
我看见了，

我发誓
我甚至看见那颗大星
已经握住了小星的手。
那是我的孩子，
我知道。

然而，
有一天，
小星不见了，
它陨落了吗？
为什么陨落
陨落的不是大星？
为什么？
奶奶你能否告诉我？
大星虽然亮着
虽然还挂在星空
其实它的心已陨落了，
我知道
我真的知道！
从此星空将永远是黑暗的。

两个人度过了人生中最难捱的岁月。他们终于明白，在毒品和孩子之间，他们只能择其一。这种抉择是没有最终答案的，因为他们从来就不曾战胜过自己。倒是飞天公司渐渐度过了艰难期，把“虎狼兄弟”的债给还清了。这孙周二人倒也仗义，从不催款。崔夏萍也由此深深懂得了：钱，有时未必办得了所有事，权，终归是凌驾于钱之上的。她从心底里感激景一凡，也钦佩他的魄力。然而，她更怕他受到伤害，害怕失去他。无论是事业，还是感情，她已觉得自己与他命运相系、休戚与共了。他成了她全部的精神寄托。

“菜花儿，云南这边风声很紧了。豹子进去了。我去了缅甸，与老扁约好了，他非要你出面。地点在姐告，时间你定。十万火急，缺货了。”电话那头急切地说，连坐边上的景一凡都听得十分清楚。

“知道了，我考虑一下回复你。”崔夏萍立马挂了电话。电话是马小磊打来的，“菜花儿”是崔夏萍与马小磊约定的为自己取的称呼。“豹子”是云南文山人，二十七八岁，脸上一道刀疤很是瘆人。他原名巍委德，叫起来十分拗口，天知道父母为啥给他取这个名。但没人叫他真名，所有人都叫他“豹子”。他是崔夏萍的老客户，崔在云南投资房产时认识的，也是第一个把马小磊崔夏萍拉下水初尝毒果的人。“老扁”则是马小磊新交的朋友，崔夏萍还没见过面。

景一凡看了看崔夏萍，也不言语。但他心里知道，崔夏萍当着他的面接这种电话，既是对他的信任，也是把他往她的篮子里装。他也管不了那么多了，因为一旦断了货，他自己也坚持不了多久。然而他吸归吸，还是给自己划了一条底线：决不干制贩毒的勾当。令他奇怪的是，别人贩毒是为了生计，她崔夏萍又不缺钱，为什么还去冒这个险？他一直找不到答案。他听出电话那头的声音是个男人，讲着普通话，但具有明显的本地口音，这个人是谁呢？他揣度着，也不去问。起身去倒了杯红酒，这种酒产自意大利，酒瓶上“The world's top ten wine brands”的英文清晰可见，他一仰脖都喝了下去。

“也没见你这样喝酒的。”崔夏萍嗔道。

“人生如梦，一樽还酹江月。”景一凡随口吟道。

……

中缅边境，云南姐告口岸。这里距云南瑞丽市区东南 4 公里，在瑞丽江的东岸，面积 1.92 平方公里，与缅甸木姐镇紧紧相连，是瑞丽市唯一跨江的村镇，陆路直接与缅甸相连，历史上称为“飞地”。姐告二字，系傣语，意为旧城，是中国云南省最大的边贸口岸，云南 50% 左右的边贸物资都从这里进出，为云南省瑞丽市的新经济开发区，是 320 国道的终点，有“天涯地角”之称。这里到处是翡翠玉石店，也是旅游胜地。

崔夏萍记得还是念小学时跟随父母来此旅游过，二十几年不来，已是面貌大变。街道更加宽敞，市容更加美丽，商业也今非昔比，更加多样，更加繁荣。可这会儿，崔夏萍无暇他顾，她在马小磊的带领下来到一处度假村。

马小磊把她领进了一幢别墅。客厅里已坐了一位老者，七十多岁，须发皆白，个子不高，人也精瘦，却是两目有神，精神矍铄。

“崔小姐到来，未出远迎，失敬。”老者起身相迎，伸出手来。

崔夏萍握了握老者的手，问：“敢问您是？”

马小磊赶紧上前介绍：“这就是老扁先生。”崔夏萍口中说着“幸会”心里却思忖：以为干这行的，若不是歪瓜裂枣，必是满脸横肉，凶神恶煞，竟不料老扁如此面善，气度不凡，似一个练惯了太极八卦的老人。

“呵呵，崔小姐咋啦？人家叫我老扁，也有叫阿扁的，是因为我的确敲扁过十数人头。那是他们不守信约，咎由自取。”老者哈哈大笑，其状一改刚才儒雅，突然显得放肆。

崔夏萍倒吸一口凉气，看来虎狼之藏于山林，并非不狰狞，而非到狰狞时。

“老扁先生说笑了。我小女子一个，胆子不大哦。况且我是另有家业，弄点货也不过玩玩，养养几个小兄弟罢了。”崔夏萍看似一个弱女子，面目清秀，光彩照人，却也是见过世面的人。

“呵，崔小姐不必客气，但说无妨。我平常不在中国，多在缅甸住。那边几个朋友呼风唤雨，办事方便。闻悉内地近期条子抓得紧，崔小姐怕是断了货才找的我吧？”老扁果然语出不凡。

“老先生有什么想法可以合作？”崔夏萍不再转弯抹角，直入主题。

“这样吧，货我保证供到位，品种很多，应有尽有。价格在上个月市场价上加百分二十，如何？”老扁开出价来。

“价格可以依您，但得保证纯度。水货我可不收。”崔夏萍也是生意人。

“那行，成交。这里有箱现货，你可取走。钱货两清，现钱现货。合作愉快。”老扁伸出手，崔夏萍伸手过去握住，仔细打量了一下对方的手，青筋外露，硬结凸显，多了几分戾气。不过，对方再横，也斗不过女人的心细如发。崔夏萍的每次“出访谈生意”都会被她安装于第二颗纽扣上的针孔摄像头拍摄并秘密录音，以备不时之需。这套装备是她从英国花巨款买来的。有个人这样说过：女人一旦有了心机，世界也会变得渺小。

泥潭重重

人性的徘徊

那一天是景一凡的生日。

景一凡除了记忆中孩提时每逢生日，母亲都会给他煮个鸡蛋外，几乎没过生日的习惯。母亲用红纸沾湿了给鸡蛋染上红色，就成了“红蛋”。红蛋煞是好看可爱，他都舍不得吃，拿在手里炫耀，惹得邻家的小伙伴羡慕不已。此后，他离家去很远的地方念初中、高中、大学，生日庆祝也离他远去了，以至长大后，他的印象里没有过生日这一说。

物以类聚，人以群分。他的妻子陈一飞也是个传统女性，自打认识她，也没这个“庆生”的习惯。在一起久了，他俩从不在这件事上费过什么心思，哪怕加几个菜喝上一顿酒也不曾有过。所以，当景一凡接到崔夏萍非要晚上共进晚餐的电话时，他压根儿就没往这方面想。

他一如往常前去赴宴。

吃饭的地方被安排在孙赛虎的会所。会所位于城郊一处大概有三百亩大小的园林中，一处仿四合院的建筑，白墙黛瓦，高高的围墙开了花窗，从窗栅上可以窥见院内高大的芭蕉树和翠竹，更多地彰显着苏州园林的风格。园中可见一池莲萍，两侧长廊上有休憩的长椅、石凳，风格简洁而不失雅致。

景一凡到达时，孙赛虎、周雁郎、孔凡施琳伉俪和崔夏萍都早已在那等候。孙赛虎显得甚是热情兴奋，握住景一凡的手使劲摇动：“景市长大驾光临，蓬荜生辉呀。”落座毕，电灯被突然拉灭，歌声响起，六名穿戴一致的青春少女推着一辆餐车飘然而至，唱着生日祝歌迎向景一凡。这既让景一凡感动，又让他吃惊。因为连他自己都忘记了今天是他的生日。他有些不太习惯，连生日歌都不记得歌词。崔夏萍立即与六名美少女一起演唱，然后让景一凡许愿吹蜡烛。

这是她精心安排的。她从本市的“江屿春天”大酒店请了六名最漂亮的服务人员，要给景一凡一个惊喜。景一凡依言而行，他闭上眼，郑重地许下愿望，也吹了蜡烛，然后切了蛋糕。对他来说，这是他记忆中最为隆重的庆生了。席间，孙赛虎说了很多感谢之类的话，周雁郎则取出一只精美包装的盒子，送给景一凡做生日礼物。景一凡打开盒子，是一款手表，细看是一款欧米茄手表。他知道，欧米茄手表是欧米茄旗下的产品，是国际著名制表企业和品牌，英文名称为 OMEGA，代表符号“Ω”。由路易士·勃兰特始创于 1848 年，是世界十大名表之一。眼前这款不知其价格，景一凡坚辞不收。周雁郎拿出发票让他看，他仔细核对了型号，见发票上写着才三千多元钱，也不再推辞。孔凡施琳二人一口一个叔叔叫着，甚是亲热，特别表示感谢。景一凡故作不解，问孔凡施琳两人“何谢之有”？这两人只笑不语。景一凡心中也明镜似的，哈哈大笑。崔夏萍在人前表现得甚是得体，客气地祝景一凡生日快乐，然而故意不多看一眼，也是把饭桌上的话语权交给孙周二人。

一顿饭吃了三个多小时，酒是好酒，菜也精致，景一凡也有了几分醉意。饭毕，孙赛虎非要亲自送景一凡回家，“我在车上还有事向市长汇报，还是我送吧。”孙赛虎说，大家也不去争，谁都明白孙赛虎的潜台词。

果不其然，孙赛虎把景一凡送到家时，从车后搬了两只大箱子，直往景一凡客厅闯。景一凡的妻子陈一飞此时已睡着，景一凡选择先在客厅沙发上躺会儿。

“景市长，一点小小心意，是我与阿郎两个人的，千万收下。以后还仰仗你关照呢。”说完告辞而去。待后半夜醒来，他打开一看，是两箱子钱，一捆捆整齐的人民币，数了数二十八捆，整整二百八十万呢。他立时梦醒，立马给孙赛虎周雁郎去电，都是关机。崔夏萍的倒是打通了，她咯咯一笑：“紧张什么呀，先放你那儿，过些日子我还借款时多打 280 万不就对了吗？以后你欠我，写个借条就 ok 了。”景一凡想想也是，只好作罢。那盛手表的袋子也被调了包，给他看的一款属于最为低端的，放在客厅里的却是一款高档的。景一凡觉着太显眼，就把这些钱连同手表暂时搬到了密室。想待方便时再去归还。

景一凡一点也不用担心这些东西会被妻子陈一飞瞧见。她从不去他的密室，连地下室也极少去。不过，这件事一直让景一凡心中安定不下，连续数天，这孙赛虎周雁郎二人的电话就是不通，不是关机就是无人接听，景一凡也不好发作，他只好再去找崔夏萍。

“我以为什么事这么急，我不是说过了吗，我会与他们处理好，你就放一百个心吧。他俩接了这么大个工程，没你帮忙怎么可能？表示点小意思也并不为过。再说，还有我担待着，技术上不会有任何问题。放心吧，亲爱的。”崔夏萍安慰道。

可景一凡总觉此事不妥，连续几个晚上失眠，人也消瘦了许多。他想去找他的上司孔市长汇报一下思想，然后把这些钱上交给组织。几次来到他办公室门口，他每次都犹豫再三，最后终没进去。他想到这一切的背后都有崔夏萍的影子，他不想伤害到这个女人。另外，孙周二人在江屿经营多年，社会关系盘根错节，这次通过这种形式退了钱，自己固然轻松了，但得罪了他们，那以后自己分管的这摊子工作如何开展？景一凡经过反复地权衡利弊，最后还是选择了相信崔夏萍。人就是那么奇怪，一旦自己有了答案，反而走出了忐忑不安的状态，感觉踏实了许多。

陈一飞被查出卵巢肿瘤已是八年前，那时是结婚后一直没生育，去北京做了系统检查才发现的。但那时尚不足虑，也没动什么手术。她一直不能怀上孩子，对外只能说是宫外孕大出血造成，算是撑住点颜面。她去看了老中医，老中医说吃中药可治，结果天天熬药，不知吃了多少服，景一凡是闻到那味就恶心。几年下来，不孕之症也没治好，倒是这肿瘤日渐增大。最为严重的是，还并发了子宫外肿瘤，粘连了腹腔。这种手术难度很大，风险不小。景一凡平常与妻子陈一飞也谈不上多恩爱，但他有一点是一般男人所欠缺的，那就是责任感特别强。凑巧，周雁郎妻子的表哥是上海一家知名妇科医院的院长，自然十分重视，医院成立了专家组，非常顺利地为陈一飞动了手术。手术取得了成功，而且中间产生的许多无法通过医保解决的费用超过十万元全由周雁郎作了安排。景一凡自此对周雁郎便心存感激。有事没事也去周的办公室串串门，喝杯茶。这让孙赛虎甚是妒忌。好在孙周关系颇好，两人都视景一凡为兄弟，让坊间的人羡慕不已。

这不，周雁郎弄到了十六万一斤的极品武夷山大红袍红茶，立马打电话邀景一凡过去。

“景市长，忙啥呀？我刚弄到的大红袍，新鲜着呢，名家焙制，武夷山山崖上采来的极品，快来尝尝。你夫人的琴心茶庄哪有这等好茶呀。”周雁郎讲话语调不紧不慢。

景一凡对好的茶叶有种特别的嗜好，他应约而到。

说是办公室，其实是一层。周雁郎在本市的地标性建筑“屿帝大厦”内买下了十八至二十三层。十八层是公司办公室，中层干部以下均集中于此。十九层是总经理及三个副总的办公室。二十层就是他一个人的。一千五百平方米的面积被划分成多个功能区。大楼电梯非持卡者无法到达这个第二十层。景一凡抵达时，周雁郎的年轻女秘书小贝已在电梯口迎候。上得电梯，周雁郎相迎入茶室。崔夏萍孙赛虎已先他到达，见他进来，立即起身迎接。

房间内清一色小叶紫檀红木桌椅，茶具也是十分讲究。所谓茶具也只是指茶杯、茶壶、茶勺。只是瓷器的讲究不同，远不是唐代文学家皮日休所作《茶具十咏》中所列出的茶具种类“茶坞、茶人、茶笋、茶籯、茶舍、茶灶、茶焙、茶鼎、茶瓯、煮茶”这般齐全。但周雁郎还是颇懂茶之人。他取出他的极品大红袍茶，介绍起他的茶经：上好的大红袍茶，其外形条索紧结，色泽绿褐鲜润，冲泡后汤色橙黄明亮，叶片红绿相间。品质最突出之处是香气馥郁有兰花香，香高而持久。

“行了，说起来一套套，上茶吧。”孙赛虎听得不耐烦了。周雁郎一招手，几个女服务人员送上茶来，顿时满室溢香，让人心旷神怡。一会儿，边上古筝响起，一曲《高山流水》让人如痴如醉，真所谓有茶不可无琴，景一凡觉着自己仿佛远离了尘世，忍不住微笑不已……

……

徐张二人面面相觑，惊讶于景一凡的沉静，这种时候他居然还能莫名地微笑？张朝国哼哼两声，景一凡吓了一跳，才发现自己的失态，尴尬地冲坐在上方的徐张二人吐出了三个字：我交待！

团伙奸恶

人性的徘徊

第二天一上班，徐寅来到办公室，情报中心主任曾蔚兰和屿城派出所所长周兵已早早在门口等候了。

“怎么？开门诊呀？”徐寅打趣地说。

“谁叫你是专科大夫呢？”曾蔚兰大大咧咧，脱口而出。

“那行，谁先来？”徐寅一边掏钥匙一边笑着问。

“女士优先呗。”周兵指了指曾蔚兰。

“那谢谢周所，我就不客气了。”曾蔚兰直接跟了进来。毕竟是女人，走进徐寅办公室的第一件事不是急着汇报，而是帮徐寅整理了下堆得很高的文件和报纸，然后用抹布擦拭了桌子茶几上的灰尘，三下五除二，比原先整洁多了。然后，替徐寅泡上茶，恭敬地在对面坐下。

“辛苦了！你说吧。”徐寅很欣赏这位部下的能干。

“我来向你汇报下，经与上级侦查部门联系，查出马小磊手机前几日在江屿，今天出现在四川成都。与其通话的号码基本上都是云南的，本市联系的一组号码机主叫张二木。查张二木是本市大山乡人，58岁，务农，已向大山派出所做了了解。张二木，平时老实厚诚，很少外出。妻子罗彩仙，55岁，也在家务农。育有一女一子，女儿张珊珊，31岁，大学毕业后在厦门一家外资公司工作；儿子张雷雷，25岁，本市职业中专毕业后先是在酒店当厨师，后辞职，目前无业。要考虑该手机号是张雷雷借用父亲名义购买的，有待找到其本人核实。但奇怪的是，从其通话记录看，又没与厦门的手机有过通话，会不会还有第三人借用这个号码？”曾蔚兰汇报工作极具逻辑性。

“那你与重案中队范龙联系下，让他派一人协助你，这事儿指定由你牵头，不再让别人过手，反正你负责查清。找到张雷雷不是什么都清楚了吗？”徐寅答。

“是！”曾蔚兰起身，敬个礼，转身离去。

周兵一进来，第一件事是找烟缸。徐寅几乎不抽烟，办公室里自然也不放烟缸。结果找不到烟缸，只好找了个一次性纸杯，放上水，权作烟缸了。周兵也不管徐寅反对，将烟点上，深吸一口，半晌才从鼻孔里冒出一丝烟。那场景让徐寅想起了景一凡。

“你呀，一杆老烟枪。”徐寅笑着说。

“报告徐局，我只抽一根。求您了。”周兵扮了个鬼脸。徐寅也不理他，摊开文件夹，批阅起文件来。他不着急，让周兵过足了瘾再说。

“报告，抽完了。”周兵打个哈哈。

“行了吧。说吧，什么情况？”徐寅放下文件，打开笔记本问。

“我所最近在调查一起寻衅滋事案件中，发现了一起吸贩毒线索。辖区万古路小区 9 幢 603 室无业人员陆嬴强被人殴打致伤，有四五个来历不明的人闯入其家中讨债未成，用木棍对其进行殴打并将其反手捆绑至卫生间，用抽水马桶中的水灌其喝下去，并威胁若再不还钱将把他从楼上推下去，然后扬长而去。四人均穿黑色西装，戴着墨镜，每人持一根长不足四十公分短木棍，形似擀面杖。陆赢强后来是从卫生间窗户伸出头呼救，被路过的社区群众报警而发现的。我们看了小区视频监控，与西山防空洞外监控视频进行了比对，虽然西山防空洞监控探头旁的照明光源较弱，影像模糊，但从步态和人数上看，与伤害陈一迪的是同一批人。当然只是分析。”周兵汇报。

“继续说。”徐寅喝口茶。

“后来，我们对陆赢强作了详细询问。他开始只说做生意亏钱借了高利贷，还不出，就有人找上门讨债。后来见他呵欠连连，口水横流，怀疑他是吸毒。经再三晓以利害，他才交待他因为吸毒欠下一屁股债，不得已借了高利贷。但自己衣食无着，哪有钱还债？于是只有耍赖。问其毒品来源，他说从‘六指’那里弄来的。一次吃饭喝醉了酒六指称他的货是从‘烂哥’那弄的。至于烂哥是谁，目前还没查到。这件事是否给我们一个重大启示，即我市的毒品网络是由烂哥组成的甚至他身后还有更大的后台，构成一个金字塔。我觉着是否再组成一个专案班子专案侦破。考虑到与陈一迪有关，说不定无心插柳，‘6 · 25 杀人案件’突然柳暗花明了呢。”周兵笑笑说道。

“你这个想法很有道理。你们可以顺藤摸瓜，先从‘六指’入手，至于他的话是否可信，另说，至少不是空穴来风。就算与杀人案没有什么关系，我们也要挖出这颗毒瘤。吸毒贩毒，而且衣着统一，工具统一，大有演变成有组织犯罪之势。如果不及早铲除，任其坐大，必然会造成严重后果，祸害一方。”徐寅有点激动，“这样吧，你去找禁毒大队大队长桑乾，你们两人研究出个方案，抽调精干力量，组成专班，尽快启动侦破。若与命案有关，再合兵一处。同时，提醒你们，必须做好保密工作。你看如何？”

“我看就遵照您的指示，马上落实。请您放心，我们会抓紧落实。”周兵站起来握住徐寅的手，感受到他的手掌宽厚，一股力量传来，让他倍感振奋。

送走周兵，徐寅就拨通了王局长的电话，把景一凡审查交待的情况和周兵曾蔚兰汇报的情况及接下去所作打算概要地进行了汇报。

“你说的情况很重要。我完全同意你对下步工作的安排，郝书记等我们的回音呢。景一凡的交待证实了市委的判断。江屿风云变幻哪。如果真有一个犯罪集团组织存在，那是对我们极为严峻的挑战，必须坚决铲除，除恶务尽。你对这个命案要抓点紧，时间也不短了。同志们很辛苦呀，你也要注意休息，胃病还好吧？不要玩命，很多担子还要靠你挑。老弟呀，多多保重。”

放下电话，徐寅感受到了温暖，更感受到了期盼和这份沉甸甸的责任。

弟弟的痛

人性的徘徊

翌日，对崔夏萍和对陈一迪的询问工作随即在医院两个病区的单人病房同时展开。

重案中队中队长负责询问陈一迪。陈一迪恢复意识清醒时间不长，人还极度虚弱。但考虑到事情紧急，不做些询问不行。陈一迪身上插着不少管子，输着液，床头的监测仪不时发出“嘀嘀”的声音。

“陈一迪，你是陈一迪吗？”范龙大声问。

“嗯,你不用那么大声,我听得见。”陈一迪轻声回答，慢慢张开眼睛。

“我叫范龙，公安局刑侦大队的。边上是小孙，我同事。”范龙做着自我介绍，陈一迪点点头。

“你还记得你是在什么地方被人打伤的吗？是谁打你的吗？”范龙见他思路清晰正常，放低了声音问。陈一迪咳嗽了两下，点了点头，眼角滚下两颗泪珠，抽泣了几下，回忆的闸门霎时放开：

江屿市的水果批发市场位于城东，约有六千平方米，三百个摊位。各种南北水果齐集，每日是车水马龙，甚是热闹。陈一迪的摊位号特别吉利，为168号，称作“一路发”。陈一迪是从别人手里盘过来的，前摊主觉着太辛苦，买了几台织机织布去了。陈一迪从姐姐陈一飞手里借了二十万元，盘下了摊位开始了他的水果批发生意。他特意选了这份忙碌的工作，也是为了远离赌博，算是金盆洗手了。陈一迪出身贫苦，出道打工较早，吃点苦对他来说算不了什么。他逢人笑眯眯，水果质量又好，从不以次充好，短斤缺两，还帮人家装货卸货，凭着一身力气和优质服务，才开业一个月，已积下很好口碑。他以为只要通过自己的诚实劳动，定能勤劳致富。而且他已下定决心，与赌博一刀两断，做一个守法的好公民。这不，正好月底了，他拿出计算器算算账，盘盘库存。入夜，好多店铺早已关了门休息去了。陈一迪的店门依然开着，他想虽然不会有批发客户上门，若凑巧有人来，卖点零售也是好的。反正他也没成家，就以店为家。正计算间，面前的灯光忽然暗了。他抬头一看，一个高大魁梧的身影站在了他面前。

“你是谁呀？遮住我了。麻烦您请让一边。”陈一迪见来人身高马大，但又不认识，但还是客气地说。“让一边？你也不看看我是谁？”那人蛮横地说。

“谁呀？”陈一迪放下手中的账本，站起来端详对方。此人比他高出一头，下穿黑色练功裤，上身不伦不类穿一件皮背心，袒胸露怀。手臂上纹着两条青龙，盘臂而上，张牙舞爪，面目狰狞。蓄平顶头，一双豹眼圆睁，活脱脱一个无常。

“你不认识我吧？我姓祝，祝寿的祝，人家都叫我祝老三，全名祝建卫。整个果批没一人不认识我的，包括这个市场的主任老潘。你吧，面生，才来一个月。怎么？以前的摊主没给你介绍？”来人面无表情。

“我记得没与你做生意吧？”陈一迪反问。

“可我与你做过。”对方咄咄逼人。

“说来听听。”陈一迪一头雾水。

“哈哈！”此人发出大笑，“这边的每一家商铺若没有我和弟兄们在，日子就没这么好过了。这么说吧，给你拉水果的运输户都是跟我合作的。因此，你每个月要多交一千元的运输费给帮你拉水果的运输公司。你听懂没？”祝老三带着一脸的不屑。

“我还是没听懂。”陈一迪使劲摇了摇头，以表示自己不是糊涂。

“那行，你去其他摊位打听一下吧，我走了。”祝老三抖了抖皮背心，陈一迪这才看见他系的不是皮带，而是一根铁链子，灯光下反射着寒光。目送着祝老三远处的背影，陈一迪呆木在座位上。

“阿迪吧？我听人家都这么叫你。有开水吗？我的电茶壶烧坏了，讨杯水喝。”一个老者的声音让陈一迪回过神来。他转身一看，原来是果批市场管仓库门卫的胡大爷。胡大爷看上去七十出头，偏瘦，中等身材，打从市场开业起就在这管门卫了，特别爱听越剧，门卫室里放个收音机，从早放到晚。陈一迪立即提了热水瓶给胡大爷倒水。

“这个人你不认识吧？”见那人远去，胡大爷喝了口茶说道，“此人叫祝老三，自幼习武，听说十多岁就得过市叫什么打哦散打，对，是散打冠军。十八九岁就因为参与斗殴被判三年，出来后又把人打残判了十年，后来听说帮那个叫啥外省的劳改农场推销了十万斤梨头减了四年刑。那个时候乱呀，哪像如今监狱管理规范了呀。他手下有一帮人吆五喝六，垄断，是垄断吧？反正我也说不准，把果批市场运输这一块全包了，也不叫包，反正所有搞运输的都得给他交税，也不叫交税，是那个保护费。谁不交就打谁。说是运输的人交，其实是商户交，每个摊位每月一千元，黑哪！一年坐收三百来万，送些给管事的，还养一帮爪牙。有个江西来的摊户，因不及时交，去年得罪过祝老三，寻个事头说吃了他的水果中毒，把人打得满地滚，旁人都不敢帮的。唉，当今世道好是好，但总有些地方不太平呀。警察去哪里了哦。”胡大爷摇头叹气。

“他这么横，就没人管？”陈一迪问。

“管个屁。侬小心点好，不要得罪这个活阎王。”胡大爷好心劝解道。

“我才不怕他呢。”陈一迪自以为也进去过，便不把他放在心上。

到了次月一号，给他拉运输的陈师傅好几次欲言又止，面露难色。犹豫再三，他还是开口了：“陈老板，我今天开始不能来帮你拉了。”

“为什么？价格不对吗？”陈一迪问。

“也不是，我老母病了，要去陪她。你另外再叫一个吧。”陈师傅显得特别为难。陈一迪给他结了账，陈师傅如释重负般走了。陈一迪就去其他的运输公司，没一家公司肯接他的货。他又去找私人车主，全都推辞不愿接他的单。供货单位又不断来电催。水果这东西又不比其他商品，烂在对方仓库里，在合同规定的时间内不去提货，损失得全由他赔。他那个急呀，这时才知道这个祝老三的厉害。无奈之下，他去找烂眼，要求他出面帮忙。

“今天什么风把陈家少爷给吹来了。”一见面，烂眼先是吃他豆腐。陈一迪说明来意，烂眼半天不响，过了半天才说：“兄弟啊，不是我不肯帮你，实在是这祝老三也不好惹，条子也拿他没办法，我们还在同一个农场处过，不好翻脸哪。你姐夫是副市长，你让你姐出出面呗。”

“让我姐出面？我才不会再去找我姐。上次还赌债的事，害她生了一场大病，我不能再让她着急了。我姐夫我更不会找他。你若不肯帮，我只有死路一条了。”陈一迪气愤地说。陈一迪见求不动烂眼，索性再次去找祝老三。祝老三闭门不见，他真是心急如焚。

烦恼之下，他觉着实在走投无路了，就去“桃花坞”KTV门口等，那里是烂眼常去的地方，他想在那可以瞧见烂眼，就在门口的石阶上坐着。一小时以后，果见烂眼带着四五个跟班说说笑笑过来，陈一迪迎上去，“扑通”跪在烂眼跟前，“求你帮帮我吧。”他哀求道。“兄弟，你不可以这样，站起来吧。”烂眼把陈一迪扶起，“你不要太担心，只要跟着我，还怕谁呀？进去喝两杯，先疯一疯，你的事总摆得平。”烂眼一改原先态度。

一帮子人蜂拥而入。一个三十岁左右搔首弄姿的领班把他们领入一个大包厢。“兄弟啊，今天乐一乐，乐完了再商量。”说完，烂眼与这个领班递了一个眼色。领班心领神会。不久，几杯“特饮”被送了上来。“来，喝。”烂眼举起杯，众人跟进。陈一迪感激烂眼终于愿为他出面，他正口渴呢，哗啦啦喝下去半杯。不一会儿，他感觉头顶上的天花板在飞快地旋转，大地也在旋转，自己的身体一直在飞升，让他无法控制住自己……

结下仇恨

人性的徘徊

此后的几天晚上，陈一迪跟着烂眼天天到 KTV 去唱歌，喝他们所谓的“特饮”。陈一迪为此花了不少钱，都是他买的单。他觉着这是烂眼在考验他，于是也忍着性子，听凭烂眼差遣。果不其然，这天烂眼把他叫到了他的农庄。

当他赶到农庄的那一刻，他就感觉到了气氛的不对。农庄里黑压压来了五六十人，陈一迪认识几个，都是从里面出来的狱友。一会儿，烂眼从房子里出来，站到一木凳上去，指着陈一迪大声说道：“兄弟们，这是我的好兄弟阿迪，他在果批市场摆个摊混碗饭吃，谁知道这祝老三妈拉个巴子不让他活，欺负我兄弟。这祝老三仗着练过点三猫脚功夫，霸占果批市场很久了，我早就看他不顺眼，今天去把他端了。他若识相，主动让出，给他百分之二十股份。若不识相，大家看我眼色行事，做了他。”下面一阵躁动，七嘴八舌说“弄死他个王八蛋”“大哥放心吧，听你号令”等，动员完了，烂眼叫人从里面搬出一大捆马刀，明晃晃的，人手一把，拿了刀分别乘两辆厢式货车向果批市场进发。这些人钻在货厢里，外面一点也看不出来。这就是烂眼的高明之处。

祝老三已接到线报，纠集了十余人拿着木棍等候在果批市场北侧的停车场里了。

烂眼赶到，下得车来，跟班的先递上他的专用茶杯，他呷了一口茶，手下又递上餐巾纸，他擦了一下嘴，把纸扔一边，径直往站在不远处的祝老三走去，身后仅跟了两个壮汉过去。陈一迪坐在车内不敢出去，更不敢出声。他第一次见这阵势，且是为自己出头，开始担心因自己而弄出人命来。殊不知没他这茬儿烂眼也早想要拔了祝老三这根刺，只是师出无名罢了。

“老三呐，近来可好？”倒是烂眼先开的口。

“托您老的福，好得很。”祝老三依然光着膀子，手臂上两条青龙特别显眼。他往前两步，伸手去握烂眼的手，烂眼却并不伸手。祝老三只好尴尬地缩回手来，他手下十余人呈半包围圈把烂眼围了。

“兄弟呀，你也太不仗义，我的一个兄弟阿迪摆了摊混口饭吃，你还断了他的运输，砸了他的饭碗，不地道呀。”烂眼不动声色。

“呵，好说，他得双倍支付完弟兄们的辛苦费。”祝老三毫不示弱。

“哦？这样收钱，你岂不发财。你也不能吃独食呀，我们合作怎么样。”烂眼点上一支烟，吐了个烟圈，不经意地说。

“合作？有道是井水不犯河水，你咋看上我这一亩三分地了呢？”祝老三被激怒了。他原以为烂眼至多是来给陈一迪出头的，怎么突然换了主题，这是他始料未及的。

“兄弟你说错了，能赚钱的事人人可做，总不能你一人全包。这样吧，我人多，你人少，二八开吧，我八你二，合作愉快。”烂眼也不急，慢条斯理地说着。

“你太过分了！就算我同意了，我这些弟兄们可不答应。”祝老三大声说。

“真不答应？”烂眼加重了语气。

“说笑话，怎么可能。”说话间，祝老三手中的铁链子已哗啦啦抖在手中，露出一脸杀气。

哼，烂眼冷笑一声，一挥手，两辆厢式货车的门“呼”地打开，从车上跳下来五六十人，每人手提一把七八十公分长的马刀，一转眼就把祝老三一伙包抄起来。祝老三以前自恃练过武，没碰过什么对手。可哪曾见过这阵势，他大大地低估了对方的实力。己方的十余人似有部分认识对方阵营的人，纷纷丢掉手中木棍，溜之大吉，烂眼也不下令拦截。

稍顷，祝老三一方仅剩他一个光杆司令。祝老三仍不示弱，虽然心中恐惧，嘴上却不饶人：“来，来呀，谁敢上来与老子一对一决个高下？”显然已色厉内荏，底气不足。

“阿迪，把阿迪叫出来。”烂眼命令着手下人。

陈一迪颤颤巍巍从车里出来，站到了他俩跟前。

“阿迪，你看这人咋处置？你说了算。”烂眼对着陈一迪高声问。

“不不不，我只要摆我的水果摊，安安心心，太太平平，没什么要求。”陈一迪哆嗦着小心回答。

“老三，你自找死，你可以欺负其他人，但不可以欺负阿迪。你知道他是谁吗，景市长小舅子！他姐就我姐，你敢弄他？必须给你个教训。阿迪，给你个面子，我不让他死。”烂眼何其恶毒，把陈一迪一家全牵入其中。陈一迪正欲解释，烂眼手一招，一众人蜂拥而上，将祝老三按倒在地，反手绑了，拖进厢式货车，绝尘而去。只留下陈一迪傻傻站在原地，一动不动，好一会儿才看见地上留下一条铿亮的东西，捡起来一看正是祝老三的铁链……

第二天，陈一迪正清理烂掉的水果。门口忽然来了一人，陈一迪抬头一看，正是搞运输的陈师傅。

“陈师傅，你怎么来了呢？快里面请坐。”陈一迪招呼陈师傅坐下，泡了杯热茶。

“陈老板，前几日对不起了。你知道，我家上有老母，下有妻小，得靠我养活家人。你多多理解。”陈师傅道着歉，眼圈都红了。

“理解理解，不怪你的。”陈一迪忙宽慰着陈师傅，“你今天怎么有空过来？”

“陈老板，不是你叫人打电话来通知我，让我再来给你拉运输的吗？”陈师傅一脸疑惑。

“那太好了，我正愁找不到人呢。不过，我还真不清楚谁给你打的电话。”陈一迪也丈二和尚摸不着头脑。

“是市场管理办公室的郑副主任呀。你不认识？”陈师傅问。

“哦，那也许我自己说过忘记了，昨天下午还真见过他。郑胖子嘛。”为了让陈师傅不致尴尬，陈一迪故意顺着撒了个谎。

“哦，这样呀，那我明天就过来，听你陈老板吩咐。”陈师傅露出满脸笑容，他的工作终于有着落了。

“行啊行啊，你能来再好不过，老客户了。”虽然才开张了一个月，陈一迪居然也称他为“老客户”。陈师傅满心欢喜告辞而去。

都说这个社会有权有钱能办成事，原来暴力也一样有效，想起这些，陈一迪苦笑几声，生出无限感慨。祝老三在此后的一个月里，仿佛人间蒸发，再也没有见到。陈一迪被烂眼叫了去，一见面陈一迪就问烂眼祝老三的下落，被烂眼一顿臭骂，说是不是犯贱，还管人家死活，陈一迪再也不敢出声。烂眼围着陈一迪转了两圈，弄得陈一迪浑身不自在。

“我在看你身板行不行。”烂眼上下打量后说，“这次搞掉了祝老三，果批这块总得有人管。以前祝老三手太狠，我们这次打六折收取。你来负责这块，我把癞皮派去给你当助手。咋样？”

“我不行不行，我就开个水果摊吧，干不了这种事，否则会被我姐打死。”陈一迪赶紧推辞。

“不接受呀，那以后你也别来找我了。”烂眼把一个“找”字说得特别重，陈一迪自然听得懂他的意思。他明白，当他吸上毒，他的命运就全交到烂眼手中了，比以前赌博何止毒害百倍。陈一迪没有选择，如果说以前果批市场的商户像诅咒瘟神一样诅咒祝老三，那么如今轮到诅咒他陈一迪了。

一日，陈一迪正躺在店门口的竹椅上，摇着蒲扇，吃着西瓜。冷不丁有辆轮椅经过他身旁停了下来。陈一迪定睛一看，大惊失色，坐在轮椅上的居然是祝老三。

“陈老板可好？”祝老三苍老了许多，也瘦削了许多，面无表情，冷冷地问候。

“你？坐轮椅？”陈一迪半晌没回过神。

“托你的福呀，那天烂眼把我绑去，没打我一下，直接用刀挑断了我的两只脚的脚筋。我总还得活下去。你夺了我的饭碗，不要以为你姐夫是副市长，总有一天我要报血海深仇，杀你全家。”祝老三说得很轻，几乎贴着他的耳根说。“我……没……”陈一迪半天吐不出一句话，但见祝老三远去的背影，自己推着轮椅，消失在人群中……

誓杀全家？

人性的徘徊

陈一迪的水果批发生意虽然还过得去，然而对他来说，只是聊以糊口，因为他吸食毒品的剂量越来越大，他赚到的钱只能供他吸食毒品，渐渐地他入不敷出了，只好重新向烂眼借高利贷。半年时间，他又欠下五十万债务。他不想再让他姐知道，因为他知道姐姐为他付出太多了。然而，世上没有不透风的墙，陈一飞还是知道了。他姐姐的邻居和闺蜜马爱红有个内侄叫马传洋在烂眼手下跟班，与马爱红闲谈间说漏了陈一迪欠高利贷的事，说还不出债烂眼要杀他，说得甚是可怕，还说他们几个常在一起吸毒。马爱红立马告诉了陈一飞，陈一飞气得七窍生烟，就把陈一迪叫去大骂一顿，骂得她差点气晕过去。陈一迪第一次顶撞了他姐。吵架那天正好是六月二十五日下午，陈一飞在争吵中说要找警方去举报烂眼，陈一迪吓坏了，对姐姐陈一飞发了怒："你去告吧，告吧，若被烂眼知道，你会没命的！我也会被他灭掉！你会害死你弟弟！"

"我不能眼看着你跳进火坑，他有本事冲我来呀，来杀我呀。我决不会饶过这个人。"陈一飞大怒。正因为她与陈一迪姐弟情深，前番花了巨大代价救了他，今见他如此不争气，且染毒日深，怒从心头起，差点当场气晕。"你若不戒掉，就不要再来见我，就当你没我这个姐，我也没你这个弟。"陈一飞说得斩钉截铁。陈一迪见势不妙，先从他姐家逃了出来。怕他姐去找烂眼理论，他先一步赶到烂眼处，以防姐姐吃亏。结果他守到晚上，始终没见姐姐来，心中一块石头落地。倒是烂眼告诉了他，他姐给烂眼打了电话，说是用公用电话给他打的，严厉警告烂眼若再让陈一迪吸毒，将与他同归于尽。

“阿迪，你以后再也不要来了。你这人把这摊子事告诉了你姐，按理说我要清理门户，不能再留你。但谁让你是皇亲国戚，就到此为止吧。果批那边你不能再去了，摊位也不要再摆。你自谋出路去吧。若对外再透出半点口风，包括转告你姐，我烂眼不会手下留情，定杀你全家。”烂眼缓缓说来，让陈一迪不寒而栗。

“杀你全家”这四个字，陈一迪已是第二次听到，他觉得自己是立于树杈上的几只小鸟中的一只，站在树下的人早已张开弓，一瞬间，就可取走他和亲人的性命。他跑到了昌蒲江边，号啕大哭了一番，一时间真想跳入滔滔江水，结束人生。人生的十字路口让他如此徘徊，恋恋不舍的还是自己年迈的母亲，还有姐姐。他痛恨自己的懦弱无能和无知。忏悔间，他觉得自己的一生都是烂眼毁掉的，这份仇，这份恨，他觉得应当去报，必须去报，方不枉男子汉立于天地之间。他神思恍惚回到住处，躺在床上，思前想后，他觉得先得去向姐姐作个保证，让她安心，然后再去开始他的复仇计划。

“谁知道第二天，我准备去向姐姐认个错，她家楼下正门都没关，我喊她不应，上楼一看，我姐姐她……她已经死了。床上全是血，血都凝固了。我喊她，她已根本没气，冰凉冰凉了。她当时全身赤裸，睡衣睡裤都扔在床脚，我报了警后不希望你们警察来时让我姐太难看，就给她穿上了睡衣睡裤。我给她穿衣服时看见了她胸前的伤和背后的伤，太残忍了！我的姐呀！”陈一迪的眼角上不断滚下泪来。

“原来她身上的睡衣睡裤是你后来给穿的？”范龙问。陈一迪躺着点了一下头。

“那还有胸罩内裤呢？”范龙问。

陈一迪摇了摇头：“我不知道。”

“按照你的时间推算，你姐应该死于25号晚上。死亡时间在10至15个小时，看来法医对死亡时间的推测也有误差。”范龙自语，“那么你另外还做了些什么？”

“我没做其他的了。”陈一迪回答。

“那你可看见你姐脖子上有颗她刚买不久的翡翠挂件吗？”范龙问。

“没有，我给她穿睡衣时没看见，肯定没有。至于前几日有没有挂，我没留心。”陈一迪答。

“你平时抽烟吗？”范龙问。

“我虽然吸上了毒品，但我从不吸烟。从不。”陈一迪坚定地说。

“你认为你姐是谁所杀？”范龙问。

“我想，必是那烂眼，怕我姐告发他，下的毒手。

前几日我去买了把匕首，藏在身上，直接去找了烂眼，他不见我。我就说你若不见我，我就去公安局投案自首。他说我疯了，叫我找个地方见面。结果我选在了我们水果批发商用来存放香蕉的西山防空洞，他来了。我问他是不是他杀了我姐，他居然说杀了又怎样，我拔刀去和他拼命，他叫手下人对我拳打脚踢，还用木棍打我，后来的事我就不知道了。”陈一迪眼中喷出怒火。

“那你第一次接受询问时，为什么撒谎？”范龙问。

“我，我怕你们知道我吸毒的事，会把我关起来。这样我就没机会为我姐报仇了。所以我只能撒谎说去姐姐那儿拿东西。由于你们问得急，我当时也没时间思考。说是第二天是父亲忌日，去姐姐那边拿祭品。其实离父亲的忌日还要再一个多月。”

“你姐那天也没与你联系呀。”范龙补了一句。

“是的，我也就随口那么一说。”陈一迪转过脸去。

“那么再问你一个问题，你前些日子去了哪里？你的车怎么会停在蓝天大酒店的地下车库里？”

“我，我……我必须要报仇。我为了让烂眼他们找不到我，我故意把车停在那里的。”

“那你去了哪？”范龙问。

“反正我今天全说了。我只有一个要求，尽快找到杀我姐的凶手。当时我自己打车回到了农村老家。我买了不少烟火，在家里试验自制炸弹，想炸死烂眼。可惜炸弹没有试制成功。可惜了。”陈一迪叹口气。

“你何以确定烂眼就是凶手？”范龙问。

“我没有证据，但他说过要杀我全家。我姐又要告他。不是他还会有谁呢？”陈一迪答。

范龙思忖着：是啊，不是烂眼又会是谁呢？如果是烂眼，怎么会只把陈一迪打伤而又不杀他呢？

危害一方

人性的徘徊

对崔夏萍的询问工作由大队长王蹇和教导员赵风亲自负责，但很不顺利。崔夏萍输了血后，恢复得很快，基本上不用再输液，输的也是营养液。然而她的精神状态依然低落，面色也并不很好。

“崔董，我们有些问题想问问你。先介绍下我俩。我是大队长王蹇，这位是教导员赵风。”崔夏萍嗯了一声，声音极轻，但还是听得清楚。

“我们想知道，你为什么干傻事？这么大个公司需要你，手下几千号人需要你，你不觉得这样做太草率吗？”王蹇问。

崔夏萍并不回答，甩一下长发，用手梳理了下，又从包里取出镜子照了照脸。“扑哧”笑了一下，立时收了，让边上的人起一身寒意。

沉默了一会儿，她终于开口悠悠说道：“人活一世，其实是为自己活着的，并不是为别人。当这个人认为人生已没什么希望时，什么公司什么几千号人，对这个人而言又有什么意义？也许你们认为我这个说法太自私，那是因为你们的人生还有意义。一个人存在世上，是一个单体，每个单体都是独立的平等的，无论他是权贵还是平民，是富豪还是贫苦人，在生物学上都不过是个人，一个血肉之人。所以，一个人无权去指责另一个人该怎么活、为什么放弃。”

“你误会了，我并不是指责。人虽然从形式上是个体，但实际上人又是社会人，不可能独立于社会而存在。如果一个人，假设是你，在一个与世隔绝的世界里生活，你的生老病死就不会对这个社会产生任何影响。然而，你并不是。你不仅影响着别人的生活，甚至还影响着别人的命运。所以，从这个意义上讲，你没有权利剥夺你自己的生命。”王蹇有点激动。

“谢谢你们，但我还是说，我的选择也许是我最好的归宿。我不想被审判。”崔夏萍微笑着说。

“你做了好事不留名，那是操守。若做了坏事企图逃避，那是劣性。人总得对自己的行为负起责任，这是人区别于其他动物的本质所在。”王蹇反驳。

“人承担责任的极限莫过于一死，被判死刑不就是一死？还有比死更有担当的吗？”崔夏萍冷冷地看着王蹇。

“死固然是一种极端行为方式，但我认为，不给社会一个交待，直接选择死亡的做法是对人民的又一次犯罪。也是对活着亲人们的一种侮辱。”王蹇有点气愤地说。

赵凤一边做着记录，一边用脚尖踢了王蹇一下，示意他控制情绪。毕竟选择在这种场合谈话，能否取得效果是次要的，重要的是要保证谈话对象的安全，让其情绪得到合理宣泄而不是去激怒她而再次引发可怕后果。果然，崔夏萍又选择了沉默。

“那么，你是否可以回答我，你为什么会去吸毒？”王蹇终于忍不住，不想和她兜一大圈。

“吸毒？”崔夏萍转过脸，定定地看着王蹇，以作试探。

“你被送到医院急救。医院自然得为你验血。怎么？不懂？”王蹇的反问透着严肃。

“是呀，我知道瞒不过你们。我也是无奈啊。”说完，崔夏萍落下泪来，女人的哭泣可以来掩盖内心的恐慌，迟缓自己作出回答。

“没人逼你吧？”王蹇不容她做过多的思考。

“我也是被人害的，可我没去害别人。”崔夏萍继续试探着。

“不见得吧，景副市长可说是你害了他。”王蹇突然话锋一转。

“一凡，他，他在哪？”崔夏萍突然神经质地喊起来，“一凡，一凡，你别不要我。”她失声大哭。

王蹇和赵凤面面相觑，讶异于她作出如此强烈的反应。正纳闷间，崔夏萍突然从床上弹射似的坐起来，站起身，直往病房窗口扑去，王蹇和赵凤冲上去死死拉住，费好大力气才把她拉回床上。医生护士一大群人闻讯赶来，大家又是劝又是宽慰，并给她服下一粒药，好一会儿她才慢慢静下来，然后沉沉睡去。王赵二人累出一身汗，惊疑方定。王蹇赶紧拨通了徐寅副局长的电话，报告了刚才发生的一切。

“你怂了吧？在这样的女人面前，你还是小学生。今天不要谈了，到此为止，我来想办法。你俩与医院衔接好，严加看管。然后，抓紧回来，我听下汇报，再作商量。”徐寅在电话那头命令道。

“好的。”王蹇觉得甚是沮丧。赵凤见这位搭档平常天不怕地不怕，现在却像斗败了的公鸡，忍不住笑出声来。王蹇白了她一眼，负气往外走，赵凤摇了摇头，跟了出去。

刑侦大队会议室，徐寅让刑侦大队两组人马和屿城派出所详细汇报了各自谈话询问及调查的情况。

“看来，一个以烂眼为中心的吸贩毒、寻衅滋事、聚众斗殴、强卖强买操纵市场等黑恶势力犯罪团伙在我市已渐成气候，严重危害社会秩序，损害人民群众利益，必须予以严打。现在该到收网的时候了，今晚召集刑侦、特警、武警、派出所各警力约二百人，王蹇你制定个抓捕方案出来。代号叫捕鼬行动。方案要周密，要严格保密，防止走漏风声。王局长那边我请示下，大家分头行动。”徐寅说。

围捕方案被迅速制定出来。入夜时分，天渐渐暗了下来。江屿城区已是华灯初上，霓虹灯闪烁。人们开始走上街头散步，休闲，购物……一如往日的繁华。

烂眼带着十余跟班吆五喝六地出现在闹市区百货楼对面的“神仙居”KTV歌舞厅，今天是他的生日，一帮子兄弟为他庆生，在最大的豪华包厢内聚集。“癞皮”最会办事，头脑活络，他已早早在那等候。只见烂眼在众兄弟簇拥下进入包厢，待其坐定，他立即递上热毛巾，让烂眼擦了把脸。随即叫服务生端上来几大盘水果拼盘。

“兄弟们，大家静一静，今天老板生日，大家玩得尽兴。现在上蛋糕，关灯。”包厢随即一片漆黑。一会儿，门开处，一道光亮进来，四位美女唱着生日歌推着点燃蜡烛的蛋糕推车缓缓而入，包厢内先是响起一阵热烈掌声，继而呼喊声尖叫声口哨声响彻一片，烂眼摸住其中一位小姐的手哈哈大笑，另一只手搂住她的肩要让她一起吹蜡烛……

此时，十余辆黑色的运兵车悄然而至，从车上下来百余名全副武装的警察，长枪短枪一应齐全，迅速包围了“神仙居”。所有进出口迅即被堵住，制高点被狙击手占领。见一切布置停当，王必虎局长下达了抓捕命令。

雷霆一击

人性的徘徊

“砰！”包厢的门被踹开，十几道刺眼的灯光直射进来，把刚才还昏暗的包厢照得透亮。

“警察来了！”一阵慌乱中，迎面一把闪亮的刀往警察面门飞来，大家一闪，刀被生生地钉在木头门框上，寒光闪闪。又是“砰！”的一声，包厢临街的玻璃窗被打破，数名歹徒纷纷持刀朝警察扑来，掩护烂眼破窗而逃。烂眼自窗户往三楼高的大街飞身跃下，从二楼的雨棚上一纵，跳落到地面，惯性使他差点倒地，踉跄了几下，正欲起身跑走，只见不远处火光一闪，一声枪响，他扑倒在地，不料大腿已被击中，他明显感到右腿已不听使唤，手中的砍刀也飞出去老远。数名武警战士扑上来，把他反手铐了，连拖带拉把他塞进了警车。

包厢内，王蹇连开两枪，方才镇住十余歹徒。

“放下刀，饶你们不死！”王蹇命令道。他忽然觉得这话不妥，又加上一句：“你们已被包围，放下刀，谁敢反抗谁负后果。”众歹徒见势不妙，纷纷把刀扔在地上，一动不动。警方很快控制住了局面，包厢内十余人无一漏网。王蹇命令所有一干人等面朝墙壁，双手上举，两腿分开。然后依次搜完身，反手上铐。一清点，抓获十二人。

警灯闪烁，警报长鸣，群众闻讯围了上来。当一干人从 KTV 被押解出来，围观人群发出欢呼，报以热烈的掌声。

抓捕行动告一段落，随即开展的是分组审讯，扩大战果，力争挖出所有团伙成员，一举全歼，不留后患。

对烂眼董丙忠的审查是最为重要也是最为难啃的硬骨头。然而由于烂眼在逃跑时被击中大腿，此刻正在人民医院动手术。幸运的是子弹从股动脉边缘穿过，未伤着股动脉。手术后的烂眼一条大腿上被缠上绷带，另一条腿则上了脚镣，脚镣的一头被锁在了铁床上。双手各被一副手铐铐在了铁床上，令其动弹不得。烂眼如困兽犹斗，两只手不断摇晃，令两副手铐击打在床栏上，发出叮当叮当的金属撞击声。病房门口站着两名持冲锋枪的武警战士，邻近的病房都被清空了。

“董丙忠，你想干什么？”徐寅走入病房，立即呵斥道。他喊着烂眼的原名，令被人叫惯了“烂哥”的烂眼自己都不习惯了，半天才反应过来。他白了徐寅一眼，转过头去。

“怎么？不服气吗？你吸毒贩毒，横行乡里，杀人越货，无恶不作，有什么好牛的？”徐寅高声说，他事先想好了几个成语，故意把“杀人”二字掺入其中，以观其反应。“杀人？杀什么人？我是干了很多坏事，可我没杀过人。”果然，烂眼对“杀人”二字十分敏感。

“你把头转过来，对着我的眼睛看，那你说说你都干了哪些犯罪勾当？”徐寅对他命令道。

烂眼只好把头转回来，但他只扫了徐寅一眼，就避开了徐寅犀利的目光，两眼定定地望着天花板，眼角处的黑色胎记更加醒目，脸部又不自觉地抽了两下。可以看出，此时此刻，他的内心是极度不安和恐惧。

“我，我又没干什么呀。”烂眼是个老奸巨猾的对手，他不会轻易束手就范。

“你认识陈一迪吧？”徐寅明白，针对这样的对手，如果你的讯问具有太强的针对性，那么他是不会告诉你什么的，因为他已想好怎样对付你。所以，采取的审讯策略必须是跳跃式思维，也就是思维的跨度要大，不能集中于一点上。

“认识他吗？”徐寅问。

“认识呀。”烂眼回答。

“他姐认识吗？”徐寅又问。

“见过一次面，认识。”烂眼接着答。烂眼突然结巴了，因为他终于被徐寅绕进去了。“说下这唯一一次见面的情况。”徐寅说。“她是替她弟陈一迪来还钱的。在我的农庄里见到的。她是景副市长的夫人，平常我咋见得着。”烂眼争辩。

“钱，什么钱？你不会是和陈一迪合作过什么生意吧？”徐寅乘势进攻。

“没，没，有什么好合作的。”烂眼赶紧否认，“是他自己欠了债务，再向我借的钱。不不，这钱也不是我一个人的，我只是管理管理。”

“陈一迪说你想杀了他一家，你至于那么恨他？”徐寅话锋一转。

“那是我说说而已。哦，对了，他姐听说被人杀了，这与我无关，与我无关。”烂眼忙不迭地解释。

“真的是说说吗？西山防空洞外，你难道没发现有摄像头？”徐寅故意发出轻蔑的笑声。

“哦，那是他约我去的，谈还钱的事，后来吵起来发生了打架。”烂眼特意轻描淡写。

“打架？说得轻松。还没救过来呢。”徐寅突然间变得严肃。

“啊？”烂眼大惊失色，“我只是教训他一下，怎么会呢？”

“你现在可以告诉我他为什么欠你钱了吧？”徐寅厉声道。

“陈一迪……赌博……欠了一屁股……债呀。”烂眼结巴着说。

“赌债？你是不见棺材不落泪呀。”徐寅把烂眼的血液化验单举在他面前，“你还想抵赖到什么时候？”烂眼不再作声。

“我交待，我吸毒了，我犯罪。”烂眼装作颤抖着说。

“光是吸毒？你以为我们是三岁小孩？你不仅吸毒，还贩毒。如果你不想坦白清楚，那么你的那些手下人自会代你说清楚。你自己看着办吧。当然，在法律上讲，结果是完全不一样的。”徐寅再次严肃地警告烂眼。

“现在开始，由其他同志对你实施讯问，我已给过你机会了。我亲自找你谈，你不说。那好，你再没有机会与我面对面再谈了。你好自为之吧。”徐寅说完，也不管烂眼什么反应，径直从病房走了出来。

他感到胃痛又犯了。

徐寅叫来王蹇作了一番工作布置，完后他得先去找个地方休息一下。他感到近日胃痛越来越频繁，只好到车上吃点药，打个盹。

“徐局，我送你回家吧，我看你额头上全是汗，吃得消吗？”司机小田关切地说。

“没事的，大家都没休息，我先在车上坐会儿，你去车后把毯子拿出来。”徐寅忍住痛。徐寅的车后备箱是个百宝箱，生活用品应有尽有，有毛毯、茶杯、牙具、毛巾、药品、饼干、水壶……这是他长期从事刑侦工作养成的习惯。小田也不再坚持，他给徐寅开车有七八年了，知道这位上司的脾气。不过，他今日真有点担心，因为他从没见这位局领导痛得满头大汗过。他给徐寅递上药和热开水，让徐寅服下，并给徐寅盖上毛毯……

徐寅醒来时，已是第二天晌午。他发现自己已躺在医院的病床上了，边上站着不少人，王局长、袁政委、妻子女儿等一帮子人。他睁开眼，一见这阵势，挣扎着要坐起来，被王局长按住了。

“发生什么事了？”徐寅感到十分奇怪。

“醒过来了就好，就好啊。”王局长紧紧握住徐寅的手，“大家都为你担心呐。你自己是不知道，你是胃部穿孔引发胃大出血昏迷了呀，幸亏小田司机发现及时，要不后果不堪设想了啊。医院已采取措施止住了出血，但可能以后得做手术呀。”

“哦，谢谢局长、政委！你们这么忙，给你们添麻烦了。”徐寅有点不好意思。

“你说的什么话呀，你太辛苦了，好好休息。这次捕鼬行动很成功，烂眼黑势力团伙已被成功铲除，虽然还要再加深挖，但主要骨干人员已经落网，下步要扩大战果，对他贩毒这一块的上线必须要把其连根挖出。你辛苦了，为江屿人民立了大功。”

“局长，那是您指挥有方。功劳归于同志们。命案还没破呢。”徐寅谦虚道。

“你别逞强了，命不要了？”妻子罗蔓捶了他肩膀一下。

“爸爸，我不要你破案，我要你回家。”女儿甜甜又呜呜哭了起来。

“你呀，爸爸不破案，坏人多起来，欺负我们甜甜怎么办呀？”徐寅刮了下女儿的鼻子。

“哈哈，我看我们还是撤了吧。”政委袁海兵看这阵势提议道。

“行，你们一家子好好说说话。”王局长点头赞同。大家纷纷告辞出去，一会儿工夫，病房里只剩下徐寅一家。

“我们一家三口难得团聚，想不到竟是在医院里。”罗蔓簌簌落下泪来，“叫你去上海做检查，你一直拖呀拖。你看，这下好了，快送了命。你若把我们母女丢下，让我们怎么过日子？”罗蔓又是责备又是心疼。

“妈，你不要啰嗦了。我给爸爸唱首歌吧。”甜甜立马给徐寅解了围，

“爸，我就唱《小苹果》吧。”

“好！”徐寅立即鼓掌。罗蔓也破涕为笑，跟着鼓起掌来。一时间，病房内暖意浓浓，沉浸在温馨的快乐之中。

再发命案

人性的徘徊

“彩虹湾”小区坐落于江屿市市郊，清一式的别墅，大概有五六十幢。因为边上有个并不大的湖叫“彩虹湖”而得名。与其说是湖，其实是一块面积十余公顷的湿地，被很好地保护起来，湖面上建了木栈道，行人可以在上面散步休闲。每到冬天，湖面上的芦苇迎风摇曳，有木船停于湖面之上，翠鸟掠过水面，别有野趣，自成一景。唐代常建《晦日马镫曲稍次中流作》诗云：“夜寒宿芦苇，晓色明西林。初日在川上，便澄游子心。秦天无纤翳，郊野浮春阴。波静随钓鱼，舟小绿水深……”让人徜徉其上，纵使寒风掠过，亦流连忘返。

因了这一景，这个小区成了富人们集居之所。本市的许多商企巨贾，纷纷来这购房入住。小区四周建了高高的围墙，唯此一点，似与周边环境不甚协调。当初的投资商也甚是纠结：不建高围墙吧，小区安全不放心。建了吧，从外面看，以为是个监狱或是看守所，而且与彩虹湖之间隔一道高墙，显得格格不入。

单茵是本市一家上市企业的高管，四十三岁，已是企业分管销售的副总裁，可谓是功成名就，收入不菲。老公蒋先锋在省城一央企上班，每周六周日回家，生活也颇有规律。父亲在她读大二时突患脑溢血去世，留下老母一人与她一起生活。让她最为烦恼的是正念初中的儿子蒋哲，学习成绩是全班最差的，当然也是全年级最差的学生之一。她为此请了家教，让儿子每周三周五晚上集中补课，但难有起色，始终没有摘掉班级里落后的帽子。

今天又是周三，是儿子专门补课的日子。

给儿子补课的小章老师要来，她提前半小时找了个借口从公司出来，去菜市场买了不少菜，回去让母亲烧一烧，让小章老师来她家吃个饭。一来是想与小章老师讨论下儿子的学习，二是她想给到三十还没结婚的小章老师介绍个女朋友，是她手下刚进公司不久的秘书顾盼。她一边开车一边给小章老师打了电话，说明了意图，那边小章老师愉快地答应了，放学后就过来。

很快，她开车回到了家，把车直接开进了车库，从车库可直达一楼大厅。一进门，就没听到母亲往常那句“回来了呀”，客厅的大门也虚掩着，她把买来的菜在厨房放好，就到院子里喊“妈”，以为母亲准在院子里给花草浇水。

然而，母亲却不在院子里。“妈，你也不应一声”，单茵边说边往三楼走——二楼是她夫妻二人的房间，三楼住着母亲和儿子。她妈平常干完了家务，必在三楼的阳台上念她的阿弥陀佛。她打开房门，被眼前的场景惊呆了：六十多岁的老母亲赤裸裸仰天躺在床上，身上血肉模糊，床上地上都是血，且都已凝固。母亲瞪大着眼睛，身体已冰凉，显然已死了几个小时了。单茵没来得及哭，准确地说，她惊恐到已不会哭了。她连滚带爬从三楼冲下来，拿起电话，一时间不知打给谁，定了定神，才拨通了 110……

徐寅这几天在家休息，才出院不久，任何公事都在电话里说。妻子罗蔓平常性格开朗善解人意，这几日也变得“不好说话了”，非要将他在家中关上几天，本来医院批的假是一个月，但徐寅觉着局里太忙，不愿休，最后还是向妻子妥协，而且罗蔓还借助于王必虎局长的命令，是“在家老老实实休息十天，一天也不许跨出家门”。头两天，徐寅真的像乖孩子般，足不出户。

今天是第四天了，徐寅一早起来第一句话就是“第四天了”。妻子罗蔓白了他一眼，说：“你，孙悟空呀，压在五行山下。不要费什么心思，乖乖的。”徐寅不作声，点了点头。罗蔓也向单位请了假，做起了全职太太，又洗又烧的，但她心里从没这样甜蜜过。女儿甜甜被本市著名高中昌蒲中学录取，已去上学，住校。但甜甜每天不忘跑到班主任办公室往家里打电话问问爸爸的病情。她只有周日一天可放假回家，正焦急地盼望着呢。

“你给我安心学习，爸爸恢复得好着呢。”徐寅与女儿甜甜扯起来可以扯半天，有时连妻子罗蔓都吃女儿的醋，“怎么不和我也说说？”

“今天我托人到大山乡那边买到了一只正宗三黄鸡，等会炖烂了，好好给你补补，你不要劳神了，我的大侦探，没你这几天，地球好像没停哎。嘻。”妻子走过来坐他边上故意用她的脸贴住他的脸颊。

“好呀好呀，老婆辛苦了。”徐寅斜躺在沙发上看电视，无限感激地看了妻子几眼。

别看妻子罗蔓是医生，做起菜来还真不输厨师，土豆炖牛肉、糖醋排骨、炒粉丝、苔菜花生米、大闸蟹、霉干菜蒸肉、笋干四季豆、油焖笋、煎带鱼、番茄炒蛋、花椒盐水鸭肉、雪菜炒鱿鱼、香菇菜心，只差那炖鸡在灶上文火炖着，徐寅坐在客厅已闻到扑鼻的香味。

“亲爱的，你今天弄这么多菜，来什么客人了？”徐寅走到餐桌前，打量着已端上桌的菜肴。

“保密，一会你就知道了。”罗蔓神秘一笑。正说着，门铃响了。徐寅打开门一看，吃惊地说：“爸妈，您们怎么来了呢？”

“怎么，你都住院了，还不知会我们一声呀？要不是阿蔓派人来接我们，我们还真被蒙在鼓里呢。”父亲扛着一袋他自己种的红薯，放到地上说。

“强强，你怎么了？没大事吧？”母亲一进门先把徐寅拉到一边，上下打量，着急地说。

“妈，没事没事。您二老放心吧。”徐寅忙不迭地说。

“还没事，脸色那么难看。”母亲眼眶已湿润。罗蔓马上过来招呼二老坐下，递上热毛巾让他们擦了把脸。徐寅则赶紧去泡茶。此刻，徐寅很是感动，他感激妻子想得周到。

他自上次去赵凤家送她妈离世后，已好几个月没去看望父母了，实在是太忙抽不开身，常为此自责不已。这下倒好，父母赶来看望他这个儿子了。但不管怎样，还是见上父母了。

“你这病呀，一是熬夜多，二是太累，三是饮食没规律。我看你这个副局长不当也罢。要么与你们局长说说，不要管破案了，换个行当。”还别说，父亲的一番话句句说在点子上。

“爸，您比我们医生还懂行，说得太对了。”罗蔓在一边表示赞同。

“你别起哄啦，快去炖鸡吧。”徐寅轻拍了一下妻子后脑勺。“什么呀，这鸡是专门给你吃的，放了好多补药，我，爸妈，都无权吃。对吧？”罗蔓转头对公婆说。

“阿蔓讲得对，你不补不行了。”徐寅母亲的眼睛一直没离开过她的宝贝儿子徐寅。

“这次住院到底什么情况？”徐寅爸问。

“胃有点不好，穿孔了，大出血。不过发现及时，应该不会有大问题。以后主要是休养，不能抽烟喝酒，也不能太累。”罗蔓回答。

“爸，妈，小事一桩。您二老也要保重呀。”徐寅赶紧安慰道。

“穿孔，就是相当于袜子破了个洞？还大出血，可怕呀。这点年纪身体就搞成这样，老了怎么办。”父亲的眼睛也有点红了。

正说着，徐寅的手机响了。罗蔓走过去从茶几上帮徐寅拿手机，屏幕来电显示为“王蹇”，她的第六感觉告诉她，这又是个不寻常的电话。

相似手段

人性的徘徊

徐寅接过手机，电话那头是刑侦大队长王蹇。

“报告徐局，又发生了一起命案！”王蹇听起来有些气喘吁吁。

“你慢点说，怎么个情况？”徐寅道。

“刚接到110指挥中心指令，彩虹湾小区26号别墅有一老妇被杀，技术勘查人员已赶往现场。我正在去的路上。您放心吧，先向您报告一下，您千万不用过来。”王蹇在电话那边不忘劝阻一下，因为他太了解自己的这位上级了。

“你们抓紧去勘查现场，外围现场也要抓紧勘查，再过个把小时，天都要暗下来了。我稍后过来，工作要做得细致。询访工作可同时开展。”徐寅其实自己也难掩着急。

“你，什么事这么急，非要自己赶去？”罗蔓待他放下手机，关切地问。

“强强，你不要命啦。”徐寅妈着急地说。

“爸，妈，又有人被杀了。连续发生杀人命案，前案未破，新案又发，我责无旁贷啊。而且人命关天，上面领导盯着我们呢。我没事的，这点病算什么。”徐寅做了几个扩胸运动，表示身体已恢复得差不多了。

“不去，我看也做不到，等会早点去早点回。”徐寅爸倒是顾全大局。

“你个死老头子，你不心疼啊。”徐寅妈又开始抹泪。

“不说了不说了，早点开饭。”罗蔓知道老公的脾气，若不让他去，他会坐立不安，何况事关重大，干脆打个圆场。她本想把公婆接来，一家子好好聚聚，真是时运不济，她溜进卫生间，掉了一把子泪，再擦了把脸，出来端菜上桌。

“爸，您喝点红酒还是黄酒？”罗蔓问公公。

“还喝什么，早点吃饭，也没心情喝了，强强他的心思早在工作上了，男人嘛，也该以事业为重。我们还是直接吃饭吧。”徐寅爸说道。

“爸，我工作归我工作，您想喝就喝呗，我有瓶法国红酒，让你开开洋荤吧。老年人喝点红酒，能有助血管保养。”徐寅做着父亲的工作。

“不了不了，留着吧，下次下次。”其实徐寅爸暗暗替儿子着急。

一家人在沉闷的气氛中吃饭，饭桌上几乎没了话题。

吃完饭，徐寅没等罗蔓收拾好碗筷，就给司机小田打电话，让他尽快来接他。

“你呀，真够心急的。”罗蔓放下收拾，连忙给徐寅去拿了件羊毛背心，督促他吃完了药，把徐寅拉进房间，对着他正色道，“你是给你们王局和我立下过军令状的，至少休息十天。你还是违背了诺言，放你出去可以，但你必须答应我两条，行吗？”

徐寅问：“谢谢你，老婆。哪两条？”

“第一，不能熬通宵。第二，按时吃药。你的病还严重着呢，刚才我在爸妈面前替你掩着，但你自己心里必须明白。你若有个三长两短，我们母女俩怎么活得下去？记住了吗？”说到这里，罗蔓已是泪眼汪汪。

“放心吧，我会的。”徐寅揽妻子入怀，紧紧相拥，看着时间差不多，他在妻子额头上亲吻一下，帮她擦干眼泪。转身来到客厅，向父母告辞，拎了包直往外赶。

“你要自己当心啊！”背后传来母亲苍老而带点哭音的叮咛。

很快，徐寅赶到了现场。按照习惯，徐寅还是不急着进现场。

王蹇已在院子门口等候。

“徐局，您怎么还是来了呀？您身体吃得消吗？”王蹇颇为徐寅担心。

“放心吧，兄弟，我身体棒着呢。”徐寅拍了拍王蹇的肩膀，“简单说说，怎么个情况。”

“徐局，撞邪了，撞邪了呀。”王蹇显得十分紧张。

“慌什么呀，不会又是哪个大领导夫人被杀了吧？”徐寅笑笑。

“那倒不是。这次的被害人是位老年妇女，六十多了。死在床上，全身赤裸。奇怪的是前胸和背上一样出现了X形状的刀伤，与‘6·25命案’中陈一飞的刀伤如出一辙。真不可思议。”王蹇报告道。

“会有这样的事？”徐寅也十分吃惊，以前在刑侦影视剧中见过对连环杀手的描述，想不到小小江屿市也会出现如此咄咄怪事，“致死主因呢？”

“法医还在勘验，现在还不好下结论。初步调查的情况是，死者刘阿芬，现年 67 岁，丈夫单青阳，多年前死于脑溢血。夫妻俩一直在农村生活，仅有一独生女儿单茵，现年 43 岁，在本市一家上市企业鹊桥帆船制造有限公司担任副总。死者在丈夫死后就搬来与女儿一家共同生活，照顾女儿一家，做做家务，基本上足不出户，很少外出。死者一家四口人，单茵丈夫蒋先锋在省城一家央企工作，一般周五晚上回家，周一早上自驾车去上班，儿子蒋哲正在念初中。白天基本上是死者一人在家，女儿单茵中午在公司食堂就餐，要傍晚下班才会回来，菜都是单茵带回来的。大致情况就这样。”王蹇作了一个简单报告。

徐寅环视了案发的这幢三层别墅，虽然天色已暗，但借助小区内路灯的亮光，还是可以清晰地看清房子的轮廓和外墙青灰色的色调。

这个 26 号别墅位于整个小区最西北角，也就是它的北面和西面都是高高的围墙。东面是 27 号别墅，前面隔一条五米多宽的行车道是 12 和 13 号别墅，每幢别墅都有个小院子。现场都拉了警戒带，但还是有不少围观的居民。

徐寅走进别墅，单茵坐在一楼的沙发上哭泣，边上围了四个女邻居在宽慰她。徐寅也没法与之打招呼，在王蹇的陪同下直接到了三楼。他没有进门，站在门口往里看了看。见他到来，刘法医与他招了招手，继续干他的活。张又松和其他几个刑技人员在提取痕迹物证。

“你们干你们的。”徐寅对大家挥挥手。他现在只关心一点，就是被害人是怎么死的

“老刘，你出来一下。”徐寅向刘法医招了一下手。刘法医起身走了出来。“能初步断定死因吗？”徐寅问。

“应是窒息死亡。但徐局，死者前后胸被利刃划出的‘X’型创伤再现，与前次那个命案一模一样。”刘法医满脸讶异。

“一模一样？什么意思？”徐寅问。

“一是均是利刃所致。二是长短深浅几乎一致。三是均非致命伤，不足以致死，分析也就是属于多余动作。”刘法医回答道。

“奇怪呀，真是不可思议。”如果说徐寅刚才听了王蹇的报告还将信将疑，这会儿是深信不疑了。刘法医招呼他走近尸体旁，指着受伤部位一一给他看。徐寅看罢，觉着这凶手太过嚣张跋扈，心血上涌，几近昏倒。他干了二十几年的刑警，从来就没碰到过这样的挑战。他握紧拳头，自己都能听到骨头发出“咯咯”的声音。

又见观音玉坠

人性的徘徊

晚十时，刑侦大队会议室。与往常不同，气氛甚是严肃。每个人的心里像压了块巨大的石头，又闷又重。显然，犯罪嫌疑人前所未有的挑战让每个刑警都觉着颜面尽失，大家都恨不得立即把他找出来撕成碎片。

“大家说说吧。”徐寅开口道。他今天没心情多说话。

“我先说吧，”刘法医一改往日不抢先发言的习惯，“死者，女性，六十七岁。被发现时尸体位于卧室内床上，全身赤裸，头东脚西，正面仰卧。致命伤位于颈部，为扼颈窒息死亡。胸部有两处刀伤，分别长 27 公分、30 公分，成 X 型交叉。背部亦有对称性同样刀伤，分别长 21、28 公分。虽然长度有些不一，但刀伤的深度及交叉而成 X 状的角度与‘6·25 凶杀案’极为相似。死者颈部可见广泛性皮下出血，后脑部有表皮剥落出血，疑为钝器所致。死者阴道试纸检测为阳性，并提取到少量男性精斑。解剖后，发现舌骨骨折，肺部出现多处点状出血，符合窒息死亡的基本特征。胃内容物充盈，因此死者死亡时间综合判断是在中午，死者胃内容物为米饭青菜茭白豆腐，这些食物可在厨房吃剩的菜肴中得到印证，说明死者是在进食中饭后不久就遇害的。死者身体无其他伤痕。”

“我来介绍下现场勘查的其他情况。”张又松紧接着说，“现场位于彩虹湾社区别墅群西北角 26 号别墅。该别墅北西两侧靠近围墙，有两米宽绿化带与围墙相连。东侧与 27 号别墅相邻，两别墅间有一米高低矮院墙相隔，间隔距离约六米。别墅前面为宽 13 米、深 10 米的院子，也以一米高低矮围墙与外部区隔。正前方围墙外为一条宽约六米的区内道路，隔着道路的分别是 12 号、13 号两幢别墅。26 号别墅为三层建筑，只是第三层面积小点。一层为客厅、灶间、餐厅、卫生间和一处客卧。二层为主卧、客卧、两处卫生间、一处书房。三层为两处卧室两处卫生间，还有一处阳台。中心现场位于三楼死者卧室内。现场提取到耐克运动鞋鞋印多个，带细纱手套手印两个，在边上死者外孙蒋哲房内的卫生间抽水马桶里提取到香烟烟蒂一个，也是白沙牌香烟的烟蒂。估计是丢入马桶里一时没冲走。现场门窗完好，未发现有新鲜撬痕。中心现场及主卧客卧均未见有翻动痕迹。询问事主单茵，她称未发现有财物失少。”

“我补充下，”屿城派出所副所长梁武宁说，“周边及小区的情况调查还比较初步，待明天开始再作深入调查。初查了解的情况是，死者刘阿芬为人低调诚恳，口碑极佳。她平常几乎没什么爱好，基本上在家做做家务念念佛。她有一门手艺特别好，那就是做霉豆豉酱做得特好，很有风味，邻居们很爱吃，用来蒸鱼烧肉都特别香。她也时不时做点送给邻居，大家都亲昵地叫她刘婶。没听说她与人有什么积怨。女儿单茵与女婿蒋先锋感情不错，蒋先锋待人和蔼，口碑也不错。女儿单茵个性好强，但性格开朗豪爽，也没听说与人有仇。孙子蒋哲除了学习成绩在全校靠后其他表现还是好的，经常参加志愿者活动。现场东侧27幢房主为江屿市咪尔西印染化工有限公司董事长陈西富，现年五十五岁，一家四人，妻子赵岚洁为公司会计，五十三岁，女儿陈妍荷二十七岁，现在加拿大多伦多一大学攻读博士，陈西富的老母亲董兰花七十六岁。董兰花平日与死者关系亲密。前面即现场南面是12号别墅仅一人居住，住户劳建雅，女66岁，早年与丈夫离异，分得巨额财产。丈夫在香港开有一家国际贸易公司。子女均在香港，逢年过节子女会来探视。其本人患有夜盲症。白天有时也去死者处聊天。今天早上约九点多还与死者在小区广场上碰见唠过磕。当时董兰花也在。13号别墅住户为一对小夫妻，丈夫邱郗，29岁，妻子郑珪，26岁，结婚才二年。均从事期货类交易。房子是邱郗的父亲邱泰国买的。想必大家对邱泰国并不陌生，他是我们江屿市雄鹰房地产置业有限公司的老板。邱泰国本人不与儿子儿媳住一起。这对小夫妻三天前去新疆天山旅游，今日仍未归。”

“刚刚接到派出所小董电话，说报警人即死者女儿回忆起来有这么一个东西不见了，即挂在母亲胸前的一个玉挂件不见了。这件玉挂件是她母亲祖传的。她母亲刘阿芬的父亲在解放前是国民党军队的一个副师长，刘阿芬是其三姨太的女儿。母亲曾传给她一个挂件和一只玉镯，玉镯后来遗失了，只留下这个玉挂件，好像是和田玉的。色相很好，属于羊脂白玉类。母亲也就是死者终日挂着，不曾离身。一周前这个挂件的链子坏掉了，去珠宝店修过一次。当时，邻居劳建雅一起陪着去的。现在她找遍了家中所有地方，也没找着，怀疑会不会让凶手抢走了。”范龙报告。

“他有没有问这个玉挂件是个什么样的玉挂件？例如什么生肖。”徐寅打断了他。“问了，是个滴水观音雕像。”范龙答。

观音，又是观音，陈一飞的挂件不也是个观音？这是巧合，还是真有玄机？徐寅一时间真是懵了。

星女珠宝店？

人性的徘徊

“监控的情况查得怎么样？”徐寅问。

“我们查了，现场南面路口正好有一个监控探头，本来是对着26号院门附近。今年八月份11号台风来时把它损坏了，居然一直没修，原因是小区的物业公司与原安装的公司发生纠纷，打口水战打到现在。所以没有任何视频资料，其实小区门口的视频数据也没有，原因是电脑主机损坏，一直不修，小区居民被蒙在鼓里，门口的摄像头只是个摆设罢了。”副所长梁武宁赶紧汇报道。

“可笑。你们所的社区民警也不够负责，怎么不抓好督促协调。”徐寅有点生气，但他明白这会儿责备谁都没有用。

“有没有查清死者去哪家珠宝店修的挂坠？”徐寅又问。

“已经去找邻居劳建雅访问。应该很快就会有结果。”梁武宁回答。

正说着，王必虎局长在局办公室主任姜匡臣的陪同下走进了会议室，大家立时起身相迎，王局长向大家摆摆手，示意大家坐下继续发言。

“我谈点看法，”重案中队指导员孟杰明站起来说，“今天这起命案与‘6·25命案’有许多相似的地方，例如，最明显的是被害人胸前及背后的刀伤，各划两个大大的X，不知凶犯意欲何为？这个行为想说明什么？抽的烟都是白沙牌，鞋印的长度和磨损特征极为相似，足后部磨损特别严重，上次分析为当过兵或司机的职业可能性大些。刚才又加上个奇怪的相似点，被害人挂的吊坠都不见了，且都为玉石观音像，这是否是一种巧合？如果不是，那么是否可以说凶犯有某种特殊嗜好？两位被害女性均身体赤裸，陈一飞的睡衣是其弟报警前穿上去的，当时超出了我们的预料。而且，从两人的阴道内均检出男性精斑，虽然后者尚未来得及做DNA检测，但后者被害人年龄更大，似不应成为强奸杀人的对象，我个人怀疑是否是凶犯在转移我们视线。再者，假如可以对这两起案件定下并案侦查，那么以前我们对各种性质犯罪动机的分析中，至少有一点可以基本排除，那就是报复杀人即仇杀，因为这两个被害人之间生活没有交集，属于不同的生活圈，因此似乎不应该与同一个人或同一伙人结仇，造成被仇杀。尽管理论上不能绝对排除，但这样的可能性微乎其微。基于以上分析，我个人建议有两条：一是建议对两起凶杀案并案侦查。二要把对犯罪动机的侦查上放到侵财犯罪即由盗窃转为抢劫杀人或直接入室抢劫杀人这个重点上。而且，我认为，不应再分散警力，应集中力量攻其一点，找出线索。我就谈这些想法。”

“那么请问孟指，对于你讲的第一点我表示认同，关于第二点，我有颇多疑问。如果说凶犯以侵财为目的，那么为何对现场橱柜不作翻动？这有悖此类案件的规律。如果说其中一起案件中犯罪嫌疑人因作案过程中遭遇有人来了或其他其认为不安全的原因而放弃翻动，那么第二起再重复这样的情况可能性很小。再者，刘阿芬被害时后脑部已遭钝器打击，从其无反抗痕迹看，应已致昏，没有必要再将其杀死。案犯应有时间继续盗窃作案，也就是说，仍可翻箱倒柜，但案犯并没有这样做，这又是为何？第三，如果说凶犯有对观音玉挂件的特殊嗜好而专司抢劫，那么为何非要杀人？如果要说原因，也许只有一个，那就是凶犯与被害人认识，以防被害人举报而加害。但这又带来两个问题，一是杀人代价太大，是否有非杀不可之可能？二是你刚才提到的在二位被害人生活轨迹毫无交集的情况下，怎么会都认识一个人？所以你说的第二点虽然是重点之一，但不能把全部警力集中于此。”侦查员孙小刚也紧随其后发言。

“噢，报告下，刚接到电话，刚才小区调查小组调查访问劳建雅的结果是，她和死者刘阿芬一起去修挂件的那家店是商贸城的星女珠宝店，劳建雅有个外甥女叫吕思微在这家店里工作，比较放心点。”梁武宁插言道。

星女珠宝？又是星女珠宝？不会如此巧合吧？每个人都如被电鳗电了一下。

“我看大家谈得很好。这两起命案的确有很多相似之处。尤其是两处成X状的锐器伤，因为都不是致命伤，也不是抵抗伤，或者是特定工具所引起，故而可理解为是凶犯刻意所为。当然，目前还不知其目的。但仅凭这点，我认为这两起命案可并案侦查。今天是一月二十一日，这起命案就命名为‘1·21凶杀案’。关于下步工作，我想强调六点：一、切实加强组织领导，考虑到两案并案侦查，原指挥部及专案组成员保持不变。二、对‘1·21案’涉及到的所有关系人及彩虹湾小区各户及今昨两日来往人员作全面排查，完成后与‘6·25案’涉疑人员进行一次碰撞，看看是否有可能存在彼此联系的情况。三、对全市所有珠宝行及古玩市场进行布控，以期发现可疑线索。四、两案均有很好的DNA条件，必须抓住这一有利条件，不论吴姓张姓李姓，只要与案件有关，必须查到水落石出。五、对全市针对中高档住宅区的盗窃案件做一次全面梳理。特别是与事主有过接触而有行使暴力或威胁的情节的案件。六、对烂眼团伙案件的审查工作仍要坚持做好，不管与命案有无关系，对这个毒瘤要除恶务尽。我先谈这些，下面请王局长作指示。”

徐寅言毕，大家热烈鼓掌。

“同志们，我理解大家的心情，大家心里都不好受，罪犯太猖獗了，他向我们全市人民，特别是向在座各位提出了挑战。短短半年左右的时间，连杀两人，社会影响何其恶劣。我的压力也很大呀。再过一个多月就要开市人代会了，如果不能在这之前破案，我们怎么向人民代表交待啊。我是没脸再当这个局长了，只能拍屁股走人了。今天是一月二十一日，已是农历腊月初七了，按习俗，明天要喝腊八粥了。今天我多说几句，民间为啥有吃腊八粥的习俗？据考《礼记·郊特牲》说蜡祭是‘岁十二月，合聚万物而索飨之也’，腊八粥以八方食物合在一块，和米共煮一锅，是合聚万物、调和千灵之意。实际上是老百姓对平安幸福美好生活的一种向往。如果说人民群众的生活环境是不安全的，那么就毫无美好幸福可言。从这个意义上讲，我们肩负着太多人民群众的期许。接下去，马上就要过年了。农村里旧时要宰年猪舂年糕了，案子不破，大家也过不好年。关于下步工作，徐寅同志作了很好的部署。我表示完全同意，大家务抓落实。前不久，我们端掉了以董丙忠为首的黑恶团伙，全市人民拍手称快，这个案子还要深挖细查，不能放松。同志们，大家要树立信心，把凶犯对我们的挑战压力转化成战斗力，拿出我们的刑警精神，力争两案一举突破！我期待着你们，局党委也期待着你们，市委市府和全市人民更期待着你们凯旋！我就讲这些。”

话音刚落，全场掌声雷动，经久不息。听得出，掌声中有压力，更有信心和决心。大家都懂得，前方的道路坎坷，但若不勇敢前行，那是永远不能到达目的地的。

马小磊落网

冬日的朝阳虽然没有夏日的炙热，却似乎更耀眼更光亮。天空中没有一丝云彩，要不然朝阳能像染布一样在天空中染出几许绚丽。徐寅来到阳台上，舒展一下筋骨，呼吸一下凉凉的新鲜空气，吐出似雾的热气，感觉人比往日精神许多。

“你的电话，是周兵这小子。”妻子罗蔓从里屋出来，把手机递给他。

“你说什么？……那行，立即予以抓捕。人在哪？云南香格里拉？立即派出精干追捕小组，让禁毒大队一起派员。行，尽快出发！”徐寅下达命令。

“唉，唉呀。”放下手机，徐寅开始叹气。

“怎么了？从没见我家的大侦探这个样子，抓人如抓鸡，什么时候变得这般多愁善感了呀。”罗蔓调侃道。

“刚才周兵所长的报告，证实了你我的判断。”徐寅望着远方说道。

“哎呀，急死人，你快说嘛，什么你我的判断？急死人。”这会儿轮到罗蔓着急了。

“他刚才说，根据我们已抓获的毒贩烂眼的交待，他的上家是一个我们认识的人。”徐寅并不是卖关子，而是实在不忍说出他的名字。

罗蔓见丈夫说到这里，何其聪明，她立即就想到了，忽然眼眶一热，流下泪来：“这孩子，多好的孩子啊，竟让毒品给害了。黄老师的晚年该怎么度过呀……”

“噢，这事只能你我知道。按理说我也不该跟你说。

你要严格保密，防止节外生枝。这周末，我看甜甜也不要去黄老师家了，免得你见了黄老师，控制不住情绪。”徐寅叮嘱道。

“放心吧，我会控制好。如果不让甜甜去，甜甜这关首先过不了，怎么和她说呀。黄老师也会起疑心，就算甜甜不去，她也会打电话来。这两人，前世有缘哪。”说完，罗蔓又落下泪来。

“行，那你自己把握好。”徐寅极目远望，似乎能从蔚蓝的天空里如照镜子一样照出马小磊的身影。罗蔓侧过头，把头靠在丈夫的肩头，喃喃自语：“上天为什么那么不公平，把一个曾经朝气蓬勃意气风发的优秀青年，转眼之间变成了一个面目可憎的毒贩。”

云南香格里拉是著名的旅游景区，藏语意为“心中的日月”，是云南省迪庆藏族自治州首府所在地，位于云南省西北部、青藏高原横断山区腹地，是滇、藏、川三省区交界地，也是世界自然遗产“三江并流”景区所在的地方。因20世纪30年代出现于英国作家詹姆斯·希尔顿的著名小说《消失的地平线》中，而为世人所向往。香格里拉市原名中甸县，藏语称“建塘”，相传与巴塘、理塘系藏王三个儿子的封地。2001年才改名为香格里拉。这里平均海拔3459米，有着独特的高原森林和草地山川风光，被称之为“人间天堂”。

马小磊这几天关了手机，带着阿庆、阿台两名随从来到这世外桃源。他也要求两名随从未经他允许不得打开手机。他把自己的一切告诉了父母，往母亲床底下塞了一只大皮箱，里面装了二百万的钱，这是他这几年贩毒所得的全部积蓄，相信母亲终有一天会找到这些钱。他知道自己得上了艾滋病，很快会走到生命的尽头，把这些钱留给父母，也算尽一份孝心，对自己有个交待。他也随身带了二十几万留给自己，他想好好玩玩，看看这个美好的世界，也不枉来人世走一遭。他明白，烂眼一旦被警方抓获，迟早会供出他。因此，他选择了香格里拉，既可以领略这里秀美的景色，也可暂躲避一时。

两个随从都很年轻。阿庆19岁，全名顾瑞庆，安徽亳州人，原是建筑工地的一名钢管工。会使“飞石子”，这门绝技是从小练成，二十米内石无虚发，可击破一瓶啤酒。瘦瘦的身材，一米七八的身高，厚厚的嘴唇，人送绰号“北京猿人”。阿台全名裴勇台，陕西人，20岁，自幼习武，练得一身好身手。个子不高，一米七的身材，却壮实孔武，一套螳螂拳打得出神入化，人称“螳螂台”。这两人与马小磊形影不离，俨然保镖。尽管有这二人保护，马小磊仍不放心，前不久在缅甸一少数民族手中购得一把越南造手枪和二十发子弹，这种枪是越南人仿中国五四式军用手枪造的，杀伤力还比较强。

三人刚坐景区的大巴出来，天色将晚，感觉肚子也饿了，找了家小弄堂里的牦牛肉馆，叫了牦牛肉火锅和一瓶青稞酒，小斟了起来。

马小磊举着杯，眼睛却扫视着室内。这是一家二开间的店面，放着六七桌火锅四方桌，每桌可供四人用餐。他们坐定时，只有角落有两人坐着，是两名男青年，看边上的旅行箱想必是游客，两人正大侃股票经，听口音是南方人。马小磊下意识伸进手提包，摸了摸枪。

这时又进来四人，一色的彪形大汉，戴着墨镜，进来就冲老板喊："老板，上菜上菜，上好的牦牛肉多来点，饿坏了。"说完就在靠门口的桌子上坐下了。马小磊顿时警觉起来，示意阿庆阿台多加留意。这四人也不客气，菜一上来便大快朵颐，吆五喝六地喝上了。马小磊觉着已吃得差不多，赶紧买单走人。

三人起身往门外走，经过四人桌旁，其中一人站起，上前拦住马小磊去路，爆出粗口骂道："妈拉个巴子，你欠钱不还，躲这儿来了。"

"兄弟，你认错人了。"马小磊推开他笑道。

"我认错人？笑话，老子的眼睛又没瞎。"说完，飞起一脚，正中马小磊裆部，马小磊立时蹲了下去。阿台立即扑上前去，右手如啄，直往对方眼部刺去，后面三位大汉张开蒲扇般大手，一齐扑上，双方顿时混战起来，马小磊被扑倒在桌下，见手中拎包落地，他伸手去抢，不料包被一只脚踩住。抬头一看，黑洞洞的枪口正对着自己。阿庆正欲从口袋里掏石，腰部被一硬邦邦东西顶住，耳边听到断然一喝："别动，警察。"一本警察证闪亮地晃在面前。定睛一看，竟是刚才角落里侃股票的两位年轻人。三人立即被铐上了手铐。

“我们是江屿市公安局的，你们被刑事拘留了。”其中一人亮出了身份。

江屿，对马小磊而言，是他魂牵梦萦的故乡，他多么希望回到故乡，陪着父母尽人子之孝，过着平凡的生活。而现在，这两个字却如重锤，狠狠砸打在他的背上，令他透不出气来。他知道，自己的末日提前来到了。其实他一直小心谨慎，却不料早被警察盯上了。出卖他的不是别人，正是他的助手阿庆。阿庆违反他定的规矩，去上洗手间时打开手机，给他老家的女友发了张照片，报了个平安。这一切迅速被警方锁定了行踪。

多行不义必自毙，马小磊叹了口气，他认命了，因为他知道这才是他的归宿。只是来得快了些。

崔老爷子

人性的徘徊

马小磊一伙很快于第三天被押回江屿市。当押送的火车缓缓驶入江屿火车站时，徐寅带着一干手下兄弟前往接站。局里政治处还组织了本市的电视台、报纸等新闻媒体一同前往。车子停下后，六名全副武装持冲锋枪的武警战士站在月台上。三人被依次押下车。徐寅走上前去，与参战的同志一一握手，祝贺战友们凯旋。

由于三名被押解人员戴了黑色头套，让人无法认出他们的面目。徐寅见其中一人的身形极似马小磊，便喊了句："马小磊，站住。"马小磊立刻停住了脚步，转过身，正对着徐寅，弯下腰去深鞠一躬，说了句："徐叔，拜托您照顾一下我爸我妈，小磊对不起您。"然后起身前行，两名武警战士每人一只胳膊牵着被押解人员往警车上走去，徐寅也上了车，下达了"出发"的命令。尖利的警笛声响起，伴随着媒体记者不停的闪光灯，呼啸着冲出站台，往看守所方向直驶而去。徐寅用手遮住了双眼，难过得禁不住落泪。

第二天的《屿城晚报》以头版二条"我市最大贩毒团伙主犯归案"的醒目标题作了报道，屿城电视台则以"家门口的毒贩"报道这是建国以来本地籍人士吸毒继而成为毒贩的首例案件。"屿城 e 网在线"则以"优秀青少年何以堕落"进行了报道。一时间，这个贩毒团伙被摧毁的新闻成为街头巷尾热议的话题。不过，媒体的报道中均没有直呼其名，一律采用了化名。同时间，一些谣传也蔓延开来，说这个毒贩就是两起命案的幕后主使，两名死者是得罪了这个团伙而惨遭报复，报复者会将报复对象强奸剖胸挖眼等等，一时间人心惶惶。

“徐寅呀，你们要抓紧办结马小磊董丙忠团伙案件。办完了，我们赶紧开个新闻发布会，以正视听。目前这样的舆论环境对我们压力很大啊！与此同时，我们还可以把警力从这个案件中解放出来，专心攻命案。另外，你人还没康复，还需要休息，不能操之过度。你重点把握大局，具体事让其他同志去干，不要熬夜，否则我无法向罗蔓交待啊。”王必虎局长给徐寅打来了电话，道出了他的担忧，也不忘惦记徐寅的健康，让徐寅感受到了温暖和关怀。

放下电话，徐寅思忖：这马小磊既然是江屿市贩毒集团的老大级人物，那么他必然控制着江屿市的毒品供应渠道。难道景一凡崔夏萍所吸食毒品的来源也是马小磊提供的？崔夏萍的“飞天置业”前些年在云南搞过房地产，这是人尽皆知的，这期间马小磊也在云南，难道这两人之间有什么联系？他突然想起上次已答应过去看望一下崔老爷子崔岳山的事。徐寅给王蹇打了个电话，让他联系一下崔岳山，说下午就去拜访一下他。王蹇很快回电，说崔岳山下午在家等候。

车子开到了牌坊楼小区。这个小区是江屿市最为古老的住宅小区，有很多古建筑被列为文物保护单位。其中最有名的是一处石牌坊，相传为江屿市历史上唯一一个状元所立，建于明朝万历年间，一副对联题曰：忠孝悌唯崇道德文章，尊君父乃属天地伦常。石牌楼石雕精美，虽经沧桑风雨，仍不失巍峨典伟。这个小区因石牌而得名。小区内由于古迹众多，无法拆迁改造，倒另成一景，住宅以四合院为主，早些年无人问津，近几年被许多富商看中买下，一时成了“香饽饽”。

崔岳山也是看中了这里的一处四合院，相传建于民国。民国的建筑在设计、构造、风格上，既体现了近代以来西方建筑风格对中国的影响，又保持了中国民族传统的建筑特色，是中西方建筑技术、风格的融合。崔岳山喜欢这里，还有另外一个情结，那就是他年轻时是一名泥水匠，到这里靠帮人维修房子度日，后来看上了一位小姑娘，小姑娘比他小两岁，当年高中毕业在一家国营纺织厂当纺织女工，两人感情日笃，但由于崔岳山的农民户口与人家城里户口根本没法突破界限，且崔岳山不过一介泥水匠，出身卑微，遭女方父母坚决反对，终未成眷属。后小姑娘远嫁上海，才几年竟郁郁而终。其父母也在前几年相继过世。崔岳山念此不忘，居然买下了这个住着三户人家的四合院，请了仿古建筑设计师，做了重新修葺和布局，他和妻子二人就住到了这里。当然，他妻子是不明就里的。

徐寅的车子只能停在小区门口。这种老小区的许多道路只能供人步行，通不了车。徐寅带着王蹇沿着青石板的小巷来到宅子前，古式的台门前是两个圆形的石头门对，只是台门的门由以往的木质门换成了青铜色的金属门。

徐寅按了下门铃，一个中年妇人来开了门，说了声“请进”，她一看就是本地人，从下半身围着的蓝布围裙判断该是居家保姆。院子两侧都是厢房，清一色仿红木木雕百叶窗，院中一棵巨大的紫薇树似乎见证着这座四合院的年代。

“欢迎啊，二位贵客。”崔岳山已站到正屋大厅门口，紧走几步上来握住徐寅的手，“老弟多日不见，今日怎么有空来坐坐？”

徐寅抬眼见崔岳山虽已是年届七旬，却依然精神矍铄，只是须发皆白，额上深深的皱纹展示着他不凡的人生阅历。上穿一件黑色夹克衫，内穿白色衬衣加一件毛背心，下穿灰色西裤，一双皮鞋锃亮，显出主人严谨的生活态度。

“老爷子有约，徐寅不敢爽约，无奈前些日子公事太忙，来得迟了。”徐寅微笑着回答。

“请坐，请坐，谢谢徐局长还不忘我这个老人。”崔岳山引徐寅二人入大厅落座。大厅是清一色仿古太师椅和一张华桌一张八仙桌。很快，茶水被送上来。

“这是上好的普洱茶，62 年产的。”崔岳山招呼徐王二人喝茶。徐寅打开杯盖一闻，果然香彻心脾。“老爷子今日约我们前来，不光是为了喝茶吧？”徐寅微笑着问。

“是呀是呀，拉拉家常，拉拉家常。”崔岳山呵呵一笑，并不接下去说。

徐寅想着他必想要说点什么，估计王蹇在场，不便开口。他便向王蹇使个眼色，王蹇站起来说：“哎呀徐局，我忘记了审批案件材料。”他装作看了下手表，“还有一个小时到点了，我得赶回去批下，等会再来接您。你们聊。”说罢告辞出去了。

崔岳山看着徐寅，说道：“老弟呀，我这一生闯荡江湖，阅人无数，我见你气度不凡，将来必成大器呀。”

“谢谢老爷子夸奖。”徐寅客气地回道。

“你知道，我从一名泥水匠做起，到承包大队建筑队，成立乡建筑公司，直到把飞天建筑打造成特级建筑企业，这中间有太多的酸甜苦辣。要不是我夫人身体不好需要照顾，我也不会把这副担子交给夏萍。她从国外学成回来，我想让她好好闯一闯，我年轻时不也这样闯出来的吗？失败了不要紧，可以重来。遗憾的是她一直不成家，不找个帮手，自己一个人闯，一个女孩子，也真不易呀。我基本上不去管，既然交给她了，就放手。可谁料这几年的房地产从疯狂走向冷落，多快呀，公司举步维艰了。我们俩老人只是过我们的生活，我尽量陪我夫人去走走看看她想去的地方。外人不知道，也没人知道，她早年子宫癌动过手术，去年又复发了，可能时日无多。我为了让夏萍安心，从没给她提起过。我也只有她一个女儿，能不能把飞天管好不是最重要的，重要的是她能健康快乐地生活。”说到这里，崔岳山有点动容。他擦了一下眼角，打开茶杯，把杯盖高高举起，让它遮住徐寅的视线，掩饰一下尴尬。

“老弟呀，你知道，女儿夏萍，对我来说，那是我全部的希望之所在。没有了她，我这条老命活着还有多少意义？前不久，这孩子想不通，自寻短见，我都快气疯了！去医院看她，我都差不多动手打她了。听说她竟然在吸毒，真是太不应该了，必是有人害她。吸了就吸了，戒了嘛，改正就好，何至于自杀？听说你们给她监视居住了，她失去了自由。这么大一个企业，她不外出怎么办事呀？所以你们能不能原谅她？”崔岳山看着徐寅，目光中满含期待。

“老爷子，情况远没您想象的那么简单，我们会弄清楚的。但您有一点与我们的目标是一致的，那就是规劝您女儿与我们配合，即使犯了错，哪怕犯了罪，也可从轻处理。”徐寅郑重地说。

崔岳山点头表示赞许，他站起身，对徐寅说：“老弟，我们不谈她了，我们谈点别的。我呀，最近从古玩市场买到一幅画，也不知真假，反正要不了几个钱，你帮我看下。”说完起身走进里屋，取画去了。

沉重的皮箱

人性的徘徊

崔岳山很快从里屋取出一轴画，外面用报纸包着，似是一件极普通之物。

崔岳山随意把画扔到桌上，说："老弟呀，我一点也不懂。前不久有朋友带我去古玩市场溜达，有人推荐我买这幅画，说明了是高仿唐宋的，不值钱。我就当玩玩，你给看看。"

"呵，我也是门外汉。"徐寅笑着说。他本不想看，碍于情面，看看也无妨。他上前打开报纸，展现的是一轴绢画。打开来，成一挂轴，于是他把画高高举起。从装裱上看，确显着年代久远。画风古朴典雅，画面是孤零零一匹骏马低头吃草，远处一棵枯树，再无其他。

"我听朋友说过，鉴别字画真伪得从印章、题跋、纸绢、著录和装潢等方面去看。这幅画有题跋，唐宋以前的作者一般不作题跋，所以我赞成您刚才提到的高仿的说法。从绢的质地看，严格讲是一种绫，而不是绢，这种绫叫素绫，流行于明末天启、崇祯年间。从形成的包浆看，应是自然老化的结果，而不是用茶水脏水颜料做旧的结果。所以我个人肤浅的看法是这幅立轴是明末仿唐宋风格，但仿的过程中出现纰漏也是正常的。仿的作品未必不好，有的仿作艺术价值甚至超过原有作品。"徐寅倾其所闻所学，先谈出了自己的看法。

崔岳山听完"啪啪"鼓起掌来，赞道："后生可畏，后生可畏啊！你可以去开古玩店了，知识渊博啊。"

"老爷子谬赞了，我也是蒙的。"徐寅连忙放下画，卷了起来。其实这回还真让徐寅给“蒙”对了。崔岳山花了三十万元买这幅画之前去做过专家鉴定，说辞与徐寅刚才的说法如出一辙。所以崔岳山并非客套，而是真心赞赏，他说：“我没读多少年书，但我的朋友告诉过我一句话，我至今没忘，叫做‘宝剑赠英雄，红粉送佳人’，是这样吧？这种东西放我这里简直是浪费，既然老弟如此有研究，何不带去挂到办公室里早晚赏品，也不辜负了这幅画。”

这一刻，徐寅方才明白崔岳山让他鉴赏这幅画的真实用意，赶紧正色道：“谢谢老爷子一片好意。我又不是什么文人墨客，没这雅兴也没闲工夫去赏画吟诗。这幅画，我断不能带走，望您收好。若不答应，以后就不敢来叨扰了。”

崔岳山尴尬地笑了笑，只好把画收起放到边上，说：“老弟多疑了。我只是爱惜人才，别无他意。这样吧，过几天孔市长要来我家吃个便饭，我通知你，你来陪一下。你知道，郝书记在江屿市已快五年了，马上要高升了，孔市长很快要变成孔书记了。你多与他近乎近乎，将来可堪大用。我呢，牵牵线，也帮不上什么忙。听孔市长说起过你，他很欣赏你的才干。老弟呀，你不要天天一口一个工作工作的，人呀，也得为自己的前途考虑考虑。我呀，老了，也不用求他什么，但也不好得罪他呀，毕竟他手中权力大，当了书记权力会更大。”

徐寅听得出崔岳山的弦外之音，连忙应付着说：“好的好的，多谢多谢！”恰巧这时，王蹇来电，说来接他了，他立即起身告辞。

他握住崔岳山的手说：“感谢老爷子的接待。关于您女儿，到时恐怕要您一起做做工作，希望她能配合好。”

崔岳山答应着：“一定一定！”

出得崔宅，徐寅走在这长长的青石板巷子里，感觉凉风阵阵，透彻肌肤，连背部都是凉凉的。

徐寅回到办公室，泡了杯茶，洗了把脸，屁股还没坐热，妻子罗蔓就来了电话了：“你快回家吧，黄老师来家里了。”

“好的，我马上回去。”徐寅答应道。他知道，这下可够受的了。徐寅让小田把他送到家，还没开门，就听到女人的嘤嘤哭声。

“我回来啦。”妻子一打开门，徐寅便故意大声说，以缓和一下气氛。

“徐局长呀，我老太婆找你来了。”黄老师见徐寅进门，操着沙哑的喉咙一改平常直呼“徐寅”的叫法，改成了“徐局长”，从椅子上站了起来。

“黄老师，您来就好，您不来我正打算去找您呢，您这样称呼我太见外了。好久不见，好久不见。”徐寅赶紧招呼黄老师坐下。

“徐寅呀，你救救我们一家吧，救救小磊！”黄老师刚坐下去又站起来并直接对着徐寅跑了过去。

“黄老师，您这使不得，怎么可以这样啊。”他赶紧上前一步扶住黄老师，但黄老师的两只膝盖已着地，挣扎着不肯起来。罗蔓也赶紧过来从后面抱住了黄老师，夫妻俩连拖带拉把她弄到沙发上，她趴在沙发上又呜咽起来。徐寅也没法再加劝慰，只好站在边上待其心情平复了再作交流。见黄老师已比往日苍老许多，原先已花白的头发变得更加白而干涩，脸颊上手背上可见地方的皮肤皱纹更深，沉重的打击已使她变得风烛残年，让人不胜唏嘘。过了几分钟，黄老师渐渐地止住了哭泣，罗蔓拍拍她的背部，递上了一杯温开水。

“你们夫妻都是我的老邻居老朋友了。你们是看着小磊长大的，他曾经多么懂事，是多么有爱心有责任心的一个孩子。小时候，宁可自己不吃中饭，也要把省下来的钱去帮助别人，这你们也知道。”黄老师诉说道。

“是呀是呀。”徐寅夫妻使劲地点了点头。

“后来，他考上了大学，我以为，他一定会成为一个对国家对社会有用的人。不图他大富大贵出人头地，只是希望他为社会为国家做点有益的事情。他爸多老实的人，只知道摆弄他的车床，我们祖上多少代，都老实本分，守法守规，没人去干违法犯罪的事。可谁知，他，今天，成了人民的罪人！他不但自己吸毒，还去害别人。上次，我没告诉你们他得了什么病，因为我丢不起这个人。现在，我可以告诉你们两个，他得的可是电视上讲的可怕的艾滋病。得了这个病，人就没救了，而且还会传染给别人。所以，他说再也不回家，怕传染给我们。

对我们来说，他等于已经死了。如今，他被抓回来了，知道他还活着，希望你们能救救他！我不是要你们判他轻点，那是他罪有应得。我是要你们政府想想办法，能不能医治好他？只要他活着，我就有活下去的希望。我只有这么一个儿子，他是我的命啊！”说到这里，黄老师又老泪纵横了。

“黄老师，小磊以前确是个好孩子，懂礼貌，积极上进，很有爱心和责任感。然而毒品吞噬了他，让他走向了犯罪的深渊。他犯的罪很重啊，毒品也残害了他的身体，您不说，我们真不知道。能不能治好他，也真难说，目前世界上还没特效药。但我会尽力而为，至少通过救治，能尽可能地延长他的生命。您放心吧，我会全力争取。”徐寅安慰道。

“谢谢你！真的谢谢你们！”黄老师站起来向徐寅和罗蔓各鞠了一躬，两人赶紧扶住她。“我给你们带来一只箱子，你们帮我看下，我还没打开过，是密码箱，我也不知怎么打开。”黄老师说。

这时徐寅才留意到沙发边上一只棕色的大皮箱。罗蔓也一直纳闷着，只是黄老师一进来就哭上了，忘了这茬。

徐寅走过去拎了拎，有点重。他寻思着，这里面是什么呢？毕竟在自己家里，面对这样重要而神秘的东西，得叫一个人来见证一下，他拨通了张又松的电话……

黄老师的泪

人性的徘徊

张又松很快奉命赶到。

试了几个密码，原来是黄老师的生日日期，箱子被打开了。黄老师又掉下泪来，这孩子居然还记着母亲的生日，现在的孩子还有几个能记着父母的生日啊。

打开箱子，上面用一层海绵盖着，拿掉海绵，映入大家眼帘的是一沓沓崭新整齐的人民币，看上去有几百万，大家都傻了眼。上面还有一封信，黄色牛皮纸上写着：父母亲启。徐寅拿起信封，把它交到黄老师手中。黄老师打开信封，取出一张纸，她看了几眼，不愿再看下去，又把它交到徐寅手中。徐寅接在手中，但见上面写着：

亲爱的爸，妈：

您们好！

儿子不孝。也许您们看到这封信时，儿子已不在人世。即便还活着，但也已是苟延残喘。我得了艾滋病，上次已告诉了妈。这是个不治之症，无力回天。这是我的命！

你们曾经以我为骄傲，我也曾有我的人生追求和梦想，希望长大了能干一番事业，报效国家和社会，也报父母的养育之恩。然而，我却染上了毒品，以为偶尔寻找刺激，不会有事，却使自己跌落了万丈深渊。我不仅害了自己，也变本加厉害了别人。我都不认识自己了，自己成了一个恶魔，一个罪人。

爸，妈，我真的很对不起您们，辜负了您们。我自己种下的苦果只能由我自己吞下去。我好后悔呀！我自感身患重病，将不久于人世，无法尽人子之孝。即便我不死，法律也不会饶过我，终有一天，警察会找上我，我终将受到正义的审判和严惩。

爸妈，留给我的时间不多了，在这有限的时间里，我尽可能地去享受一下人生，也不枉您们带我来人世一遭。这里给您们留了二百万元，这些钱都是我拿命换的，给您们养个老，也算我尽一点点孝心。您们不要恨我，也不要去恨别人，您们要多保重啊！爸的胃不好，别吃酸辣和冷的东西。妈的腿关节有风湿痛，记得穿暖些。

我走了，永别。

不孝儿：马小磊

读完信，才知道箱子里钱的数目是二百万元。大家轮流看完，无不鼻子发酸，双眼湿润。

“这钱我不能要。我们也不缺钱，都有退休工资可以养活自己。我交给你们，你们该怎么处理就怎么处理。我只要我的儿子活着。他活着，比什么都强。”黄老师嗫嚅着说。

“那行，这箱子钱我们先作为可疑物品予以扣押，张又松你去办好手续，弄清性质再做处理。黄老师，谢谢您的深明大义。”徐寅握住黄老师的手，“至于小磊嘛，我会亲自去找他谈一谈。希望他端正态度，积极配合，不要自暴自弃。对他实施必要的治疗也是我们的责任，您千万不要着急。”

“谢谢！”黄老师拉住徐寅的手，又是握手又是摇手臂，弄得徐寅不好意思起来。

“罗蔓，让黄老师在咱家吃晚饭，你多弄几个菜。我有事去单位了。吃完饭你负责把黄老师送回家。”徐寅吩咐着妻子罗蔓，罗蔓点点头。

“不了不了，家里很多事，我也要回去了。你忙去吧，我与阿蔓再说会儿话。”黄老师赶紧推辞道。

“噢对了，我想起一件事，你们那天陪陈一飞逛街，记得是星女珠宝吧？”徐寅突然记起来问妻子罗蔓。

“是呀，怎么了？”罗蔓问。

“为什么去那？有熟人？”徐寅又问。

“没有呀。当时我们三个人，一飞，爱红，还有我，先逛商贸城，顺便逛到了星女珠宝店，进去看了看，后来她看中了那个观音玉挂件，标价五万多呢。她开始不想买，后来还价还下来有点多，她才下决心买了。”罗蔓回忆道。

“接待你们的服务员男的女的？”徐寅问。

“女的吧，三十岁左右，蛮漂亮的。不认识她，服务态度蛮好的。噢，记得这人左边眉毛梢上有颗小黑痣。”毕竟女人心细，罗蔓居然还记得这细节。

“好的，又松，你记着点，去星女珠宝做个秘密调查，对里面全部服务人员的背景资料包括主要社会关系做详尽的秘密调查。”徐寅转头对张又松讲。

“明白，我马上去落实。”张又松答应道。

从家里出来，“去看守所！”一上车，徐寅就与司机小田说。

所长李爱平早早在门口迎候了。进得李爱平办公室，徐寅就叫李爱平把狱医王茂砚叫来。不一会儿，王茂砚匆匆赶到。

“刚收监的马小磊患有艾滋病，我们有收监的条件吗？”徐寅问。

“去年不行，今年刚做过改造，有一个特护室了，应该可以。”王茂砚回答。

“那行，你抓紧去落实。安顿好了告诉我，我要立即找马小磊谈话。”徐寅命令道。

“上午王蹇他们几个刑侦大队的在提审这个马小磊，听王蹇说谈了一上午，这个马小磊自始至终愣是不吐一个字，情绪大着呢。”所长李爱平说。

“你把王蹇叫过来。另外，这个人得了这种病，一要单独关押，二要保密，防止原监室人员知情了闹事，害怕传染。三是要去配置必要的药物，尽可能给他合适的治疗。四是要注意我们的自身安全，防止监管工作人员被传染，要配好必要的防护服装。其实，艾滋病主要通过血液传播、性传播、母婴传播，一般的握手聊天是不会传染的。我们的工作人员胆子可以大些，不要谈艾色变。茂砚，没错吧？”徐寅转头问王茂砚。

“徐局长说得完全正确，我去抓落实了。”王茂砚答道，转身出去了。

“好了叫我。”徐寅在他身后喊。

看守所也是徐寅分管的单位。平时徐寅太忙，李爱平很少有机会向徐寅单独汇报工作。李爱平抓住这个机会开始汇报，说是汇报，其实是叹叹苦经，什么监管干部年龄老化啦，编制人数太少啦，在押人员中病号多啦，监控探头坏掉几只需要修啦等等。徐寅认真听了，并做了记录。的确，看守所的警察也辛苦，工作压力也大。看守所是最似监狱管理而又由公安机关管理的特殊场所，这几年随着打击刑事犯罪力度的增加，关押量大大增加，监管的压力空前增大。

正议着，王蹇走了进来。

“怎么？抓得挺紧嘛，上午亲自去审马小磊了？这个堡垒拿下了？”徐寅打趣地说。

“什么呀，气死人。我看局长到底是局长，一开口就说是堡垒，您的判断太准了，这堡垒二字太贴切了。一个上午，好说歹说，从把他提出来到押回监室，一个字都不说。粪坑里的石头，又臭又硬。真气死我了。”王蹇发起了牢骚。

“看来你是碰了壁了。呵，这号人，行走江湖，呼风唤雨，岂会这么轻易开口？”徐寅安慰道。

正说着，李爱平的对讲机里传出王茂砚的声音：“报告所长，已安排好，可以谈话了。”

“走，我们三个一起去会会这个山大王。”徐寅说完，起身就走。

走在看守所长长的甬道上，只听到皮鞋拍击地面发出清脆的回音，徐寅想着自己将去面对一个熟悉而又陌生的对手，脚步从来没有如此沉重过。

悔不当初

人性的徘徊

几道铁门被沉重地打开。

到了监室门外，徐寅示意看守民警先别急着开门，他从送饭孔往里看了看，见马小磊蜷缩于长长的木通铺的一角，像一只受伤的野兔，一动不动。门被打开了，徐寅让李爱平和王蹇先进去，他先站在外面。

“马小磊。”李爱平喊道。马小磊半睁开眼，用余光扫了一下，又闭上眼睛，一声不吭。

“这么没规矩呀，所长来了也不起来。”王蹇说道。马小磊稍微动了一下，把被子裹紧了，也不搭理他。

“马小磊，你不想见我们，可有人想见你。”王蹇大声说。马小磊睁开眼，看着门口，一个高大的身影出现在门口。

“小磊，是我。”徐寅走进了监室。马小磊听到徐寅的声音，人像弹簧一样腾地站了起来。

“徐叔。”马小磊从牙缝里挤出二字。

“原来你不是哑巴，会说话呀。”王蹇讥讽道。徐寅对王蹇摆了摆手，示意他不要再说下去。

“小磊，我们有好几年没见了吧？”徐寅问。

“嗯。”马小磊点了点头。

“我记得你临去云南上大学的前一天，咱俩在你家的阳台上有过一段深谈。你填的志愿是生物医药专业，当时我还问过你为什么选择这个专业，而且我当时对生物医药概念也比较模糊，求教于你，你回答我说，生物医学工程是综合应用生命科学与工程科学的原理和方法，从工程学角度在分子、细胞、组织、器官乃至整个人体系统多层次广泛地认识人体的结构、功能和其他生命现象，研究用于防病、治病、人体功能辅助及卫生保健的人工材料、制品、装置和系统技术的总体概念，实际上是运用生物技术制造各种新药，从而攻克更多的人类疾病，救治更多的人，为社会做贡献。我说得没错吧？”徐寅盯着马小磊问。

“徐叔，可是我……如今成了罪人，成了废人，这些想法已离我远去，对我来说已没有实际意义。”马小磊声音低沉地回答。

“是啊，你实在让我失望透顶。曾几何时，我把你看作现代青少年的杰出代表，你胸怀理想，才华横溢，正直善良，我从你身上感受到了满满的正能量。可如今，你居然走向了人民的对立面，对人民犯下了累累罪行，你怎么对得起你的亲人，你的朋友，特别是生你养你的父母？昨天我见到了你妈……”徐寅痛心疾首，慷慨陈词。

“我妈？叔，你见着我妈了！她还好吗？我爸也好吗？我爸我妈知道我回来江屿了吗？”马小磊一提到她妈，顿时又紧张又兴奋起来，眼睛瞪得好大。

“你说呢？你被抓了回来，现在是刑事拘留。按照法律，必须立即通知你的家人。他们怎么可能不知道？你是了解你妈的，她对你倾注了全部的感情。她现在是一夜白发，悲伤过度，叹你的不争气呀。”说到这里，徐寅停了下来，他也需要调节一下自己的情绪。马小磊“哇”地一声哭了出来，哭得极为伤心，双肩耸动，声嘶力竭。哭声传遍了整个监区。徐寅三人只好待其情绪慢慢平复下来。

“下一步，你打算怎么办？”徐寅厉声问。

“徐叔，我已身患绝症，万念俱灰。你们尽早把我判了，枪毙了，我才可解脱。”马小磊悠悠说道。

“你是解脱了，可你父母怎么办？我看了你留给你妈的信，你以为这般安排他们就足以安度晚年了？”徐寅装作不经意地点了一下。

“信？什么信？”马小磊紧张地问。“你的遗书呀，还永别了呢。”徐寅瞪了他一眼。

“啊？”马小磊知道这下完了，母亲定把他藏于床下箱子里的钱和信示人了。

“你以为你妈稀罕你几个脏钱呀，她是稀罕你的人。她要你活着，要我千方百计给你治疗，尽最大努力救治你。母爱之伟大，就在于它是无私的。”徐寅的话像一根针深深刺进了马小磊的心坎上，让他的灵魂流血。

“我对不起爸妈，我后悔呀！”马小磊又哭上了。

“你既然知道罪孽深重，且身患绝症，如果你良知未泯，尚存悔改之心，那么你目前唯一要做的，就是彻底地供认你自己所犯的罪行，别无他途。听说你拒不交待，那你有什么资格忏悔？我走了，我不想听你讲你的那些烂事，你与王大队长去说吧。你爸你妈，我会帮你照看着。你好自为之吧。”说完，徐寅转过身欲走，只听背后“扑通”一声，马小磊跪倒在地：“徐叔，谢谢您！我小磊对不起您啊，请您相信我吧。”

徐寅稍停了下，然后打开门，大步走出了监室。监室的门“砰”地关上了。也许马小磊心里的门打开了，徐寅边走边这样想着。

徐寅突然想起有些日子没去了解景一凡的近况了。他拿起手机给张朝国打电话：“朝国，你那边怎么样了呀？”

“徐寅呀，你这家伙真够耐得住的，这么些天不来个电话，你就那么放心？”张朝国在电话那头打着哈哈，“这样吧，刚好有点空，我请你去船上吃牛排吧。”

“船上？什么船上？”徐寅没听明白。

“你不知道呀，昌蒲江上新开了家水上餐厅，只做牛排，很地道，去尝尝吧。”张朝国说。

“也好，一会儿就过去。”徐寅答应道。

说是船，其实是个画舫。宽大的船体，放着一些仿旧的木椅桌，临窗而坐，江面的景色一览无余。站在岸上看与坐在船中看，江面的宽度给人的感觉大不一样。坐在船中似觉宽广许多，连岸上星星点点的夜灯和队列似一排排站着的路灯都觉着远了许多。今天船上没生意，就徐寅与张朝国二人。

“咱俩成包场了。”徐寅笑着说。

老板是个少妇，名叫叶蕊，本地人，不到四十岁，白皙的皮肤，细长眉毛，一双丹凤眼顾盼生姿，身材婀娜，笑起来右侧脸上露出个深深的酒窝，颇有几分风韵。据说她以前是做茶叶贸易生意，弹得一手好琵琶，前不久突发奇想叫人造了这画舫，开起了这家水上餐厅。

尽管生意冷清，她也十分热情，亲自当起了服务员。

“兄弟，景那边有什么进展？”徐寅见边上没人就问。

“也没多大进展。现在交待的也就是那个二百八十万元，以及几块名表。但我怀疑这中间还另有人牵涉其中。因为我们秘密查了环海水利的账号，有多批次大额取现记录，数额超过二千多万元，比较可疑。”张朝国悄悄说。

“但景一凡未必知情。”徐寅推测，“现在看来他老婆的死也许与你们的反贪风暴不存在因果关系。因为第二起命案中受害人身份未牵涉官场。”

“我看你的分析有道理。”张朝国表示赞同。

正说着，老板娘叶蕊上来续茶：“两位领导吃点什么牛排？品种不少，可任选。”

“哦，你认识我们？”徐寅问。

“呵，你们常在电视机上出现的呀，这位面熟，只是不知什么职务，你嘛，徐局长呀，嘻嘻。”叶蕊笑了笑说。她一低头，徐寅忽然瞧见她脖子上挂着的吊坠，漂亮的翡翠绿，也是个观音。叶蕊被他看得有些不好意思，脸颊顿时绯红。

“你这挂坠哪买的呀？”徐寅问，他从没有对着一个年轻女人问一个如此私人的问题，“它挂在你身上更美了。”徐寅不忘补上一句。张朝国一头雾水，用奇怪的眼神看着徐寅。

“这个呀，祖传的。徐局长对玉器有研究吗？”叶蕊好奇地反问。

“没有没有，只是问问，实在不好意思。”徐寅哈哈一笑。夜风吹来，挂在画舫上的红灯笼迎风摇曳，在宽阔的江面上分外耀眼。

人性的徘徊

DNA之谜？

一份关于《本市吴姓DNA—Y染色体调查的报告》被送到了徐寅的案头。报告很厚，徐寅翻了翻，前言部分这样写道：

吴姓，是我国百家姓中按人口排名为第十的姓，出自姬姓，以国为氏。传周太王古公建周国，晚年欲传位于三儿子季历，长子太伯和次子仲雍自动让贤，迁到江南，以农为业。后太伯建立勾吴国。周朝建立后，武王封太伯第三世孙周章为侯，改国号为吴。后被越国所灭，有过太多的吴越故事。其王族子孙便以吴为姓。其下有渤海堂、著存堂、仆阳堂、让德堂、至德堂、三让堂、宗让堂、渭东堂、延陵堂……多个吴姓分支。本市的吴氏属于吴氏最大望族延陵堂的后裔。据考宋代《百家姓》有明确记载，吴姓的郡望是延陵。延陵是今江苏常州市附近地区。周朝的封国——吴国，有个季札公按父亲的意愿和当时国民的要求，他应继承王位，但他为了不当国王躲到延陵乡下耕种。后他的哥哥诸樊当上了国王，将延陵封给季札。后世为了纪念他将吴姓郡望定为延陵，其后裔将姓氏前冠以“延陵吴氏”，将祠堂冠以“延陵堂”。慈利吴氏是札公的第五子吴木熹（化名永贵）的后裔，是嫡裔延陵吴氏。其中有一小分支自元代从江苏迁入本市。吴姓古往今来，才人辈出，英豪频现，在中国历史的长河中也是很有其地位。

报告核心内容是：

经核实，本市吴姓人口45166人，其中男性29857人。主要分布于江屿市北部的五个山区乡镇和城区。查其宗谱，目前繁洐至今为二十九代，共又分八个支脉……经过对Y染色体样本的认真筛选，大山乡七里湾村的吴氏一支脉最为接近。该村全村251户798人，以吴姓、谭姓、刘姓组成，其中吴姓178户584人。吴氏男姓305人。18岁以上60岁以下211人。这些人以木工、泥水工、石匠等手工业者为主，有9人在部队服役，4人为教师，19人在企业工作，2人为公务员。这些人无法在短时间内找到，因其大多在全国各地建筑工地打工。

目前，已采集到的DNA中与“6·25凶杀案”DNA（陈一飞阴道内提取男性精斑）最为相似的是该村一个叫吴全贵的男子，此人38岁，已婚。父亲吴光祖，75岁，母亲周仙花，71岁，均健在。兄弟三人，哥哥吴大贵，41岁，未婚，单身汉。弟弟吴连贵，35岁，本市屿城八棵树小学教师，已婚。三兄弟中，唯其兄吴大贵常年在外，居无定所，靠帮人看管工地或打些零工为生，已有二年多不见面。此人为人木讷老实，不善言辞。吴全贵本人及其弟吴连贵的DNA可以排除。吴大贵尚待进一步查找。

徐寅想，这是“6·25凶杀案”侦查工作开展以来，最有价值的线索了，是五个调查小组历时几个月的工作成果。他拿起电话拨通了大队长王蹇的电话：“全力查找吴大贵。”

对星女珠宝店的调查结果很快经张又松汇总整理后送到徐寅的办公桌上。

报告称：

星女珠宝股份有限责任公司于三年前成立，公司地址位于商贸城A楼诚商大街50号，设门市部一个。注册资本三千万元。投资人为三人，分别为沈星贝1500万元，郦柳女1000万元，孔小琼500万元。前二人为江屿市人，孔小琼为邻县人。主要经营贵金属及玉石制品首饰的销售加工。法人代表为沈星贝。沈星贝与郦柳女系夫妻，孔小琼为合作伙伴。但孔小琼从未参与过任何公司活动，仅为出资人。沈星贝现年53岁，江屿市路桥工程公司董事长，妻子郦柳女，50岁。育有一女，沈菁娜，25岁，在上海一大学读研究生。星女珠宝店采用聘请职业经理形式进行管理。职业经理谢彤，男，37岁，江屿市人，国家级珠宝鉴定师，曾受训于美国GIA

珠宝研究院。有丰富的珠宝鉴定知识和管理经验。下有员工七人，前台经理叫吕思微，女，30岁，江屿市绿昌蒲镇人。有多年从事珠宝行业管理经验。高中毕业就经人介绍在云南瑞丽一家玉石店做推销服务员，后把其母其弟一起从江屿乡下带至云南一起生活。三年前其母在云南去世，似出了什么事故，具体情况不详，待查。其携弟返回江屿。其弟21岁，叫吕山濛，该人性格孤僻，在商贸城一家叫"无不通"的物流公司做快递员。该公司门店即在星女珠宝隔壁。姐弟感情融洽。星女珠宝的另一股东孔小琼，女，28岁，为一残疾人，八岁时患病高体温致双目失明，未婚。父母均为农民，以种田为生，本人为独生女，在邻县县城开一家"呵去病盲女按摩店"，取了汉朝大将"霍去病"名字谐音，竟也注册成功，生意尚可。但糊口可以，要拿出500万元投资颇存疑。且为何与沈星贝夫妇扯上关系，也是个谜，待查。

看罢报告，徐寅有点生气。他拨通了张又松的电话是一顿训斥："又松，你们是咋写的报告，什么存疑，什么待查，没弄清楚写什么报告呀，抓紧去给我弄清楚。"张又松那边诺诺连声，解释说是阶段性调查结果，续报会持续呈送，徐寅这才平下心来。

正所谓"踏破铁鞋无觅处，得来全不费工夫"。正当王蹇动用各种手段寻找吴大贵时，江屿市开发区派出所所长许桂峰打来电话，说在昨晚他们所开展的治安大清查中，抓获了正在嫖娼的吴大贵。“他当时在一种极为低档的卖淫窝点嫖娼，这种地方只要二十元钱即可搞定。经查，他在我们辖区一家企业的厂房建筑工地打工，已有一年左右时间了。”许所长介绍说。

“立即对他的DNA进行检测。”听到王蹇的电话报告，徐寅忍不住有点兴奋。花了几个月的心血没有白费，徐寅似乎看到了曙光。

凶犯落网？

人性的徘徊

更让人兴奋的消息传来，在吴大贵所住工地的工棚内，搜出一把自制的锋利的匕首。

“立即突审吴大贵。”徐寅还没说完，王蹇等人已跃跃欲试摩拳擦掌了。吴大贵很快被押到了刑侦大队审讯室。四十五岁的他看上去像五十四岁，黑黑的皮肤泛着油光，乱糟糟头发下一对小眼睛贼溜溜地转，尖尖的下巴上是两个大鼻孔，一溜小胡子像秋天围墙上的败草迎风飘动，胡子上粘着的也许是前一餐吃过的饭粒。

“吴大贵，你知道你为什么被带到这儿来吗？”王蹇厉声问。范龙做着笔录。徐寅则在刑侦大队会议室的视频上观察着这里的一言一行。

“我知道。”吴大贵哆嗦了一下。

“知道什么？说说。”王蹇高声道。

“我……犯错误了。”吴大贵战战兢兢，说一句偷瞄一下对面坐着的人。

“废话少说，犯什么错了，说！”王蹇的声音由于太高，在不大房间里听来颇有些刺耳。

“我，我睡女人了。”吴大贵仍然哆嗦着。

“在哪？”王蹇问。

“啊？昨天你们不是抓我了吗？我错了。”吴大贵似用不解的目光盯着王蹇。

“对，昨天是抓住你了。难道你只害过一个女人？”王蹇似有另指。

“另外？好像没了。害？我又没强奸她，是她自愿的。

讲好事后给她二十元钱。”吴大贵懵然。

“抵赖的后果是什么，你应该清楚。”王蹇敲一下桌子，吼道。

“我，我，没赖。”吴大贵惊恐地张着他的那双小眼睛。

这时，王蹇从耳机里听到徐寅让他立即停止审讯赶往会议室。他交待了一下范龙，往会议室奔去。他之所以跑这么快，是因为徐寅告诉他说有很重大的情况发现。当他来到会议室时，王必虎局长也赶到了，说明确有重大情况发现。随后，刑侦大队的所有骨干都被叫到了会议室。

“刚从省公安厅刑事技术科研所获悉，‘6·25凶杀案’中从死者陈一飞阴道内提取精斑的DNA与刚抓获的吴大贵的DNA认定一致。”徐寅一脸严肃地宣布了这个消息。刹那，整个会议室似火药桶被点燃，轰地闹开了。

“有这样的事？吴大贵看上去很老实而且胆小，他是‘6·25凶杀案’的犯罪嫌疑人？我的直觉告诉我他不太像。”刚从审讯室出来的王蹇表示怀疑。

“更为奇怪的是，‘1·21凶杀案’被害人刘阿芬阴道内检出精斑的DNA却属于另外一个男人，与吴大贵不存在任何关系，甚至其Y染色体由于缺少参照物还不知与哪个姓氏有关联。而之前我们对两案并案侦查，看来会不会走了弯路？”张又松提出质疑。

“我看我们不能太过乐观。但不管是什么原因，先把吴大贵这茬弄清楚。”刘法医谈了他的想法。

“刚才，我从显微镜下观察了从吴大贵住处搜到的那把匕首，从刀柄与刀身连接处的缝隙中发现有血迹，这个血迹很关键，可以再做DNA检测，如果刀缝里的血的DNA是被害人的，那么吴大贵是凶手无疑。”技术员顾建九补充道。

“好的。我看无论如何，找到了DNA关键物证对应的人员，这本身就是一个巨大进展。吴大贵是否真正涉案，目前还比较难说。这人主要的疑点是两个，一个是他的精斑怎么会到陈一飞身上去？关于DNA，以前我已说过，这是科学，检测技术已十分成熟，不容置疑。有的同志质疑它，我看在这点上省厅的检测是绝对可信的。开会之前，我还与省厅刑科所的所长认真研究过，也问过他是否可以确定，他回答我说，毕竟是命案，他们的专业精神无可置疑。二是从他工地的宿舍里搜出的那把匕首，非常锋利。刚才小顾说了，刀柄缝隙里还有残留血迹，的确可疑。抓紧送DNA检测，会后马上送。我看现在也不是争论的时候，侦查工作既要拓展思路，又不能妄自菲薄，走点弯路也正常。目前看来，侦查工作整体方案还不到调整的时候，继续并案侦查。抽取当前的少部分警力重点查清吴大贵的情况。其他面上工作依原计划推进，不要停下来。王局长，您看如何？请您作指示。”徐寅转过头对着王必虎局长说。

“我没什么指示，完全同意徐寅同志的工作意见。大家必须要克服畏难情绪，咬住目标不放，我看大有希望！我相信我局的刑侦队伍是一支可信赖的优秀的有战斗力的队伍，大家辛苦了，我叫后勤中心给你们带来几箱水果，犒劳一下大家。”王必虎局长一席话，说得会场里每个人心里都暖烘烘的。

审讯室，审讯人员一字排开，从二人增加到四人，王蹇仍然是主审。吴大贵从没见过这阵仗，一紧张又哆嗦起来了。

“吴大贵，该认识我了吧？”王蹇问。

吴大贵点点头，立即又摇了摇头。

“这位是我们江屿市公安局刑侦大队的王大队长。刑侦大队你知道吗？”范龙介绍道。

“知……知道，电视上看过，破案的。”吴大贵因紧张而结巴。

“你那点嫖娼的破事需要到刑侦大队来吗？派出所就可以处理了。”范龙又说。

“那我又没去抢，没去……杀人。”吴大贵试图争辩下，人变得更加惊恐不安。

“行啦，抽烟吗？”王蹇问，放缓了语气，他不希望让对方太紧张，因为这样对方会产生误判，顺着你的想法来回答你，行话叫“顺杆爬”。吴大贵点点头，感激地看着王蹇。王蹇从口袋里掏出两包烟，都已开了封，一包是“新安江”，一包是“白沙”。

“你抽得惯哪种就抽哪种。”王蹇说。这是王蹇事先精心设计过的，因为一个人的长久习惯会在不自觉中表现出来。这两种烟价格应属于一个档次，“新安江”略贵一点。吴大贵伸手去拿，居然拿的是“白沙”香烟。

“你怎么喜欢抽这种外省烟？”王蹇眯起眼睛问。

“我们工地里的几个烟鬼都抽这种，新安江太淡，不带劲。”吴大贵的几个手指甲已经被烟熏黄，他颤抖着从烟盒里抽了一支。

是呀，我怎么没想到这点，王蹇突然想起自己老爹年轻时爱抽“大前门”，也是这个理，并不是哪个省的人都习惯于自己省的烟草口味。看来，今天的测试一点也不科学。他心中自嘲一番。

“你嫖娼不是头一回吧？”王蹇问

“嗯。”吴大贵低下了头。

“我们公安在许多地方装了监控探头，你去了跑不脱的。”范龙唬道。“我知道。我还去彩彩发屋嫖过一次。”吴大贵鼓起勇气又交待了一件。“你能端正态度就好。其实我们老早掌握了，但你自己说出来算坦白，可从轻处理。”王蹇一边说一边在白纸上写上：速查彩彩发屋基本情况，把字条交给了边上坐着一直不吭声的侦察员孙小刚。孙小刚起身走了出去。

“去了几次？”王蹇问。

“一次。”吴大贵答。

“什么时候？”王蹇问。

“去年夏天，天气热的时候。噢对了，那天公司里发工资，那天下午我领完工资溜出去享受一下。”吴大贵记性不差。

“你们公司几号发工资？”王蹇问。

“每个月的25号上午，雷打不动的，不会变的。”吴大贵答。

“你那天干了坏事没？发屋里。”王蹇问。

“嗯，干了。发屋里当时有两个女的，都三十多岁。一个胖点，一个瘦点，自己讲都是湖南那边的。与我谈的是胖的那个，开价80元，后谈到50元，我还嫌贵，在发屋后半间有张床，那里做的，还带套的。”吴大贵谈起这些如卖菜的小贩，也不结巴了，说完还露出两排黄牙笑，让王蹇等人看了想吐。

“你确定只去过这么一次？”王蹇扮起脸严肃地问。

“这个地方真的只去过这一次，那天也是去逛完商贸城顺便拐进去的。”吴大贵见王蹇严肃起来立时收起他那猥琐的笑容。

“真是蟹有蟹路，王八有王八的道，这些阴暗地方你怎么那么轻易找得到？”范龙插了一句。吴大贵低下了头，不再出声。

这时，孙小刚推门进来，附着王蹇的耳朵汇报说：查了彩彩发屋，在商贸城商诚路边上的一条小弄堂内，一间木结构低矮的房子。开了两年多了，店主为邱彩彩，湖南人，36岁。曾因卖淫被处以治安拘留十五天的处罚。

商贸城？怎么又是商贸城呀？王蹇陷入沉思中。

第三起命案

人性的徘徊

对吴大贵的审讯很快陷入僵局。不管你采用什么审讯策略，他能说的都是些嫖娼或顺手牵羊卖掉工地上一些零头钢筋的事，再无其他。而且，他不时表现出的恐惧不安与想象中杀人越货无恶不作的歹徒大相径庭。从视频上观看聆听审讯过程到徐寅自己亲自参与审查，这种状况没有丝毫改变，这令徐寅又沮丧又讶异。

“看来，只能用测谎仪试试。”徐寅对王蹇说。

测谎，是对谎言的鉴别活动，很多人听来有些神秘。“测谎”一词，是由“测谎仪”（英文名 Lie Detector）而来。“测谎仪”是一种记录多项生理反应的仪器，研究人员发现它可以在犯罪调查中用来协助侦讯，以了解受询问的嫌疑人的心理状况，从而判断其是否涉及刑案。由于真正的犯罪嫌疑人此时大多会否认涉案而出现说谎的情况，故被侦查人员俗称为“测谎”。严格地讲，“测谎”不是测“谎言”本身，而是测心理所受刺激引起的生理参量的变化。所以“测谎”应科学叫做“多参量心理测试”，“测谎仪”应准确称之为“多参量心理测试仪”。

测谎工作人员随带仪器迅速到位，等待测谎过程并不漫长。三个小时后，测谎结束。

“情况怎么样？”徐寅问。

“从综合数据看，此人应没有刻意说谎。我们认为，仅从测谎的角度讲，此人可以排除。”两位测谎专家给出了这样的结论。徐寅明白，虽然无论是从理论上还是技术上，测谎仪的结果都只能用作参考，不能用作证据，但这样的测试结果至少不是从肯定而是否定方面的，不能不慎重。

张又松继而报告，从吴大贵住处搜获的匕首刀柄缝隙中血液的 DNA 结果出来了，是狗血而非人血。

可吴大贵的精液却真实地出现在现场，出现在被害人陈一飞身体里，这又做何解释，徐寅陷入深深的苦思之中。

与此同时，另一组对马小磊、烂眼贩毒及黑恶团伙的审查始终没有停止过。马小磊供认了与烂眼合伙贩毒并为其提供毒品的犯罪事实，但与崔夏萍的联系三缄其口，只字不提。根据这二人的口供，警方再次收网，共抓获了团伙成员四十六名。至此，江屿市的这个毒瘤被基本铲除。市委市政府专门发文对市公安局予以通报表扬。但对王必虎徐寅而言，肩上的压力因为两起命案没破而没有丝毫的轻松，相反压力更大。有网民戏言公安局成了粮食局，只会吃干饭。

“徐寅呀，那天会上我没说，但我在想，我们的侦查工作虽不能说毫无进展，但至少没有突破性进展，我们是不是应当反思呀？我们有没有走弯路？或者说我们是否掉入了犯罪分子布下的谜局？我记得刘法医有过一个发言，说被害人身上的精斑可以伪造，特别是‘1·21凶杀案’中，一个六十多岁的老太刘阿芬绝对不应成为理想的性侵对象，除非这个凶犯是个变态的人。再者，两起案件中至今未找到案犯的进出口，是不是该考虑这个凶犯的职业特点？例如会专业开锁的，当然我也只是举个例。再如，两名被害人除了挂坠什么财物都没发现失少，而且都是观音玉挂坠，难道真是巧合？会不会凶犯与玉挂坠之间有什么特殊联系？如果真的有，会不会再发生连锁命案？那后果不堪设想啊。”王必虎局长把徐寅叫到办公室，用商量的口吻如是说。毕竟王局长也是位经验极为丰富的老警察，在徐寅听来句句在理，耐人寻味。他点了点头，王局长所虑何尝不是自己所思啊。

连锁命案？玉石观音？徐寅一时想不起来在哪个女人身上见过这样的挂件。不会吧？如果凶犯盯上的是这个，那么岂不成了江屿市的噩梦？我们这些人怎么还能称得上人民卫士？想到这些，徐寅觉着全身发凉，冷不丁打了个激灵。

“徐寅兄，出于对景一凡案子的需要，我们拟约谈崔夏萍，如果对你们正在侦查的大案没什么大的冲突，我们想把这方案报告市委和纪委批准，老兄你有没意见？”纪委副书记张朝国打来电话。

“目前大的冲突倒没有，但崔夏萍出院时间不长，情绪波动较大。对这样的人谈话比较合适的方案有两个。一个是将她以涉嫌犯罪直接刑事拘留，羁押到看守所，在这样的环境里会比较安全。还有一个是上门约谈，柔性的方法，对外严格保密，以顾全其面子和感受。目前我们对她采取的是监视居住，也是一种强制措施。但外界并不知情，除了她的父亲。我认为把她弄到你们的谈话点有点不太合适。仅是个人建议，供你朝国兄参考。”徐寅回答。

“呵呵，你倒蛮怜香惜玉的。”张朝国在电话那头调侃徐寅。

“哈，才不是呢，我是真心为你考虑呀。”徐寅打着哈哈。

“装吧，看不出你这个大侦探还挺色，那天咱俩去船上吃牛排，还记得不？你盯着人家女老板看，人家都不好意思了。你呀，逃不过我的火眼金睛。”张朝国在电话里笑得喘不过气来。

“是呀，女人，年轻女人，挂坠，观音……”徐寅终于想起，自言自语。

“喂，你说什么呀，喂……没听懂，我挂了噢。开玩笑的，兄弟，别生气。”张朝国不明所以，使劲解释，以为徐寅生气了。徐寅也不管他，挂了电话。

他立即拨通了屿城所所长周兵的电话：“周兵吗，马上开车过来接我，去昌蒲江上那条画舫里去转一下。”徐寅的语气显得有点急。

“徐局呀，晚上你请我吃牛排呀，现在才不到下午四点呢。”周兵开着玩笑。

“吃你个头呀，有工作去。”徐寅没好气挂下电话。弄得电话那头的周兵一头雾水。

周兵很快驾车来接上徐寅，两人直奔昌蒲江边。

一路上，徐寅一脸严肃，周兵也不便多问，以为刚才的玩笑得罪了这位上司。

冬日的江面水位并不低，江水静静流淌，波澜不惊。走上已砌石并绿化的江岸，沿江的景色尽收眼底。抬眼就可见那条红窗黛瓦的画舫停在岸边不远处，船顶上几只翠鸟停在上面，船旁是稀疏的已枯死的芦苇。船头有几块木板通过木桩架与岸上相连。两人沿着木板上了船，见舱门关着，就敲了敲门。门开了，出来一位五十多岁的老头。

“老伯，不营业吗？”周兵问。

“关了一星期多了。老板娘不知去了哪，走了也不说下。我是这条船上的厨师，姓罗，每天来转下看看。她不在，没法营业。”罗师傅发着牢骚。

“我们是公安局的。”周兵给他看了下证件。

“你咋不打她电话呢？”徐寅问。

“打了，第一天手机通的，但没人接。第二天就关机了。她买的一个快递也没打开，放在里面桌上呢。”罗师傅说道。

“我们可以进去看看吗？”徐寅问。

“去看吧。”罗师傅点头。

桌子上放着的一个包裹是个纸板盒，并不大，收件人是叶蕊，寄件单位是商贸城化妆品经营部，外面还有注意事项“小心轻放”。看来主人已作了签收。是什么事这么急让主人连快递都不拆就离开然后几天里不知行踪了呢？望着窗外的滔滔江水，徐寅似觉江水里潜伏着一只怪兽，把江屿这个不算大的城市掀起了血雨腥风。

再涉观音玉坠

人性的徘徊

预感也被称作第六感觉，在一部分人中，会有惊人的感知能力。

徐寅的预感在他和周兵去过画舫后的第二天上午七时应验了。110指挥中心接到报警称：在昌蒲江下游，一个渔民在早上去收前晚放下捕鱼的“地笼”时发现了一具女尸。当地的江沿派出所赶到后，发现女尸背部朝上，颇觉可疑，不敢贸然打捞，做了必要的固定和保护，要刑侦大队迅速派员前往。一个基本常识是，水中漂浮的尸体因为男女身体重心的不同在体位上也会出现差异，正常溺亡的尸体，男性一般面部向下，背向上，女性则反之。若不然，则多有疑点。虽非绝对，但也属常理。

“马上去现场，我也立刻前往！”徐寅在回答王蹇的汇报后果断地说。他立马让司机小田以最快速度把他送往现场。

现场位于昌蒲河的下游，离市区约有二十多公里，这里属于江屿市江沿镇。徐寅赶到时，现场挤满了围观群众，至少有二三百人。尸体漂浮在江边枯死的水草丛里，距岸边只有四五米远。刑侦技术人员在做了原始现场拍照固定后，开始打捞尸体。半小时后，尸体被打捞上来了。尸体已高度膨胀，脸部扭曲变形成巨脸，双眼突出，这是尸体开始腐败的特征，法医学上称之为“巨人观”，已远没了生前容貌。尽管变了形，徐寅多少还能看出这人的影子，脑海中迅速与画舫中的女人叶蕊进行了比对，证实着自己的判断。那齐肩的长发虽然零乱，却是那么相似。

“刘法医，快看看她有没戴首饰？”徐寅说。刘法医明白徐寅所指，立即用法医剪刀剪开衣领，由于尸体的膨大使衣物包得很紧，无法以手解开，翻看了前后颈项部，均无发现。刘法医向徐寅摊摊手，意思是没有。

“你看，她手上，有闪光点。”徐寅突然发现。

刘法医抬起死者的手，果见其左手小指上戴着一枚钻戒，钻石还不小，因为手指的膨胀而使戒指陷了进去，把戒指遮住了。这会儿被风一吹，手指略干了一点，就露了出来。刘法医无法取下戒指，只好拿出手术刀，切开皮肤，把戒指取了下来。阳光下，钻石熠熠生辉，然而它的主人却已香消玉殒，所以常言道钱财乃身外之物，果不其然。

应该是她。但那天我咋没看到她手上的戒指呢？也许我太专注于她脖子上的吊坠了，徐寅心想。他拨通了张朝国的电话。

“朝国兄，咱俩那天去船上吃牛排，你见到那个女老板手上戴有什么了吗？”徐寅问。

“怎么？你真对她着魔了？她不戴个大大的钻戒吗？你没看见？”张朝国又开涮徐寅。

“老兄呀，正事，别开玩笑了。她已经死了。”徐寅严肃地说。

“真的呀？对不起，对不起。”张朝国赶紧表示歉意，“不过，她手指上真的有颗大钻戒，当时她倒茶时我坐的靠窗位，光线照进来她手上一闪一闪，很耀眼的，我印象很深。她死哪了？”

“我现在忙，回头与你说。”徐寅放下电话，心头一阵抽紧。他多么希望死的这个人不是叶蕊，倒不是他怜香惜玉，而是她脖子上的玉观音吊坠，将会把多起命案全部联系在一起，巨大的压力会摧毁他和战友们多年来在刑侦工作中磨砺出来的意志和信念。真是无法想象。

尸体很快被移往解剖室作法医解剖。现场水域内的打捞及勘查工作依例进行，不管有否收获，虽然大家都清楚尸体是漂流至这里，然而勘查工作必须仍依常规进行。

会议室静得掉下一根针都能听见。一众人连大气都不敢出，王必虎局长脸色铁青，一支接着一支抽烟。平常他抽烟不多，也没什么烟瘾，今天他自进会议室从没停过，也没人敢去劝止他。

“开始吧。”见人差不多齐了，徐寅看了下王蹇说。

“又松，还是你先吧。”王蹇对坐在身边的张又松说。

“好，我先介绍下，”张又松说，声音比以往沉闷了很多，“110 指挥中心是今天早上 7 点 03 分接到报警的，报警人池关培，51 岁，本市江沿镇联王村人，以捕鱼为业。其早上去收地笼时，发现草丛中有个黑色物体，用竹竿一挑，浮起来一个人，黑色的是人的头发。面下背上，已全身鼓胀，判断死亡多时，于是用自己手机拨打了110。他称，从发现到报警只用了四五分钟。接警后江沿派出所赶到现场时间为7点18分，我们赶到是7点52分。现场位于昌蒲江下游离江岸5米左右的水草中。尸体面下背上，已高度腐败，呈巨人观。尸体为年轻女性，从耻骨联合和骨龄判断，年龄为38岁左右，无生育史。死者上身外穿灰色雅格斯丹羊绒套衫，内穿粉红色圆领羊毛衫，黑色蕾丝胸罩，下身穿藏青色BOSS牌短裙，内穿紧身黑色羊绒裤，红色内裤。下穿齐膝棕色高跟皮靴，左脚皮靴已丢失不见，浪莎牌肉色长丝袜。从穿着看，死者生前喜着名牌，经济条件似不错。左手小指上戴一宝格丽品牌钻戒，钻石重3.15克拉，价值约二十余万元。身上衣服口袋中只找到一团纸，已糊掉，字迹已无法辨认。目前尚无法弄清死者身份。尸体解剖情况请刘法医介绍。”

“我来介绍下尸体检验的情况，”刘法医接着张又松的话说，“死者身上除头部后脑处有一处钝器打击伤外，全身无外伤。钝器为面积较大之物品，但颅骨未见骨折，因此也非致命伤。死亡原因为溺水窒息死亡。胃部解剖有轻度硅藻反应，应推断为遭钝器打击昏迷后落水。阴道检测呈阴性，未见有被性侵情况。从案件性质看，我个人认为应是一起凶杀案。这个尸体还是比较简单的。没有像前两起凶杀案有多余的动作。但我在想，杀人动机是什么呢？强奸杀人，不像，没发现性侵证据。抢劫杀人？她手上的钻戒也没抢走呀。仇杀或情杀？不是没有可能。”

“我看，目前关键是要找到死者的身源，也就是她的真实身份，否则都无从谈起。我看只能发认尸通告了。”重案中队指导员孟杰明说。

“关于死者身份，我倒能给大家一条线索，可以立即核实，包括进行 DNA 检定。”徐寅这一说，引来众人惊奇的目光。徐寅于是把画舫上的叶蕊的情况作了介绍，“我是这么一次偶然的机会碰见了这个女人，虽然还不能确定是她，但我的直觉告诉我，是她的可能性很大。你们可以对她先进行排除，再做其他。最让我担心的是，我曾亲眼目睹过她佩挂着一个挂件，一个绿翡翠观音挂件，如果说凶犯是奔这个而来，那么问题是非常严重了。”

“翡翠观音挂件？是不是可以这样说，若是为这，这三起凶杀系同一人或同一伙人所为？”范龙说。

“可以这么说。”徐寅说。啊？众人大惊失色。这简直骇人听闻啊！

“也就是说，凶犯与死者之间没有特定的因果关系，如果有，就是这个翡翠观音挂件，换句话说，哪个女性佩挂了它，都有可能成为被侵害的目标，是这样吧？”王蹇用反问的方式概而论之。

“你的说法不是没有可能，而且很有可能。试想，三个被害人分属不同阶层的女性，几乎不可能在社交圈中有共同交集，因此仇杀情杀也是基本乃至完全可以排除的。如果说前两起案件均无法证明凶犯是谋财害命，假如，我说的是假如，因为现在说尚为时过早，但一旦印证被杀的的确是这个叫叶蕊的女人，而且她的翡翠观音挂件真的失踪，而她更有价值的钻石戒指却保存完好，那我们就不得不做这样的联想。当然落水后，挂件比戒指更易丢失，也不能排除它在江水中掉落的可能。观音菩萨，是佛教中大慈大悲普度众生的，是善良的化身，而现在却成了观音劫，太可怕了。从严谨的科学角度讲，做这些联想似乎还缺乏足够的证据支撑，但从刑事侦查破案的要求看，就该抓住一些重要节点，敢思敢说，拓宽视野，这样才能于一团乱麻中找出有价值的线索。”徐寅进一步阐明了自己的观点。

“徐寅同志讲得很好！”王必虎局长说完在会议桌上重重砸了一拳，“我看，此魔不除，江屿将永无宁日！今天是2月1日，距离‘1·21凶杀案’发生相距才十一天，又一起命案发生。社会舆论将会一片哗然。我今天，在这里向各位坦言，此串案件不破，我将引咎辞职。同志们，我不当这个公安局长事小，人民的生命安全事大，公安民警在人民群众中的形象事大，法律遭到践踏的事大呀！坚决地以最快速度侦破案件，力擒凶犯，大家有没有信心！”

“有！”全体与会人员一起站立，齐声高喊，会议室里发出了震耳的吼声。

扬言杀人？

人性的徘徊

第二天，省厅来电，从叶蕊父亲处提取的血液DNA与水中女尸的DNA存在亲子关系。也就是说水中打捞起来的被害人身份被证实是叶蕊。听到这个消息，徐寅头都晕了，整个江屿市公安局都沸腾了。

“观音劫”不幸被言中。一时间，各种谣言纷至沓来，说是环城河水利工程建设中拆毁了一座观音庙，观音菩萨发怒了，来惩罚江屿人。还有的说，有个跨国的黑帮与另一个称之为“观音帮”的黑帮相互残杀，凡见到戴这个挂坠的女人格杀勿论等等，街头巷尾，无不谈“观音”而色变，连以前常一起念佛聚会的老人们都不敢跨出家门。整个江屿市变得乌云密布，人心惶惶。

“你这个公安局长怎么当的？你还是卖红薯去吧！”市委郝书记气得敲着办公桌大骂王必虎，“刚刚还通报表扬过你们，三起命案，接二连三，至今未破。你们怎么向六十万江屿市的父老乡亲交待？人命关天哪。我给你下个死命令，3月2日市两会召开，离今天正好一个月，限令一月内破案，否则拿你是问。就算我不追究你，你还好意思与人大代表政协委员们见面？”郝书记很少发这样大的脾气。他的话再也清楚不过了。王必虎还能说什么，他只能回答“是”，然后步履沉重地返回局里。他做出了一个从未做出过的决定，把自己的办公地点搬到了刑侦大队会议室，谁都知道他这是展示了破釜沉舟的决心。徐寅更是倍感压力，他觉着太愧对于王必虎局长一直以来对自己的信任和支持，作为一名分管刑事侦查工作的副局长，不能带领刑警干将们迅速破获连环命案，在凶犯的肆意挑衅面前束手无策，真是无地自容。上不能为局长分忧，下不能保护百姓，他心如刀绞，不断自责。

有关叶蕊的基本情况报告也很快被送到了王必虎局长和徐寅的案头。

叶蕊，女，现年38岁，汉族，高中文化，身高162厘米，体态中等，离异。江屿市潼湖镇鸡屁股山村人。父叶添润，67岁，农民，母，钱流菊，65岁，农民，无兄弟姐妹。有过一次婚姻，前夫邹毕加，41岁，原为江屿市第三长途运输公司职工，因其嗜好赌博，常酗酒打架，夫妻不睦。加上叶蕊本人因生理疾病不能生育，常遭丈夫殴打，于五年前由法院判决离婚。后叶蕊先后去成都广州做茶叶贸易生意，据说与江屿市“万纸鹤”旅游开发公司老板张鹤鹄过往甚密，其前夫离婚后还来向叶蕊要过钱，并写信给张鹤鹄要“给钱十万元，否则杀掉你们这对狗男女”，张报警，屿城派出所为此传唤过邹毕加，邹辩解是吓唬吓唬张叶，说是气不过。去年二月，叶蕊不再从事贸易，出资一百余万元打造了这艘画舫，经营水上餐厅，还享受到市政府相关旅游产业扶持政策。十月份正式开张营业，以特色牛排茶饮为主。其前夫邹毕加酒后还去船上闹过一次，声称“不让你好过，弄死你”等，后被劝走。叶蕊懂茶道，习茶艺，弹得一手好琵琶，人缘较好，未发现与人有交恶。经通过查询金融系统，其名下存款尚有210万元。住市区蓝蜻蜓小区9幢502室，住宅为102平方米，房产证登记人为叶蕊，还有宝马跑车一辆。叶蕊生前最后的活动记录是1月26日上午九时，她驾驶她的跑车离开居住小区。画舫所在江堤边尚未装监控。查其手机最后的通话记录，是当日下午2时18分、26分先后接过同一部手机电话，查机主为张鹤鹄。手机后来有三十余个未接电话，至次日即27日中午12时27分关机，再无通话记录。由此分析叶蕊是在26日下午2点26分后遇害。

“立即传讯张鹤鹄。”徐寅从临时指挥部发出第一道指令。还没来得及传讯张鹤鹄，他就主动跑到屿城派出所所长周兵处了解情况。

张鹤鹄很快被带到了派出所的谈话室。

“张老板，你认识叶蕊吧？”周兵问。周兵其实与张鹤鹄比较熟悉，因为周兵的一个表妹在张鹤鹄的公司里当出纳，对张鹤鹄与叶蕊的关系有所耳闻。听说，张鹤鹄当小学教师的妻子还为此喝过一次农药乐果，被送医院抢救过来，但张鹤鹄依旧我行我素，从不理会妻子。所以，当周兵这样问时，张鹤鹄有些吃惊，不解地看着周兵。

“我这是依规问你，你要如实回答，这位是刑侦大队的小史，他负责记录。”周兵进一步说明用意并作了介绍。

“认识呀，谁都知道我俩的关系。”张鹤鹄并不隐晦，“她真的出事了？”

“是呀，她死了。你不知道？”周兵问。

“啊？真的吗？”张鹤鹄刹那掉下泪来，一副水晶眼镜掉落地上。他捡起来，并不擦，埋下头去，号啕大哭起来。

待其平静下来，周兵再次发问：“你最迟什么时候见过她？”

“我想想，那一天商贸城搞周年庆活动，好像，好像是……上个月的 24 日晚上，我陪她去逛商城，在化妆品部给她买了一款兰蔻的菁纯日霜，买价 2850 元，是活动价，因当时缺货，只有一组样品，柜上答应我们会快递送来。我还留了我的手机号作为联系号，因为她怕她如果在厨房会听不到电话。”张鹤鹄回忆道，“那晚，我没回家，在她住处过的夜。早上八点我有事要去郑州出差赶飞机离开的。此后再没见过她。”

“那么你后来是否与她有过通话？”周兵问。

“有呀，后来由于天气原因，我去郑州的航班改签到下午 3 点。下午 2 点左右吧，商贸城那边的快递公司给我来电话说买的化妆品送到哪？我说稍后回复他们。结果我与她通了两个电话，她说送船上去好了，她不忙，反正只有她一人在船上，我就回复了快递公司。后来我登机后就关机了，到郑州降落后，我收到一条快递公司发给我的短信，说货已送达。从那后到第二天，我至少打她二十个电话，一直没人接听。到第二天中午，她的手机就关机了。我出差回来后去找过她，她家里船上包括她农村家里，都去过了，就是找不到。正在想她会不会有什么不测，传言说你们在江里捞起一具女尸，心里祈祷但愿不是她，来证实一下，不料真的是她，呜……”张鹤鹄又哭上了，看得出他对叶蕊极为痴情。

“你给她买过什么贵重的物品吗？”周兵问。

“你指的什么？房子？车子？还是首饰？”张鹤鹄反问。

“首饰吧。”周兵答。

“不少了。但最贵重的是一粒钻戒，记得是三克拉多些，买价二十六万多，牌子是宝格丽的，她一直戴着。”张鹤鹄说。

“她有什么挂坠吗？”周兵问。

“挂坠？那太多了，她最喜欢的是个观音玉挂坠，对了，那天就戴着这个，逛商贸城那天。”张鹤鹄回答。

“我害了她呀，要不是她跟我好，她那个浑蛋前夫怎么会杀了她？”张鹤鹄又悲从中来。

“你不能妄下结论。”周兵说。

“他多次扬言说要杀我俩，不是他又是谁呀？”张鹤鹄哭着说。

周史二人相视苦笑。

灵魂拷问

人性的徘徊

“这么说，叶蕊生前最后见到的人很可能是快递公司的快递员？”徐寅听完周兵的汇报后问。

“至少现在看来是这样。”周兵回答。

“你们立即去找到这个快递员了解情况。”徐寅说。

“好的，我们立即去做。”周兵领命而去。

“你派人在弄清这个快递员身份后对其进行24小时秘密监控。”徐寅随即对王蹇下达命令。

“明白。”王蹇答道。

“徐寅兄，我们请示芮书记后，决定采纳你的建议，对崔夏萍实行上门约谈。由于对她目前采取监视居住的措施是你们公安局做出的，你们必须一起配合，你得一起参与。另外，由于对方是女性，你得派一名女警员随往。请你支持哦。”纪委副书记张朝国打来电话。

“兄弟，可我最近忙得抽不开身呀。”徐寅欲推辞。

“芮书记已与你们王局作了协调，时间不会长，你还得参与。”张朝国盯住不放。

“那行。”徐寅只好答应。

崔夏萍出院后，一直在家休养，人消瘦了许多，看上去一下子老了不少。她了解到景一凡的情况，这是对她最大的打击。毕竟她对景一凡用情很深。但她并不知道马小磊交待了些什么，她隐隐感到留给自己自由的时间不多了。刚刚她接获通知，纪委和公安局的同志要来她家找她谈话。她洗了个澡，开始化妆。她觉得应该有一个好的形象出现在来人面前。电话响了，是施琳打来的。

“萍呀，你忙什么呢？身体好些了吗？听说家里来客人了？”施琳的消息倒是十分灵通。

“还行吧，你有事？”崔夏萍淡淡地问。

“你知道，这些人会刨根问底的。”施琳似在暗示着什么。

“行了，我知道你想说什么。”崔夏萍关了手机。

下午二时，张朝国带了一个纪委干部，徐寅则叫上了赵凤，四人驱车准时到达崔夏萍的别墅。

今天，崔夏萍下穿一条黑色皮长裤，黑色皮长靴，上穿黑色高领羊毛衫，外套黑色皮上装，把披肩长发弯成一个发髻，打扮成一个女猎手形象。而事实上，她已成了一个猎物，一个受伤无助的猎物。她之所以选择黑色，是因为她认为自己的前途已没有了光明，她想用一身黑色来展示她的心境。

“崔夏萍女士，你好！今天我们市纪委依规对你进行谈话。我先来介绍下，这位是我的助手池龙野同志，这两位是公安局的徐寅副局长和赵凤警官。”一在客厅落座，张朝国就说明来意，并作了介绍。崔夏萍点了点头，保姆李婶泡好茶知趣地离开了。

“你必须知无不言，言无不尽。”张朝国接着说，“之所以选择在你家里，是照顾到你的身体。但这并不代表你可以对我们的谈话不重视。另外，你是个受过高等教育的人，又是我市重点企业的掌舵人，见多识广，毋须我多说。”崔夏萍坐着，面无表情，两只手十指不停地交叉着，表达着她内心的忐忑不安。

“你了解景一凡吗？”张朝国发出了第一个问题。

崔夏萍点点头，一会儿又摇了摇头。“我们认识很久了，不能说不了解。我是想知道，张书记，你指的了解是什么？”崔夏萍反问。

“例如他生活上有什么特殊的嗜好？”张朝国说。

“也没什么。我知道你想问什么，你们不是已经知道了吗？他在吸毒。的确，是我害了他。”崔夏萍倒也坦率。

“那你自己呢？又是谁害了你？”徐寅插言问。

崔夏萍看了一眼徐寅，说：“没人害我，我自己害自己。”

“可景一凡同志在担任副市长期间，做了许多作为一个领导干部不应该做的事，利用职权为个人牟取私利。这些情况你了解吗？”张朝国严肃地问。

“我不清楚。他是副市长，我又不是他家人，怎么知道？”崔夏萍回敬道。

“你俩的关系还需要我挑破吗？”张朝国显然有些生气。崔夏萍低头不语。

“他的小舅子欠了不少债，由他妻子陈一飞去还。陈一飞在你公司任职，年收入根本无力为她弟弟还上这笔巨款，是你助一臂之力的吧？”张朝国问。

"有呀，我借了她二百多万，但有借条，不是公司的钱，是我个人……个人的钱。怎么……借钱也犯法吗？"崔夏萍生硬地辩解道。

"崔董事长，看来是我们低估你了。你不觉着你正滑向深渊吗？"看得出，张朝国有些愤怒。

"夏萍董事长，"徐寅为了缓和一下气氛，这样称呼崔夏萍，显得稍稍亲切一些。崔夏萍感激地看了徐寅一眼。"夏萍董事长，前不久，我去拜望了崔老爷子。"徐寅说，"老爷子身体还健朗。只是你母亲，长期卧病在床。二老就你这么一个女儿，自然把后半辈子的希望都寄托到你身上了。老爷子是个好人，苦了一辈子，也奋斗了一辈子。他把公司交给你，希望你能撑起这片天。他说了，你是他们二老的全部希望。上次你进了医院，老爷子更是痛不欲生，你不为自己着想，也得为二老想想。"

"我对不起他们，辜负了他们。"崔夏萍立时掉下泪来。

"所谓知错就改，悬崖勒马，你不能这样下去了。你知道你犯的错有多严重吗？你说你没害人，不见得吧？有些人都快家破人亡了。"徐寅这一问对他来说是一招险棋，尽管他推测崔夏萍与马小磊之间存在着联系，但从马小磊的通话单上从没有崔夏萍的手机号，有的只是些陌生号码，打几次换一个，无法确定机主是谁。

"什么家破人亡？我又没去杀人？"崔夏萍哽咽着说。

“杀人有很多种方式，你这样做也无异于杀人。人家因此而得了艾滋病，一个年轻的生命将从我们面前消失，这也是一种杀人。毒品已经夺走他的一切，多残忍！多好的孩子，如今谁也救不了他。你是有钱，可你能用钱去救他吗？不能！你不能，我也不能，我们都不能。他现在身陷囹圄，也明白自己时日无多，等待着自己的生命走向尽头。而那个人，和他一起吸毒贩毒的人，他亲昵地叫着姐的人，却是如此冷漠，对他不闻不问，何曾管过他的死活？可悲！”徐寅发出感慨。

“你别说了，别说了，求求你，求求你，我说，我全说。”崔夏萍的精神如大坝决堤瞬间崩溃，号啕大哭，众人惊奇地看着这一切。

快递之惑

人性的徘徊

“我害了小磊，是我害了他。”崔夏萍大恸不止。“我和他一起，贩毒，贩毒！我把他当作亲弟弟，我自己没有弟弟，他就是我弟弟。我只知道他身体不好，却不知道他如此严重。他若死了，我于心何安？”

“这么说，指使他并为他提供资金的是你？”徐寅大喝一声，双目如炬。

“是的，我不否认。所以我有罪，我罪不可赦。我知道，总有一天我会为自己的行为付出代价。”崔夏萍喃喃自语，旁若无人。

“就这些？”张朝国问。

“哈哈哈！”崔夏萍一阵狂笑，“你是谁？你们是谁呀？哈哈哈……”她站起来，在原地打转，然后开始跳起孔雀舞，所有人都面面相觑。

徐寅知道不妙，立即拨打了120，急救车很快呼啸着开来，大家七手八脚把崔夏萍推上了车，直奔医院而去。

崔夏萍很快被送到医院治疗，她属于急火攻心，短暂的精神失常。这样的结局让徐寅和张朝国十分沮丧。两人从医院并肩出来，很是无语。

“看来我们想得过于简单了，急功近利了。”徐寅率先开口道。

“是啊，再找机会吧。”张朝国点点头，“你也辛苦了，早点回去休息。”

刚话别张朝国，徐寅收到了妻子罗蔓发来的短信：

“你快回趟家吧，甜甜病了。”

徐寅看了看表，正是下午五点，“走，快点，去家转一下。”他对司机小田说。他几乎是一路狂跑从车上直奔自己的家。

按了门铃，妻子罗蔓来开了门，他气喘吁吁地问妻子：“甜甜呢？发烧没？”却见妻子罗蔓“扑哧”一笑。

“笑什么呀？”徐寅急着问。

“你说，今天是什么日子？”罗蔓收起笑容。

“什么日子？星期六呀，甜甜回家的日子，她人呢？”徐寅催问妻子。

“爸爸！”女儿甜甜戴着一个小白兔卡通面具从里间冲了出来，一跳，双手揽住了徐寅的脖子，然后在他耳边说了句：“祝爸爸生日快乐！”徐寅抱着女儿，这才想起今天是自己的生日。农历腊月廿三，按习俗是灶王爷上天复命的日子。母亲在他小时候常说：“灶王爷上天，我们家强强落地。”徐寅小名强强，直到念小学了才有了大名徐寅。

“下来，老大不小了，你爸不累啊？”罗蔓嗔怪女儿道。

甜甜顺从地下来，取下了面具，开心地说：“我今天运气真好，正好我休息，赶上爸爸的生日。”徐寅感激地看了看妻子和女儿，叹口气说：“连发大案不破，我也没这心情过生日。”

妻子罗蔓理解地帮丈夫掸了掸身上的灰尘，说：“今天的生日我们简单过，刚才要不是把你给骗回来，你肯定不来。咱一家三口难得团聚，等会儿去小区门口的钱记牛肉粉丝店吃牛肉粉丝。行不？”

“行呀，我喜欢。我们家公主喜欢吗？”徐寅摸了摸女儿的头发。

“爸，我最喜欢吃了。”甜甜灿烂地笑着，“不过，爸，等你把凶杀案件都破了，你得补上，我们全家下大馆子。”

“没问题。”徐寅刮了下女儿的鼻子，“那走吧，去吃牛肉粉丝咯。”

“慢点，你的生日礼物还没送到。”罗蔓说。

“礼物？什么礼物？谁送来？”徐寅接连问。

“看你着急的样子。是这样，我呀，昨天去商场给你买了双皮鞋，你这个码正好卖完了，商场今天叫快递送来。你来之前快递公司的快递员刚来过电话，马上到了。再等等吧。”罗蔓说。正说着，门铃响了，可视门禁系统里传来“我是快递公司的”的语音，罗蔓立即去开了门。

门很快开了，快递员礼貌地把货物送上，罗蔓核对完，签了收单，说了声“谢谢”，快递小哥回了声“别客气”就回头离去了。

对呀，快递……快递员……开门……可以不设防……还有比这更好的“钥匙”吗？徐寅茅塞顿开，一拍大腿，大声道：“这个生日过得好！”

母女二人奇怪地看着徐寅，弄不清他说的是什么意思。

徐寅一家三口极简单地吃了顿牛肉粉丝，算是庆生了。

徐寅吃完饭直奔刑侦大队会议室，把王蹇张又松范龙孟杰明周兵梁武宁一干人统统叫到会议室。

“我发现了一个十分重要的情况！大家回忆下，陈一飞被害前去了哪？买了什么？”徐寅盯着众人问。“去商贸城呀，在星女珠宝买了个玉挂坠呀，这不已弄清楚了吗？”范龙不解地回答。

“那好，‘1·21 凶杀案’中的被害人在被害前去了哪？”徐寅又问。

“她不是跟邻居劳建雅一起去商贸城星女珠宝店修她的那个玉挂坠了吗？劳建雅的外甥女在星女珠宝当前台经理，托熟人呀。”梁武宁回答。

“难道星女珠宝有问题？”众人一齐问。

“也不对呀，叶蕊被害，与星女珠宝一点关系也没有。目前可查到的最为可疑的人是那个快递员。这个快递员在案发后失踪了，但这个快递员又不是星女珠宝的。”王蹇说。

“三案共同点只有一点，那就是商贸城，给叶蕊送快递的那家‘无不通’快递公司就在商贸城。”张又松补充道。

“那么，假设这个凶犯既与星女珠宝有关又与快递公司有关呢？”徐寅问。

“哪有这样的人呀？”众人齐问。

“瞧你们这记性。你们忘了？吕思微的弟弟吕山濛呀。吕思微在星女珠宝担任前台经理，他的弟弟吕山濛就在她隔壁的‘无不通’快递公司做快递小哥，这就把二者联系上了。”徐寅启发道。

“可就算你联系上了，吕山濛的作案动机又如何解释？总不能凡去星女珠宝的，杀。佩挂玉观音的，杀。那还得了？”周兵疑惑不解道。

“那倒也不至于。但这其中必有原因，只是我们不知道罢了。但我提醒大家一下，前两起案件中，至今我们未找到案犯的进出口，有的同志讲是熟人作案，被害人直接开的门。有的同志讲是专门会技术开锁的人作的案，根本不需要钥匙。但我昨天突然发现，有一个职业的人可以让人自己主动开门，那就是快递公司的快递小哥，他手中的快递包是最好的‘钥匙’。他首先是陌生人，但对每个接收人或相关的人来说，他能完成所有熟人可以完成的一切。”徐寅继续发表着他的观点。

众人似有所悟，但又不明所以。

“找到这个吕山濛了吗？”徐寅问周兵。

“没有，‘无不通’快递公司说已有三天没上班了。”

“立即开展二项工作：第一，查找其下落。一经发现，立即予以扣留审查。第二，对其姐吕思微进行询问并对其住处进行秘密搜查。”徐寅下达了紧急命令。严谨的思维、果敢的性格、顽强的作风，是一个基层指挥员最基本的三项素质。

初现曙光

人性的徘徊

吕思微被叫到了派出所谈话室。

“你是吕思微吧？”副所长梁武宁问。

“是的呀。”吕思微扬了扬眉，满脸疑惑。这是个漂亮的女人，一弯细眉下是一双水汪汪的大眼，挺拔的鼻梁，瓜子脸，凝脂般的肌肤，扎个马尾辫。一米六八的身高，苗条而又不失丰满的身材，唯一的瑕疵是左眉上有颗小小的黑痣。据会相面的人说，女人眉毛上长痣，表示这个女人聪明，有才学，而且善良，但理财上会遭遇困难和不测。这些都是江湖术士的骗人的谎言，然而印证在吕思微身上却是一印一个真。她的奋斗史也是她自己的一部血泪史。如今，她经历了两年多才从命运的阴影中走了出来，姐弟俩相依为命，虽不能说有什么可发财的，却也找到了工作，聊可平凡度日。自己在星女珠宝勤勉工作，已从一名普通员工升至前台经理，也觉欣慰。最让她牵挂的弟弟为人特别老实，每天沉默寡言，都在离自己咫尺之遥的“无不通”快递公司上班，平常多在门口的小货车上坐着接单，她透过橱窗玻璃就能看见，也甚为心安。今天派出所把自己叫来，心中不免忐忑，不知所为何事。

“你家几口人？家住哪儿？”梁武宁继续问。

“我老家是江屿市绿昌蒲镇吕公祠村的。现在住江屿市区田螺湾拆迁安置小区5幢604室，我和弟弟同住。两室一厅，七十多平方米，我们各自一个房间。我父亲叫吕幼民，很早以前，我念初二时吧，开拖拉机掉入山沟死了。母亲纪莲儿，三年前也去世了。只剩下我和弟弟吕山濛两个人了。”说定，吕思微眼圈有些泛红。

“你已三十岁了，就没谈男朋友？”梁武宁问了一个私人问题，也不忌讳。

“暂时还不考虑。或许将来会等来有缘人。”吕思微回答干脆，也不羞涩。

“你在星女珠宝工作多久了？”梁武宁问。

“两年多了，我从云南回来就在那了，也是经人介绍进去的。飞天建筑公司的老板崔夏萍是我的远房表姐，她与这个星女珠宝的老板熟悉。”吕思微尽量把自己介绍得清楚一些。

“那你弟弟吕山濛呢？”梁武宁装作尽量问吕思微本人多一点，捎带问一些吕山濛的情况，以防对方产生警觉，其实后者才是他想知道的重点。

“他呀，比我迟几个月吧。是我到星女珠宝上班后一段时间，有一天我去隔壁的‘无不通’快递公司给客户快递一个包装盒，见他们墙上贴着招聘广告，说正在招收快递员。我弟弟当时才刚满十八周岁，他早就辍学不念书了，反正学习成绩不行，闲在家不放心，就让他去报名了，他也乐意去，因为在我上班的隔壁，我还能看得见他，有个照应。”吕思微回答说。

“你俩收入还不错吧？”梁武宁笑了笑，他问出去了，觉着这样问有点笨拙。

“收入？能糊口吧，我自己扣去五险一金大约七千多元。我弟嘛，按考核计酬，听他说三千元左右吧。他不抽烟，很少喝酒，又没什么社交，不太有用钱的地方。家中的开支都我一个人承担的。怎么？他偷了别人什么东西？”吕思微忽然警觉起来。

“那倒没有，随便问问。”梁武宁摇了摇头。

“你们把我叫来，是不是我弟出什么事了？”吕思微盯着梁武宁问。

“你弟这几天在哪？”见吕思微这样反客为主地问，梁武宁也不正面回答，直接发问。

“他有两天多没回家了。我正担心他呢，打他手机也关机，去他单位问也说不知道。”吕思微说着说着抽泣起来。

“有没有去他房间看过？”梁武宁问。

“没有，房间钥匙在他身上。我们姐弟有个约定，相互不去对方房间。有什么话要么饭桌上要么客厅里说。”吕思微回答。

“我们对你弟吕山濛的失踪有些担心。如果你同意，我们一起去你家他的房间看看，也许对找到他有帮助。”梁武宁提议道。

“可以。”吕思微倒也爽快。

她听了警察的一番话，开始有了一种不祥的预感，心里变得焦急起来。

吕思微带着梁武宁等几人往自己住处赶。半路上，徐寅在接到梁武宁报告后也带着王蹇、张又松赶了过来。

吕思微家是一幢住宅楼的顶层，她花了五十多万元买的。前面的住户简单做了装修，吕思微买下后再也没动原貌，连家具也没置新。房子面积不大，功能倒还齐全，一厅二卧一厨二卫，小是小点，倒也整洁。吕思微同意通过破锁的方式进入其弟房间。徐寅原计划对吕山濛住处实行秘密搜查，王必虎局长也已点头批准了。无奈，从梁武宁汇报的情况看，无法秘密进入吕山濛的住处而不留下痕迹，只能改变方案。

门锁很快被技术人员弄开。吕思微进入，徐寅示意张又松与他进去。

房间不大，中间一张一米五宽的高低床，加两床头柜。临窗一张写字桌、一盏台灯和一台联想台式电脑。床对角一口大衣柜，墙上一台创维电视机。床上的被子叠得很整齐，被单也很整洁，连地板上的几双鞋也放得如一条直线，显示着主人特有的性格。

“你弟弟当过兵？”徐寅问吕思微。

“兵没当过，小学毕业成绩太差，去读了三年武校。那里实行军事化管理，所以他有了这个习惯。”吕思微解释说。徐寅走到写字台前，桌上放着几本书，也叠放整齐。他拿起来一看，第一本是《福尔摩斯探案集》，下一本是《刑事案件现场勘验必读》，还有一本是《法医学概论》，这让徐寅大为疑惑，问吕思微：“这是你弟常看的？”

“是的，他常买这类书，你看都翻旧了。还特别喜欢看侦破案件的电视剧，我常说他又不去当警察。”吕思微答道。

徐寅甚为吃惊，即便是手下的这帮子刑警们，也找不出几个这样好学的。他拉开写字台的中间抽屉，一本《女人人体摄影》映入眼帘。徐寅拿起来，翻开来大吃一惊：每一个无论是正面的还是背面的裸体女人身体的前胸后背，都用鲜红的水彩笔打了个大大的“X”。他的眼前立时涌现出被害女人血淋淋的“X”刀伤，他差点透不过气来。

“张又松，你立即提取他的 DNA！”徐寅命令道。吕思微不明所以，惊讶地看着徐寅。

重大突破

人性的徘徊

张又松拿出随带的技术工具提取了吕山濛的DNA样本。徐寅拿起他的鞋子翻过来一看，每双鞋的后跟均出现了较大的磨损，这是练过正步走队列训练久了形成的习惯。他又拉开其他抽屉，包括床头柜大衣柜都检查了一遍，都没有重要的发现。

“你家有没有杂物间？”徐寅问。

“楼下有个附房，当作杂物间，不过我弟没有钥匙，他从不去的。”吕思微想了想说。

“去看看，你带路。”徐寅对吕思微说。

吕思微取了钥匙带徐寅王蹇来到位于底楼的附房。开了门进去，很窄小的空间，约有四个平方米。开了灯，满眼都是些破旧的东西，杂乱无章。

“前几天我刚来过，没什么呀。”吕思微显得不好意思，努力整理着什么。

“没关系的，你先不要动。这个工具箱也是你的？”徐寅忽然看见墙角有个绿色的工具箱，就问吕思微。

“咦，这里怎么会有这个工具箱？前几天还没呢，奇怪，难道他也有钥匙？”吕思微自言自语。

“你去拿过来打开看看。”徐寅对吕思微说。

徐寅觉着室内灯光太暗，让王蹇打亮警用强光手电。工具箱是一种快递专用箱，没上锁，很快被打开了。先是一套工作服，很旧也很脏，拿掉之后是两副手套，一副是粗纱的，一副是细纱的，明显可见手套上沾满了血迹。手套之下，是一块褐色布包着的长条物，外面还用棉线扎着。打开包布，呈现在面前的是一把闪亮的钢刀，目估刀身长二十公分左右，刀柄是硬木制成，约十余公分。刀是双开刃尖刀，甚为锋利。徐寅眼前迅速浮现出一个手持利刃张牙舞爪的恶魔形象。看到这一切，吕思微双腿一软，眼睛一黑，晕了过去……

刑侦大队会议室。气氛因大家都不发言而显得凝重，但空气中似透着丝丝欢欣的味道。

“怎么了？哑巴了？”徐寅扫视一眼会议室，说道。

王必虎局长一声不吭，尽管心中也难掩兴奋，但总透着他作为第一指挥员的老成和矜持。

“我来说，”张又松终于第一个开口，作为分管刑事技术的副大队长，他的发言通常代表着一种权威，“从吕山濛住处提取的DNA和其附房内两副不同手套上血迹的DNA发现，与‘6·25凶杀案’被害人陈一飞手指指甲中人体组织DNA认定同一，细纱手套上残留血迹的DNA与陈一飞本人的DNA认定同一。粗手手套上残留血迹的DNA与‘1·21凶杀案’刘阿芬的DNA认定同一。因此，可以认定，吕山濛就是这两起凶杀案的犯罪嫌疑人。至于叶蕊被杀案暂时还没有相关证据。”张又松说到这里，全场报以持久热烈的掌声，有几个同志甚至开始流下眼泪。时隔半年，为之昼夜操心的命案终于取得重大突破，这是对每一个刑警最大的回报。刑警的快乐就是由无数个不眠之夜无数次风雨兼程无数句家人的埋怨累积成的辛劳压力在这瞬间得以释放。

“我毫不怀疑DNA锁定凶犯吕山濛，这是我们的胜利。然而不要忘记吴大贵的DNA也被印证在陈一飞的身体里，还有另一个男人的DNA留在刘阿芬的身体里，这又作何解释？”范龙知道在这个时候他这样的发言无异于泼冷水，很不受欢迎，但从刑警严谨的思维逻辑要求来看，他必须得说。

“最合理的推测是这两名被害人被凶犯伪造了被性侵的假象。”刘法医坚持着自己的判断。

“如果是这样，一切疑点均可得到解释。”孟杰明赞成刘法医的假设。

“一切疑点？那也未必，吕山濛为什么要杀死这两个女人？而且是暂不考虑叶蕊之死。那么其动机何在？”赵凤发言。

“现在看来，叶蕊之死也很可疑。经向‘无不通’快递公司调查，给叶蕊送快递包裹的快递员正是吕山濛。核对了叶蕊男友万纸鹤旅游公司老板张鹤鹄的通话记录，也是吕山濛。”周兵发言道。

“因此，这三起命案联系起来看，虽然叶蕊的尸体上没有X形刀伤及被性侵的情况，吕山濛仍确有重大作案嫌疑。当务之急，是立即抓捕吕山濛到案。抓住了他，不就什么疑问都解决了？”王蹇算是把话说到点子上了。

“是的，应该说从现有证据看，吕山濛可以确定为重大疑犯。我们的工作取得了重大突破。正如王蹇同志所说，当务之急是迅速抓获吕山濛。第一，迅速查清其一切社会关系及可能藏身落脚处所。派出若干追捕小组予以追捕。第二，报告省厅公安部，发出 A 级通缉令，在全国布网缉捕。第三，通过各种媒体发布悬赏通告，凡提供线索将其抓获者，奖励人民币十万元。这点，王局长已经批准。”徐寅虽说难抑兴奋，却也异常冷静。

“同志们！大家辛苦了！”王必虎局长的喉咙有点嘶哑，但脸上透着红光，“今天，我特别高兴。半年多下来，我们承受了多大的压力呀。虽然，我们还没有从真正意义上破案，但可以说取得了突破性的进展。多么不容易啊。大家要一鼓作气，力擒凶犯。关于下一步工作步骤，徐寅同志作了周密部署，很好。另外，我补充两条，第一，考虑到这个吕山濛曾在云南边境生活过，要加强边控，防止其逃往境外。第二，对其姐吕思微实行严密监控。虽然推断吕思微不会了解其弟在进行严重刑事犯罪，但毕竟是姐弟情深，之间必然会有所联系，各项监控措施要跟上。我等待着你们凯旋的消息！再过几天就是除夕了，我希望在农历新年到来之际，能够收获这份喜悦，和大家分享这份喜悦。”说到动情处，王局长的眼眶也湿润了。

火车“哐当哐当”开着，铁轮撞击着铁轨，发出有节奏的声音。吕山濛觉着自己满身煤灰，连吐口口水都是黑糊糊的。嘴很干裂，肚皮倒因为啃了两个生南瓜不至于太饿。这运煤的货运列车实在不是人坐的。吃的喝的都没，幸好中途停车时他翻下车厢在铁路边农民的庄稼地里摘了两个生南瓜，虽然不好吃，但总能充饥。找不到水源，又怕误了车，他又着急翻入车厢。

吕山濛觉着自己逃得太匆忙了，来不及回家带上换洗的衣服，口袋里有一张随身带的银行卡，一张身份证和两千多元现金。卡里有点钱，也就一万多元。他来不及跟姐姐告别，就直奔火车铁路货运站，他认为这种方式是最为安全的。当派出所的警察去他公司查他的送快递的记录时，他知道坏事了，他一定会被警察抓住。尽管关于一旦被发现及发现后如何出逃在脑子中不止一次计划过盘算过，但真的这一天临近，他还是很慌乱。就如一个多病的老人为死亡做了很多自己认为无可挑剔的准备，及至死亡临近，还是有无数的没想到。但不管怎样，他还是逃出来了。这趟火车是发往河南郑州的，而且没有人来货厢上检查。他蜷缩于一角，回想着一条又一条鲜活的生命在自己手中逝去，竟有着莫名的快感。他啃两口南瓜，任凛冽的寒风从头顶吹过，发出几声冷笑：哼，你们警察吹牛去吧，跟我玩，哼……

亡命出逃

人性的徘徊

吕山濛经过了将近两天的颠簸，正迷糊中火车停了下来。他探头一看，外面已是华灯初上，天已渐渐暗了下来。他从车厢里爬了出来，溜到了站台上，找到了公共厕所，在水龙头下洗了把脸，思忖着怎么跟姐姐道个别。他想到了公用电话。但是家里的座机早已坏了，手机是绝对不能打的。怎么办呢？他想到了教过自己小学两年的老师、也是姐姐的小学老师劳建娜。半年前他逛街时偶遇劳老师，顺便留了她家的电话。劳建娜其实也是吕山濛一家的亲戚，其父吕宏水是吕山濛父亲的堂叔，入赘劳家为婿，生有两个女儿：劳建雅和劳建娜。因此，从辈分上排吕山濛姐弟得叫劳建雅劳建娜为“姑姑”。

“老师好。”吕山濛拨通了劳建娜家的住宅电话。

“你是谁呀？”劳建娜没听出是谁。

“我是……我是山濛呀，老师。”吕山濛犹豫了一下。

“哦，山濛呀，你在哪？”劳建娜深吸一口气，使自己努力保持镇定，她做梦也不会想到吕山濛会给她打来电话。她刚刚发现从《江屿日报》和江屿电视台上发布的江屿市公安局悬赏通告，通告悬赏十万元提供“重大杀人嫌犯吕山濛”的线索。只是这个吕山濛自己不知情罢了。

“我呀，在外面出差办事。我姐的手机可能坏了，一直打不通。麻烦老师您转告下我姐，让她放心好了。我出差时间有点长，她不用担心我。就这事。谢谢老师。”吕山濛随即报了其姐的手机号，尽管他平时不善言辞，但还是把事先反复推敲的话一口气说完。

“好的好的，号码我记下了。再见。”劳建娜像触电似的撂下电话，半晌才回过神来。然后，她拨通了姐姐劳建雅的电话。

“这个畜生，魔鬼！他居然是杀死我邻居阿芬的凶手。阿芬人多好，多厚道呀。我的老姐姐呀，我害了她呀。那天她要是不说起她那个观音挂坠的挂线断了，掉地上磕坏了玉块，我也不会撺掇她去思微她店里修。我想人熟好办事，谁知让这个断种绝代的畜生给瞧见了，天知道他为啥起了杀心，为了个挂件，把阿芬杀了。罪过呀，你不知道多惨，血都流光了呀，好残忍呐。我的老姐姐呀……”劳建雅听了妹妹劳建娜的叙述，又哭又骂，“不能饶了他，杀人偿命，天经地义。我去报警。我们不要十万块钱，我们要为老姐姐报仇！吕家风水出泄了，败家子，我要大义灭亲。哥哥泉下有知，也会原谅我的。”劳建雅咬着牙恨恨地说。

接到劳建雅劳建娜姐妹的报案，王蹇立即报告了徐寅。一众人迅速聚集到了指挥部，展开地图，进行了分析。

“查了固话位置，是在郑州铁路货运站外的一处公用电话亭。从时间上推算，吕山濛不应是乘坐客运列车或长途汽车，比较像翻爬货运列车车厢然后藏于货物中出逃。这点，我们在设卡堵截时没有考虑到。这家伙很狡猾呀。”王蹇说。

“他是个侦探迷，看了很多与刑事侦查有关的书籍，具有丰富的反侦查知识和能力。所以，我们要尽可能把问题想得复杂点。从他采用公用电话联系其熟人的手段看，他的确有过人的一面。但也暴露出了他的致命弱点，那就是他与他姐姐吕思微的感情维系。如果他在作案时是冷血杀手，那么这个恶魔与其姐的感情还能算作他作为人的一点残存的人性。我们要充分利用这一点做深文章。第一，深入地找其姐吕思微谈一次话，以进一步弄清其社会关系和思想根源，这由我和赵凤负责。第二，立即派出追捕小组赶赴河南郑州，取得郑州警方大力支持，力争找到其逃跑轨迹，为下步追捕赢得先机。第三，对其住宅实行二十四小时全天候监控，防止其秘密潜回。第四，对其主要社会关系人实行技术布控。大家要明白一点，两天后即后天就是大年除夕了，这既是困难也是难得机遇，因为这个特殊时间段也是嫌犯最容易暴露的。”徐寅作出了周密部署。

王必虎局长不发一言，他站在一幅中国地图前凝思良久，忽然他讲出一句令大家颇以为奇的话：“这种狡猾的人，他一般不会去住旅馆，连出租房也不会，因为他知道我们警方常用的手段。他去的地方，得有住有吃不用愁。什么地方符合这些条件呢？”他转过身来对着众人问。

众人搔首，徐寅忽然悟到。他与王必虎局长几乎同时间说出两个字：寺庙。

这次，徐寅没有像往常一样把要谈话的人叫到派出所或刑侦大队等地方，而是叫赵凤在市区的上岛咖啡馆找一间僻静的包厢，放好咖啡茶点，屏退了服务员，把吕思微请到了那里。

吕思微不知自己有多久没光顾这种地方了。她这几天请假在家，以泪洗面。弟弟犯下如此不可饶恕的严重罪行，是她做梦也不会想到的。弟弟是个老实木讷的人，不爱说话，虽然过去他们一家的不幸遭遇对他有过重大刺激，然而他决不至于去加害无辜的人。父母不在了，弟弟是她唯一的亲人。如今，弟弟犯下滔天大罪，仓皇出逃，命运未卜，一点信息也没有。她真是度日如年，生不如死。

“你请坐。”徐寅对应约前来的吕思微客气地说。

“谢谢！”吕思微点了点头落座。

“这位是我局刑侦大队教导员赵凤。”徐寅向吕思微作了介绍。

“赵警官好！”吕思微礼貌地向赵凤点头微笑。

“思微，今天我们就说说话，拉拉家常。你大可不必紧张。”徐寅刻意省去吕姓，直呼“思微”，故意营造个轻松氛围。

“嗯，谢谢局长。”吕思微仍不失紧张。以前，她几乎没有与警察有过如此近距离的接触，更莫说“局长”级的重量人物了。

“你不要那么紧张。你弟是你弟，你是你。据我所知，你是个温柔贤淑的人，工作能力很强，待人热诚，单位和邻居那里，口碑不错。”徐寅从来没有当着一介年轻女人的面说出那么多溢美之词，自己都觉着耳根子发热。赵凤都低着头抿着嘴笑。吕思微被他说得不好意思，也忍不住笑了起来。徐寅的目的达到了，包厢内的气氛轻松了许多。

“我既然来了，就请你们尽管问，我会如实相告。”吕思微诚恳地说。

“那好，我们就来聊聊你的家庭吧，你尽可放下包袱，向我们打开心扉。”徐寅启发道。

吕思微向后拢了拢头发，喝了口咖啡，她的思绪回到了好久以前：

我的家在农村，是江屿市绿昌蒲镇吕公祠村人。吕公祠是个不大的山村，因为全村大多数人姓吕，村里有个祠堂叫吕公祠，村子因此得名。全村一百多户人家，人口不到四百人。大多数人为手工业者，多数人做木匠。我父亲叫吕幼民，母亲纪莲儿，母亲差父亲八岁。母亲是邻近倒盖山村人，是远近十里有名的美人，但家里很穷，全家就我母亲一个孩子，我外公生了肺癌，为了治疗，几乎卖掉了家里的一切。母亲为了救我外公，十九岁就嫁给了我父亲，彩礼是我父亲养的三头耕牛。可当母亲生下我不久，我外公不治去世了。不到两年，外婆又郁郁而终。我自己的家境倒还可以，父亲头脑灵活，去买了辆拖拉机来开着。那时，全村也就这么辆拖拉机。他用拖拉机耕田，一下改变了多少年来用耕牛耕地的历史，效率大大提高，卖出去的竹木山货，也用他的拖拉机拉到镇上去卖。一时间，我父亲成了村里炙手可热的能人。可母亲此后一直不曾生育，直到九年后才生下我弟弟。所以弟弟差我九岁。我弟出生那天，满山的浓雾笼罩，细雨绵绵，村里的算命先生吕柏木大爷就说这孩子将来命很凶，说是“雾伴命生，人生无常”，迟早会出事，说是“强盗命”，见山雨濛濛，就取名“山濛”了。也许冥冥之中真有命运的安排。他如今的作为，比强盗还强盗，听你们的通告上说他杀了人，而且听说杀的是无辜的人，杀的人还不止一个，我真想不通啊！

说到这里，吕思微开始嘤嘤哭泣。

别样经历

人性的徘徊

吕思微擦了一下眼泪，说了句对不起，继续她的诉说：

我十四岁那年，当时我弟才五岁，还没上学，乡下也没幼儿园，我家遭受了重大变故。我记得那天我们村里的吕七婶半夜来叫我爸，说她儿媳突然肚子痛得不行，可能是早产了，必须马上送医院。我爸是个热心人，连忙赶了去，开了拖拉机冒着大雨送他们一家去乡医院。那天不知咋的，我爸走后，我的心一直突突地跳。我记得很清楚，那天是周六，我正好放学回家。平时，我念的乡初中离家有十五公里，都住校的。第二天早上，我爸被发现拖拉机冲入山谷，他和车上的吕七婶一家三口全部死了。无一幸免。我爸死得好惨，他的尸体飞出好远，挂在一棵树的树梢上，好不容易才弄下来的。全身软软的，几乎所有骨头都碎了。

我们家失去了爸，等于是天塌了。母亲不怎么会干农活，就带上我弟弟去城里打工。她做保姆，做清洁工，什么脏活她都干，挣来的钱供我和弟弟上学。挨了几年，我高中毕业了。我的学习成绩在班里一直是排在前面的，考上大学是根本没有问题的，但我坚持放弃了考大学。老师和同学们都来劝我，做我思想工作。可他们哪里知道，我的母亲她太累了，几年拼命下来，积劳成疾，疾病缠身。我若再去念大学，沉重的经济负担会压垮她。我没有办法，只能选择放弃。大家都为我惋惜，但我认命，我还有弟弟。

我弟弟从小就沉默寡言，连啼哭都很少。有人说他乖，也有人说他笨。但他从小会打架，不用担心他遭人欺负，倒是他常常出手把人打伤，为这事，我妈没少赔笑脸赔钱。

我放弃了高考后，先是在一家印刷厂上班，后来这家印刷厂生意不好，关停了。我又去一家纺织厂做挡车工，干了不到半年，这个纺织厂被一场大火烧了，还把仓库保管员给烧死了，据说是他违反规定在仓库里抽烟造成的。后来，上面来人，工厂被查封了。

后来，经班主任钱老师的推荐，我去了云南瑞丽。钱老师的表妹大学毕业后在云南工作，并在那里安了家。她先生的一个朋友在云南瑞丽开了一家珠宝行，规模不小，有四间店面。老板叫莫冷，绰号“一撇捺”，比我大十岁左右吧。这人原是当地一个黑帮老大，靠打打杀杀起家。因为早年与人打斗时被人在前胸后背各劈了两刀，刀疤很深，像笔画中的一撇一捺，所以人送绰号“一撇捺”。

“我打断你一下，是不是呈英文字母X状的伤疤？”徐寅听到这儿，突然插言问道。

“是的。”吕思微低下头说。

徐寅和赵凤闻言，相互对视一眼，流露出旁人不易察觉的讶异之色。吕山濛是一本书，一本充满奇思的迷宫一般的书，吕思微的描述让他俩看到迷宫露出的小小一角。

“你继续说吧，吃点东西，边吃边说。”赵凤把水果拼盘往吕思微那边推了推，自己用牙签挑了颗葡萄吃，以掩饰尴尬。

吕思微微笑了一下，点点头说了声谢谢，继续回忆：

这家珠宝行要找一名形象好一点的前台服务员，我被他选中了。这个莫冷长一脸络腮胡子，剃个光头，穿一身绸缎衣服，手里两个大钢球几乎不离手，一对小眼睛，整日里不苟言笑，板着个脸，让人不寒而栗。我第一次去上班，心里就发毛，对推荐我去的人说我不想去了。他叫我别慌，这个人看着凶其实人不坏，只是闯荡江湖出身，身上沾着匪气，现已金盆洗手了。我就信了，于是我开始在那上班。我的工作很简单，就是招呼买家，给他们提茶端水。柜上洽谈生意的有好几个人，他们负责谈生意。说到底，我只是个服务员而已。但有时也会令我很尴尬，因为客人是不知道我们店里的分工，也许我长得面善，或者说比另外几个店员稍微漂亮一点，客人总爱问我这那的，但我由于没学过专业知识，常被客人和同事笑话。后来，那几个同事为了取笑我，甚至叫陌生的客人先来问我，存心给我难堪。从那以后，我自己掏钱去参加了很多个关于玉石鉴赏的培训班，买了大量这方面的书籍资料，并利用工作方便进行实物对比，还向懂行的客人请教。渐渐地，我掌握了一些知识。

老板莫冷很少来店里，每个月也就来几次。要么是来核账，要么是带大客户或重要客户来。店里的日常管理由他的堂妹莫芊负责。莫芊大我五岁，平时也不太爱说话，也不太懂生意，但人很专横，大家都怕她。

有一天，莫老板带着两个从上海那边过来的客人，一男一女，那男的看上去应该是很有实力，他想给太太买一个翡翠戒面。对莫老板推荐的那粒翡翠总体上感觉满意，但又怕受骗上当，放不下心。莫老板从保险箱里取出来，放到两位客人面前，介绍了一番，两人听得玄乎，那夫人看得出是喜欢得不行，但坐半天喝光了三壶“大红袍”却始终不肯下单，莫老板招呼几个撑台面的员工过去说道，但那老板听着只是点头也不下单。我当时有点急了，现在想来则太过幼稚。

我乘着去续茶水的机会，对那位客人寒暄了句：“老板，听口音上海人呀？”

“是呀，小姑娘蛮灵光的嘛。”那人赞道。

“我也是江南人呀，来自长三角，半个老乡。”我套了下近乎。

“呵，忘了介绍，这是我们店里前台经理小吕。”莫冷不知是黔驴技穷还是太急于做成这笔生意，一听都江南的，情感上有话题，就信口胡诌把我介绍给了客人。

“哎呀呀，这么年轻就是经理，刚才怎么深藏不露呢？”那客人的夫人说。

我只好尴尬地笑。

“嗨呀，这是我们店里的规矩，前台经理轻易不发言，因为她才是最权威、最在行的。小吕，对吧？咦，那块两千万的料你怎么还不送去？”莫冷对我迅速地眨了下眼睛，但还是被我捕捉到了。看来他是病急乱投医，希望我为他圆个场，而且给我铺好了台阶，让我按他说的借口离开。他压根儿不会想让我去救场。

“老板，恕我多嘴，你为什么选择买玉而不是买金器或钻石呢？”我真是初生牛犊不怕虎，居然没有按莫冷设计的台阶离开而是作如此问。

“这个嘛，一是她喜欢玉。”老板偏过头指了指夫人，“另外，我觉着金饰品太过俗气，让人有土豪之感，没有玉器那样叫什么什么来着，对了，雅一点。”那老板看样子也没太高学历。

“我来简单介绍一下吧。玉石，给人以美的享受，玉石之美者有五德。润泽以温，仁之方也。䚡理自外，可以知中，义之方也。其声舒扬，专以远闻，智之方也。不挠而折，勇之方也。锐廉而不忮，洁之方也。所以，自古以来，玉就成为权势、地位、身份的象征，更是美丽的象征。玉的种类也很多，有翡翠、和田玉、岫玉、青金石、绿松石、玛瑙、珊瑚等。有的色泽艳美，有的质地细腻如羊脂，有的洁白无瑕，这些都是拜大自然所赐。佩戴着它，真的是赏心悦目，倍添高贵。尤以翡翠和和田玉为玉之精品。佩玉的历史先于商周，早于丝绸，它是中国五千年灿烂文化的重要组成部分。”

说到这里，那上海老板鼓起掌来，他的夫人在边上对着先生嗔道：“你看，我说玉好吧，有气质，有文化，你一点也不懂，你看人家经理介绍的多好呀。我决定了，一定要买玉。”

“夫人，我还没介绍完呢。”我小声地陪着小心。

“你说，小老乡，你说。”上海老板津津有味地听着。

“在古代，翡翠是生活在南方的一种鸟。其羽毛分蓝绿红棕四色。其中公鸟羽毛一般为红色，谓之翡。母鸟羽毛一般为绿色，谓之翠。后来，云缅边境开采出来的玉石因其色彩美丽，就称作翡翠了。”我继续说道。

“这样吧，如果我刚才讲的是一些太虚的概念性知识，那么现在我来讲判断翡翠好与不好的常识。翡翠好坏主要取决于三个方面。第一叫种，主要是指玉的质地与结构，质地越细腻，玉质就越晶莹剔透。其次是色，即玉的颜色。如果玉色均匀且色正、浓、翠，则为玉之上品。第三，玉的水头，即玉石的透明度。如果光泽晶莹，通透清澈，则为上品。我再来介绍下翡翠的等级，翡翠分为 ABCD 四个等级。简单地说，A 级，是指纯天然的。B 级，是指经过人工酸洗注胶的。C 级，是指染色翡翠。D 级，则是仿冒翡翠。你们看，我们店里这款翡翠，颜色纯正，浓翠，光泽度多好，晶莹剔透，再看这质地多细腻，你们可以在显微镜及灯光下观察，天然纹理清晰，属于 A 类中之上品。老板开价五百五十万，应该是物有所值。不过，这两位客人实在喜欢，老板您看能否再打个折？”我试探性地问莫冷，因为是第一次参与谈生意，我的心跳得厉害，模仿着其他同事的口吻说。

“精彩，实在精彩。”那个上海老板拍起手来，“经理到底是经理，有板有眼，有理有据。凭老乡一番诚意，我看得出所言不虚，我决定买了。当然价格要合适。”

莫冷听得目瞪口呆，想不到自己一句戏言，倒真发现了一个人才。他与客人一番讨价还价，最后以三百一十八万成交。那位上海老板倒也爽快，当场刷了卡，取走了货。临走还对莫冷悄悄说了句：“她才是块好玉。”这话虽轻，我却听得真切。

更大的仇恨

“你们不嫌我啰嗦吧？”吕思微抬头问徐寅。

“没有关系，你尽管直言不讳，我们认真听着呢。”徐寅用眼神示意，赵凤点点头。

“其实，关于刚才卖玉的这段，我之所以记得那么清楚，也说得那么详细，是因为这件事它改变了我以及我一家人的命运。”说到这，吕思微有些黯然神伤。

“如果你信得过我们，请你继续讲下去。”徐寅鼓励道。

“行，我再说下去吧。”吕思微想了会儿说。

自那以后，那个老板莫冷对我另眼相看，每逢重要客人来店，他都要求我作陪，并作主题推介，这让其他同事十分羡慕甚至嫉妒。不久，他让我担任前台主管。虽然店里连他堂妹总共才六个员工，二男四女，但不管怎么说，我才十九岁，在店里的地位仅次于他堂妹。月工资从二千多元一下子升到了八千多元，而那些工作了四五年的，才四千多元。

过了几个月，发生了一件事。

莫冷家里烧饭的姜阿姨得了重病，没人做饭了。姜阿姨也是江南人，烧得一手江南菜，这是莫冷最喜欢吃的菜系。莫冷喜欢江南菜是因为他母亲是杭州人，去云南当的知青，他外婆后来也跟去了云南生活，外婆烧的菜成了莫冷孩童时代的最爱。姜阿姨回老家治病，莫冷急得不行，因为他年届不惑，单身一个，不知什么原因没有成家。想到我是江南人，让我马上去寻一位，越快越好。可我去哪找呀，后来我想到了我妈，干脆把妈和弟弟接出来。于是我对莫冷说出了这个想法。莫冷的回答倒也简单：只要会烧江南菜，就行。我于是立即与家里取得了联系。我妈倒是没什么问题，主要是我弟弟还在念小学二年级，得给他在这边找所学校念书。奇怪的是我一说这件事，莫冷一个电话就帮我在这边的千枝叶小学说好了，比教育局长办事还方便。事情弄到这一步，我已没有退路，就把妈和弟接来了云南。

我妈和我弟来了后，我们在外租了套房子。我妈其实也烧不了什么上档次的菜，尽是家乡家常菜，那莫冷觉着还行，于是就让我妈干上了保姆，负责给自己烧两餐饭。

这个莫冷很奇怪，他每天早上五点多就起床了，说是外出锻炼。中午十一点多差不多就回来吃饭，外面饭从不吃。吃完中饭也不午睡，下午又出去，到傍晚六点左右又准时回来吃晚饭。外面也很少有应酬，有客人也是叫手下人陪。吃饭时很静，不准边上有人吵他，也从不饮酒。每天这样有规律地出去，不知道他在干吗。据说他这样深居简出是怕过去的仇人报复。他坐一辆老式甲壳虫汽车，每次出去都是两个司机，前面坐着，开一段换着开，也不知何意。他一人坐后排，车窗用布帘拉起来。有人说这俩司机又是两个身手了得的保镖。进入他的住处有三道铁门，用的都是指纹锁。他的卧室是绝不允许任何人跨入半步，负责搞卫生的郁姨也从没越雷池半步。

就这样，我们就如此相安无事地生活了六年。我弟弟小学毕业由于学习成绩太差，他就不想去念初中了，他选择了去读武校。那儿有一所“雁南归少林武校”，创办人好像叫释伽雁，自称是少林弟子，但没人考证过。创办了十多年了，也有一百多号弟子。以教功夫为主，也有文化教员。我弟这人读书读不好，练武倒是一块料，自己又喜欢，于是十分刻苦。释师傅也很器重他，肯尽心教他。反正他读书读不上，有这么个地方管他，我觉着也好。

到了前年春节的后半个月，我记得很清楚，那天我正在家做完饭，看电视。我妈回来了，脸色煞白，一进家门就靠在沙发上喘粗气。

“妈，您怎么了？您哪儿不舒服？”

“我没事，没事，思微，咱们不在这干了，咱们回家。”妈气喘吁吁，含着泪说。

“回家？这不是咱家吗？您想回哪呀？”我急坏了。

“回咱江南老家。宝贝呀，咱要是不回去，以后会死无葬身之地啊。”我妈用哀求的眼光看着我。我永远也忘不了她那样的眼神。

“妈，您别吓我，您倒是说呀，发生了什么？弟弟还小，武校马上要毕业了，等他再过半年毕业了再回也不迟呀。”我抱住了妈。

“莫冷，他是个畜生，猪狗不如。”妈大骂道。于是妈告诉了我一切。

原来我妈今天在农贸市场里买了条草鱼，准备做西湖醋鱼。正当她把鱼剖净准备下锅时，那条放在台子上的鱼不见了。她在厨房里四处寻找，忽然一阵猫叫让她走出客厅，看见养着的波斯猫正叼着那条鱼，我妈于是去追猫。猫叼着鱼逃，妈在后面追。结果猫跑进了莫冷的房间，我妈这时早忘了莫冷的铁律，就走了进去。莫冷的房间很大，猫倒是熟路，它往一面墙上一撞，居然开了一道暗门。我妈也推门而入。进去后是一个楼梯，沿梯而上，又到了另一个套间。原来是再一层。莫冷实际上是买下了两套，无非是上面一套封了门窗，只留了一处进出口，这个进出口就是莫冷的房间。当我妈走入这个密室时，她惊呆了。床上坐着个未成年的小女孩，她的一只脚被铁链子锁着连接在大床上。这个小女孩哭着告诉了我妈一切真相，她是前几天晚上被强行带到这儿的，她说自己被这个男人奸污了，又逃不出去。逃出去了也不敢去报警，因为她爸欠着这个人很多高利贷，他会杀了她全家。我妈吓得腿都软了，正回身要走，迎面撞上一人，正是莫冷。莫冷冷笑道："你想死吗？"伸出铁钩一般的手掐住了我妈的脖子，我妈差点昏死过去，要不是莫冷的手机响了，他一准会杀了她。他当时放了她，并对我妈说："若说出去，你全家都得死。"

当我妈讲完这一切，我们母女俩都相拥而泣。这个莫冷太可怕了。以前我只是听说他出身于黑帮，但从我认识他，只觉着他的形象有些异类，光头，络腮胡，小眼睛。其他似乎也没看出他有什么不一样，平时对我和其他员工很客气，还不如他堂妹来得专横。而且几个员工私底下还议论过他四十岁左右的人了不娶妻成家要这么多家产干嘛用。现在看来，他是专门喜欢奸淫幼女的魔鬼。魔鬼永远是魔鬼，他永远成不了人，更不会成为佛。

正当我们母女痛哭时，门铃响了。我以为是弟弟回来了。打开门一看，我大惊失色，原来门口站着的是莫冷。他冷笑着走了进来，手里还拎着一个牛筋包，也不知包里装着啥，进来后随手关上门，上了保险。

“你……你想干什么？”我问他。

“干什么？我要杀人灭口。”他居然毫不讳言。

“老板，你看我和我妈为你工作了这么多年，没有功劳也有苦劳，你不要伤害我们。求你了，我们马上回江南，决不会再打扰你的生活。”我在哀求他。

然后这个莫冷是条疯狗，他从裤袋里拿出一把明晃晃的尖刀抵住了我的喉咙，说要先杀我，我说与他无冤无仇为何要杀我？我妈跪地上求他，他不理，从他带来的牛筋包中取出绳子把我捆了个结实，然后又把我妈反手绑了。接下去发生的一切太令人发指了。他强行脱下我妈的裤子，当着我的面把我妈给强奸了！他倒是没碰我，但我终身不会忘记，他脱掉衣服背上露出的瘆人的那个 X 的刀疤，那个畜生！恶魔！他这样做，是让我们不敢去告发他。从那以后，我妈每日以泪洗面，精神失常了……她原先身体就不好，日渐消瘦。一个月后，我妈从出租房的五楼跳下，离我姐弟而去了！

说到这里，吕思微失声痛哭起来，赵风走过去，坐到她身边，拍拍她的肩膀。

“让她哭吧，也许她心里会好受些。”徐寅站起来，在室内来回踱着，他的心里充满着怒火。

抓捕归案

人性的徘徊

吕思微哭毕，继续说道：

我妈死了，我和弟弟料理完后事。弟弟在清理母亲遗物时,发现了我母亲留给他的遗书和一个观音玉挂件。母亲在信中说，她对不起女儿和儿子，她不能替丈夫抚育好子女，本想等子女成家立业，她再走，然而她等不下去了，她心里太痛苦了！因为她被莫冷凌辱了，觉得再也无颜回到江南老家，嘱咐我带好弟弟，说弟弟是她最不放心的。没什么东西留给我们，说只有这个玉观音是我奶奶死前交给我母亲的传家宝，把它交给山濛，将来留个念想，并一代代传下去。另外，让我们把她就地安葬在云南，她觉得没资格与自己的丈夫合葬。我这才发现母亲在离开这个世界前头脑思维是那么的清晰。她走了，走得那么义无反顾。也许，我父亲在世界的另一头寂寞了，他们终于团聚了。本来我想把母亲被莫冷凌辱的事瞒下，不告诉弟弟，弟弟看了遗书，就追问我母亲的遭遇。我只好一五一十把真相告诉了弟弟。弟弟听后不哭也不闹，一声不吭，只是他把自己的嘴唇咬出了血。那年，他才十六岁，他还无力为母亲报仇，他根本不是莫冷的对手。别说莫冷，就是莫冷手下的两个保镖也是一等一的好手。我对弟弟说，君子报仇，十年不晚。弟弟也不作声。

两个月后，我办完了母亲的后事，买好了回程的车票。我们姐弟二人去母亲墓前辞别，弟弟在墓前当场戴上了那个玉观音。我们回来时，弟弟说去买点东西，让我在车站等他。直到晚上将要发车的前半个小时弟弟才回来。然后我们姐弟俩就回到了老家江南。

在家待了些时日，我问弟弟要那个母亲留下的玉观音看，他说被他弄丢了。我真气不打一处来，给了他一巴掌。这是我第一次动手打他。他居然把如此重要的母亲留下的唯一一件传家宝遗物弄丢了。我因此大哭了一场，为吕家后代男人的不争和窝囊，为自己的无能为力痛哭。后来，我去找了远房表姐崔夏萍，本想在她的飞天建设公司里谋个工作，但她听了我在云南的工作经历后就推荐我去星女珠宝商行了。说是她一个姓孔的同学有投资在里面，出面的股东是他的有残疾的堂姐妹。叫我不要乱讲，安心做事。一年不到，由于我熟悉业务，店里很快让我担任了前台经理。

奇怪的是，前不久店里有位同事去云南瑞丽出差，讲起那边一个绰号叫“一撇捺”的玉器店老板原是个黑帮老大，一年前连同两名司机被人杀死在一个山谷里，车子也翻下了山谷。当地警方一直没破这个案。我得知后既为这个恶魔有这个下场而高兴，他仇家太多，迟早遭报复。同时又有些遗憾，要是能亲眼目睹他死去那才痛快！

说到这里，吕思微刚才还泪流满面，这回已露出灿烂的笑容。

“你讲了过去很多事情，真同情你的遭遇。”徐寅安慰道。

“谢谢！”吕思微欠了欠身。

“按你说，你弟吕山濛会去哪？”徐寅问。

“我也不知道。他平常很少与我交流，平日里是个闷葫芦，我们在家一起吃饭，他也是问一句答一句，我有时便不愿问他。”吕思微答。

“如有什么消息，希望你能尽快告诉我们。”徐寅说。

“我会的，我不希望他一错再错，但他至今杳无音信。”吕思微长叹一声。

“那今天先聊到这儿。谢谢你！”徐寅赵凤起身，买了单，离开了上岛咖啡厅。

河南郑州，市郊的一座寺庙，地方不大，名头却很响，称作“大佛寺”。

本寺方丈释慧涟，是吕山濛师父释伽雁的师兄。吕山濛以前听师父说起过，若去河南郑州，可去找其师兄。现在不正好前去投靠吗？释慧涟见师侄前来，自然为其安排了住处，并置备上好斋饭相待。吕山濛并非佛门弟子，自然耐不住寂寞，第二天大清早就悄悄来到院中闲逛。见一女香客正在香炉面前焚香点烛，他从背影看很像其姐吕思微，尤其是马尾辫发色长短极为相似。他心里知道这不可能是姐姐，但忍不住躲在角落处多看了几眼。待那女客转身，他冷不丁瞧见那女客姣好面容下，修长的脖子上挂着一个醒目的玉观音，在胸前摇摆，他全身的血瞬间沸腾。自从丢了母亲给他的玉观音，他但凡见了女人佩戴着这个挂件，他的脑海中就会刹那间闪现出母亲被莫冷残害的画面，于是他会不顾一切千方百计去夺回这个玉观音挂件。在他眼中，玉观音就是他母亲，母亲就是玉观音。他清楚地记得，两年前，他偷偷潜回云南，他乘莫冷及其保镖不备，破坏了莫冷那辆甲壳虫车的刹车系统，并提前埋伏于莫冷经过的一处丘陵的急转弯处。果然，莫冷如期而至。急转弯时根本刹不住车，冲下山坡，掉入了山谷。他看罢哈哈大笑，慢慢地走下山谷。甲壳虫已底朝天，两个保镖也从车里飞出，摔在岩石上脑浆迸裂。吕山濛那会儿只有十六岁，他花了好久才把莫冷从车里拉了出来。莫冷居然没死，但已动弹不得。吕山濛用刀尖挑开了莫冷的衣服和皮带。莫冷惊恐地看着他。

“你……你想干嘛？”莫冷声如游丝。

“你马上会知道。你会很痛苦地死去。你会为你的行为付出代价。”吕山濛大笑。然后他拿刀用力一割，莫冷的下体被他割了，鲜血流了一地。莫冷的胸襟敞开，一个大大的 X 形刀疤呈现在吕山濛面前，莫冷张开双手使尽全力抓住了吕山濛的前胸，一只手扯住了那个玉观音挂件，吕山濛并不察觉，他用刀使劲划开莫冷的喉咙，莫冷顿时气绝而亡。他一脚踢开莫冷的尸体，莫冷滚了两圈，背上的两道 X 状刀疤又映入吕山濛的眼帘。吕山濛大笑不止，凄厉的笑声响彻山谷。

现在，吕山濛的眼前又出现一位挂玉观音的女人，这让他感到莫名的兴奋。他觉得必须秘密跟踪这个女人，找到她的住处。那个扎马尾辫的女人似乎丝毫没有察觉到他。她上完了香，便往寺庙外走去，吕山濛悄悄尾随着，走过两道青石板铺成的弯弯小路，前面是一处竹林，吕山濛迅速地拔出刀，急步追了上去，待靠近了这个女人，吕山濛一手疾抓女人背部，但见那女人忽地向左一闪，右腿向后飞起，直奔吕山濛面门。吕山濛一惊，低头躲过，右手持刀，一个前刺，那女人一跳，躲过刀尖，一伸手，竟从腰间拔出一把手枪，大喝一声："别动！"吕山濛知是遇到对手，干脆拼个鱼死网破，往地上一滚，手中尖刀朝年轻女人飞去，女人急闪，刀从她身边掠过，飞出老远，掉到身后石块上，爆出火星。吕山濛耳旁只听"呯呯"枪响，自己双腿已不听使唤，知已中弹，一个趔趄，扑倒在地。竹林中闪出四名大汉，将其死死按在地上，他的双手立即被手铐反铐上了。

"徐局吗？我是王蹇。报告你一个好消息，你的引蛇出洞计划取得圆满成功。吕山濛被曾蔚兰深深吸引了。他果然藏身在寺庙里。"

"这么啰嗦，人抓住了吗？"徐寅问。

"当然抓住了。现在送去医院处理下，他被我们的武警神枪手击中了大腿，动不了啦。放心吧。"王蹇难掩兴奋。

"好的。安全带回！"徐寅大声说。

"很好，很好嘛。"王必虎局长在边上高兴地说。

这天，正是除夕，虽是上午，已隐隐听见远处的烟火爆竹声，人们已沉浸在过年的喜悦中……

凯旋

人性的徘徊

大年三十，除夕下午，押解杀人恶魔吕山濛的飞机降落在杭州萧山国际机场。机场出口处，市委副书记、政法委书记牛冬连，市委常委、公安局长王必虎，副局长徐寅率领一个百人的庞大欢迎团在机场大厅欢迎英雄们归来。该来的媒体都来了，局里还抽调了六名警花手捧鲜花等待在出口处。

当王蹇等人押解着带着头套的吕山濛出现在出口处时，全场沸腾了，过往的旅客们也驻足观看。热烈的掌声、鲜花、闪光灯，让大厅成了欢乐的海洋。领导和凯旋的战友们一一握手。曾蔚兰的英姿最吸引人的眼球，她甚至刻意把胸前的玉观音用奥运冠军的范儿举了举，并吻了它。她也因这个经典动作后来被网络媒体称作“观音天使”。

回到江屿市，市委市政府举行新闻发布会。一时间，“杀人恶魔”“观音杀”被擒获的消息成为街头巷尾茶余饭后的谈资。人们奔走相告，额手称庆。“夕阳红大妈艺术团”还敲锣打鼓送来了锦旗。因有了这件喜事，今年的除夕夜有了别样的欢庆气氛。

对徐寅来说，什么庆祝呀庆功呀都不是他所关心的。二十年刑警生涯，他对这些名利都已看得很轻。战友们都十分疲惫，但现在还不到可以休息的时候。必须立即组成精干班子开展审讯，否则会错过审讯的最佳时期。徐寅把参与审讯的名单亲自作了确定，自己坐镇指挥。妻子罗蔓把他父母和自己父母双方老人都接到了家里，弄了丰盛的一桌，只等徐寅回来。

“我没法回来，要抓紧审查，你们吃吧。祝老人们新年快乐，身体健康！”徐寅给罗蔓打来电话，“亲爱的，也祝你和宝贝女儿新年快乐！”

“你自己注意身体，别忘了吃药。”罗蔓放下电话，鼻子有点酸。但她也为丈夫高兴，毕竟那个杀人恶魔被抓获了，老百姓平安了。

吕山濛坐在审讯位置上，两只大腿上被绑了绷带。

“你叫什么名字？”王蹇问。这是例行的程序。

“吕山濛。”吕山濛答。

问：“什么地方人？”

答：“绿昌蒲镇吕公祠村人。”

王蹇依次问了其出生年月、家庭成员、文化程度、籍贯、民族等。

“为什么把你抓来这里？”王蹇问。范龙做着笔录。录音摄像同步进行着。徐寅从指挥室关注着这一切。吕山濛不作声，两只小眼睛向上一翻一翻。

“没听见吗？”王蹇厉声问。

沉默，难堪的沉默……

半个小时后……

“我杀了人呗。”吕山濛要么不开口，开口便是一语惊人。

“杀了谁？”王蹇问。

“我也不知道。”吕山濛的回答让人啼笑皆非。

“不知道？那你为何会去杀人？”王蹇拍了下桌子。

“她抢走了我的东西。”吕山濛悠悠地说道。

“让他说吧，不要去问他为什么，这种人从不会回答你为什么。”王蹇的耳机里传来徐寅的指令。

“那个女人很漂亮，我不知道她是谁。那天，我在快递公司等单，我坐在门口自己的车上。见有三个女人走进我姐的星女珠宝店里，过了大约半个小时吧，我正好有事去找我姐。我进去时，那个披肩长发四十岁左右的女人正挂着那个玉观音在镜子面前显摆。我办完事出来，仍在门口坐着。后来她们三个女人出来了，又说又笑，我很是生气，就悄悄地跟了上去。有一个中间走掉了，另外两个上了一辆出租车，我就跟在车后面。后来，她们开进了那个叫花什么花果苑，那个戴玉观音的进了一幢排屋，应该是那个小区最靠后也是最靠山的那幢房子。还有另一个看上去是她的邻居，住在她前排。我看完认准了，就回到住处，做了些准备。”

“你在你自己的房间里做的准备？”范龙插言问。

“不是。在我家的附房里。开始我姐有钥匙，我没有，后来我乘我姐不注意配了把。她平常也少去那。去了也是扔一些破烂。我的工具箱在那。”吕山濛说。

“做了哪些准备？”范龙问。

“我带了刀和手套，另外，我去我公司边上的那条弄堂里遛了一圈，那里有个彩彩发屋，门口有个垃圾桶，那儿很脏，有不少安全套，套里都是男人的精液。我去捡了一个放在身上。然后又到边上的一家店里买了四罐卡式炉的煤气瓶。还带了两只塑料袋，都放进背包里，待到天快暗的时候，我从花果苑小区后面的山上绕过去。我在山上躲着，从树林里可以看到这幢房子的动静。大概晚上六点多，她的邻居那个女的来叫她出去。两人似在小区里散步。半个小时左右她们回来了，她邻居好像在说忘拿了个包装袋，说是明天去拿。后来她们各自回屋。我从山上沿着屋后斜坡下来，躲在园子的沟里，不一会儿，那女的又出来给花园里的花木浇水，我见她没关门，就溜进了屋，躲在三楼好像是个健身房里。我仔细留意了好久，这户人家只有这女的一人在家。大概晚上十一点多吧，我估摸着她可能睡着了，就走进了她的房间。但她没睡着，似乎听见了动静，突然开了台灯。她看见了我，正当她要大喊时，我扑去掐住了她的脖子，我用拳头朝她头部打了一拳，她就昏过去了。我终于找到了那个玉观音，就取了下来放在自己身上。她已看见了我，会找到我的，所以我必须杀了她。其实我事先也是做了精心准备的，但只要她不发觉，我就不打算杀她。可她还是发觉了。于是我见她已昏过去了，就用塑料袋套住了她的头，然后把卡式煤气瓶里的煤气放进了袋里，不一会儿，她就死了。”吕山濛眼里透着光，显得很兴奋。

“不仅如此，你还用带去的安全套里的精液伪造了死者被强奸的现场。”王蹇接着他的话说。

吕山濛惊讶地看着王蹇，说：“我真是低估了你们警察。哈，是的，我还故意脱光了她的衣服。”

“那么，你既然不认识她，为何还要残忍地用刀在她身体上制造伤痕？”王蹇问。

“在我看来，我的玉观音定是莫冷这畜生抢走了。她是莫冷的化身。以为我看不出来吗？他变个女人来寻仇，我让他显出原形。嘿嘿。”吕山濛瘆人地笑出声。让人听了起一身鸡皮疙瘩，毛骨悚然。

“我永远无法忘记他身上的X形状的刀疤。只要我闭上双眼，就是他光着上身，那前胸后背的刀疤会变成四条毒蛇，来咬我。我是不会让他得逞的。”吕山濛自言自语。

“你还偷了这户人家什么东西？”范龙问。

“偷东西？我才不干这种偷东西的事。我只要回这玉观音，它是我妈的遗物，是我母亲的象征。我都没翻她家柜子，出来后仍沿原路返回。”吕山濛说。

“你抽烟吗？”范龙问。

“抽。”吕山濛答。

“你习惯抽什么牌子？”范龙又问。

“也不固定，反正十元左右。但我比较喜欢抽外省烟或外国烟，劲儿大。抽得最多的是白沙牌。”吕山濛一点也不掩饰。

徐寅虽然在指挥室，听着看着这一切，他二十多年刑警生涯中首次见到这样的杀人魔鬼，他描述杀人的过程如同杀死一只小鸡那样轻描淡写，漠视生命。

他都快呕吐了。

真相大白

人性的徘徊

“你知道，你杀的人是谁吗？”王蹇因气愤而敲了一下桌子。

“不知道，一开始真不知道。后来听人说她的老公是个大领导，但那又怎样。”吕山濛没觉着不该杀人，也丝毫不在乎杀的是个什么角色。

“我有一点不解，你怎么会想到用卡式炉的煤气罐去杀人？你不是有刀吗？你已掐昏她，为什么不直接掐死她，反而多此一举？”范龙问。

“因为我想出了至少一百种杀掉莫冷的方法。但我很后悔，那天要不是急着赶车，我可以把莫冷带到一个僻静的地方，把每种方法试验到他身上，慢慢地折磨他，让他生不如死！哼，就这么死了，真便宜他了。”吕山濛说完低下头去，眼底却有一抹狠色。

“接下去说，还干了什么！”范龙高声问道。

“过了一段时间，大约离今天有一个多月吧，我姐店里又来了两个女人，都有六十多岁吧，头发都白了。有一个与我姐还挺熟，后来听我姐说她还是我家亲戚，按辈分得叫她姑姑，反正我不认识。第二天下午两点多，我姐让我去发货，说是有个盒子让我按地址送去。地址上写着是彩虹湾小区 26 幢，我敲了门，那个老女人来开了门。她看到盒子迫不及待当着我的面打开了——里面是一个锦盒。打开锦盒，露出了一个玉观音。她拿出来兴奋地看了又看，还挂上去问我好不好看。这个莫冷，又出现了，她的笑脸在我面前变得面目可憎！正好门口有段方木，我乘她背对我时，用木头打了她后脑，她立即倒了下去。我怕人看见，就把她往楼上背。二楼的房间锁着，我就背她到三楼，把她放到床上。谁知她醒了过来，我就骑她身上，掐住她的脖子有五六分钟，直到她不会动弹了。看了下，死了。于是，我又用同样的办法到车上取了安全套，伪造了她被强奸的现场。并在她的前胸后背划了两个 X。我什么也没拿，只带走了那个玉观音。”吕山濛交待问题极具逻辑性，审讯的人几乎没有插嘴的机会。

“这次你有没戴手套？”范龙问。

“这次戴的是种粗纱的。同第一次不同。”吕山濛答，他记得十分清晰。

“那种安全套你常带着？”王蹇奇怪地问。

“是的，我只要有空就带着。你们警察破案不是最喜欢查 DNA 了吗？让你们绕绕圈子，耍你们玩呗，哈哈！”吕山濛似很有成就感。

王蹇感到十分厌恶，往垃圾桶里啐了一口：“人家这么大年龄的女人，亏你想得出来，缺德的东西！”他觉着坐他对面的这个人太过可恶。

“说吧，继续说。”范龙站了起来，来回踱了几步。

吕山濛不作声，过了会儿后，说：“说？还让我说什么？”他狡诈地试探着。

“放你的屁，你以为我们想听？呸，你总不至于赖了船上那件事吧？”范龙拍案而起。

“船上？船上……”吕山濛念叨着，“那是她的错。”

“她错在哪了？”王蹇问。

“那天，公司接单，是商贸城化妆柜上的货，让我去送单。联系的是个男的，说货是他老婆买的，让我送到什么船上去。真他娘的难找，打了几个电话才找到。其实那条船挺漂亮的，停在昌蒲江江边。我从小晕船，那块木板铺着，我花好大力气才上的船。那船上只有一个女的，很漂亮，估计是老板娘。我走进船舱，里面布置得像咖啡厅，环境挺好的。她检查了货物，签了字。她说要用购货发票再核对下货物型号，正往袋里掏发票时，谁知突然一阵大风吹来，她一个踉跄，我伸手去扶她，结果两个人都摔在船板上，我被她压在了身下。正要起来，我发觉脸上凉凉的，有个东西在我脸上碰着。我扭头看了下，天哪，玉观音！又是莫冷的化身，这个莫冷为什么要附在别人身上呢？压住我，肯定是想要杀我。我猛一翻身，使劲掐住她，她真是不经掐，也没怎么反抗，就没气了。爬起来后，我就直接把她拖出船舱，扔进了昌蒲江。”

范龙问：“那么你为何不在她身上也同样制造 X 刀伤？”

“因为我晕船，当时特别难受，我的刀又在车上，而车停在岸上，我不会再去取。然后，我赶紧逃了出来。过了两三天后，当我送货回到公司时，正好有辆警车停在我姐店门口，其中一个警察好像说到我的名字。我知道我被警察盯上了。幸好我当时戴着那种封闭式头盔，他们没发现我，我立即开车到了火车站，把车停在了火车站地下车库的一个角落里，拆掉了车牌。然后翻进车站，本想坐客运车，觉着不安全，就又沿着铁轨走了一程，见有一辆货运列车正在减速进站，就翻了上去，在一节运煤的车厢里躲着，一直到了郑州，当时去何处是没有目标的。到了郑州后才想起我师父有个师兄在这边大佛寺当方丈，就投奔他去了。有一点我挺想不通的，你们怎么会这么快想到我躲在庙里？你们警察中也有高人啊。”吕山濛似有些不服气。

王蹇与范龙对视一眼，摇头苦笑：“你以为你看了几本书，知道点皮毛，就目空一切了？”

“我倒真佩服那个女警察的功夫。要不是她也挂个玉观音，哼，我才不会轻易被你们发现。不过，她的腿功实在好，我师父也有好腿功，只是我没学到位。她竟然可以避开我的飞刀，我的飞刀可练了一年多。”吕山濛眼中露出丝许得意。

“行了，又不让你侃武功。你抢的那些玉观音呢？”范龙问。

“都在我那车后工具箱里，就停在火车站地下车库。”吕山濛有点不耐烦，他似乎很反感范龙。

徐寅立即命令张又松小组赶往了火车站。

很快，找到了那辆被吕山濛丢弃的三轮摩托车，在地下停车库角落里积了薄灰。撬开后备箱，里面有个饼干盒。打开饼干盒，底下铺着一大团棉花，棉花裹着的，是三尊形态各异光彩夺目的玉观音，或慈祥微笑着，或慧眼半闭着，或撒着柳枝水，真所谓大慈大悲，普度众生，见证着人间的善与恶。然而，这样的以慈悲为怀的菩萨却成为萌发恶魔杀人动机的催化剂，不得不让人感到人心的险恶，令人唏嘘不已。

大结局

人性的徘徊

审查完吕山濛，徐寅感觉整个人如灌了铅一般沉重，无论是身体，还是心灵。这种对手虽不是最强的，却是同刑警思维逻辑相颠覆的。有人称吕山濛为恶魔，然而他只是在残忍的程度上符合这一点。因为即便是恶魔，它也有思想，也有爱有恨，也不会毫无逻辑地去伤害无辜。如果说莫冷是被复仇，罪有应得，他的两个保镖虽是助纣为虐，却总也罪不至死，那么这三个女性，三个与吕山濛的生活不曾有任何关系的无辜女性，仅仅因为佩戴了一个玉观音挂坠，却惨死于他手，无论如何都让人感觉匪夷所思，也万分惋惜。他感到，作为一名刑警，肩负的使命太沉重了。

当他打开家门的一瞬间，非常凑巧的是，午夜的钟声刚刚敲响。全城的烟花爆竹顿时如煮粥一般沸腾。是夜,江屿市是如此的平安,欢欣,预示着又一年的好年景。

半个月后，景一凡被纪委移送检察机关正式立案侦查，并被刑事拘留。同日，他在同意自己妻子陈一飞火化的单子上签了字。次日，出于人道主义，在看守民警的押送下，他去殡仪馆向妻子的遗体作最后的告别。他对着妻子的遗体深深三鞠躬，说了句：“一飞，真对不起你，欠你的，只有下辈子还了。”在场的有人动容，也有人不耻。

崔夏萍是真的疯了，她整天里又哭又笑，嘴里不时叫喊着：“一凡，弟弟。”“一凡”自然是指景一凡，“弟弟”则是指马小磊。市人民医院精神康复中心长长的甬道上，不时可见一个穿着睡衣、长发披肩、面容憔悴、手舞足蹈的女人，引得路人会慌忙中躲到一边。飞天建设集团公司仍由其父亲崔老爷子重新出山掌舵。崔老爷子的夫人终不得治，不久前去世了。崔岳山更显老了，走路都略显蹒跚，他变得沉默寡言，郁郁寡欢。

马小磊的身体越来越虚弱，说话都要费好大力气。看他的样子，也是时日无多。经与检察院机关和法院沟通，加快了办案进程，马小磊及烂眼后来被判处死刑，马小磊并未上诉。临刑前，他见了父母亲最后一面，他已经不会说话，两只手死死抓住父母亲的手，两只眼睛因消瘦而变得更大，盯着父母一眨不眨。徐寅知道他想表达什么，上去附着他的耳朵说：“小磊，你放心去吧。你爸你妈有我和你蔓阿姨呢。别忘了，下辈子别再做傻事。还有，你背后的那个人虽然到今天你也不说，但我能猜到她是谁。她除了身体还活着，灵魂早死了。”马小磊放下手，转而抓住徐寅的手，脸上突然露出灿烂的笑容。这种笑容，是徐寅见到过的少年时的马小磊的笑容，熟悉而又陌生。徐寅能读懂这笑容里的全部含义。黄老师已不会哭了，她看上去一下子老了二十岁，头发全白了。她给儿子擦了擦身，给他换上新衣，给他梳理头发，仿佛她的儿子即将远行，嘴里念叨着儿子小时候爱听的童谣：一箩麦，二箩麦，三箩开始搭荞麦……

不久，省委巡视组进驻江屿市。巡视组到来后，广泛听取干部群众的意见，收集了大量群众来信和举报线索。一个月后，省委宣布，孔生生同志不再担任江屿市委副书记、市长职务。此后，江屿人再也没从媒体捕捉到有关孔生生市长的信息。其实，省纪委已对孔市长立案约谈。随后查明其在担任江屿市市长任内，利用职务之便大肆收受贿赂，同时还运用权力为其子孔阳揽包监理工程大开方便之门，谋取私利。其子孔阳及儿媳施琳为洗钱与江屿市路桥工程公司董事长沈星贝合伙开设"星女珠宝有限公司"。某日，孔阳施琳被带走审查。二日后，沈星贝郦柳女被带走审查。五日后，孙赛虎自澳大利亚回国，在上海浦东机场被纪委办案人员带走。八日后，周雁郎在内蒙古锡盟一矿山上被纪委办案人员找到，并被带回审查。一时间，江屿市掀起了反贪风暴。人们对中央反腐决心和力度大加称赞，对一些腐败分子的落马拍手称快。

在市两会开会前夕，江屿市委市政府隆重举行庆功大会，表彰侦破系列杀人命案和摧毁特大贩毒团伙案有功集体和人员。郝全民书记到位并隆重致词，全体参战人员感到既荣幸又振奋，也为自己能参与案件的侦查工作倍感自豪。

开完表彰会，徐寅第一件要做的事就是去楼师傅那理个发，放松一下自己，也与楼师傅唠个嗑。楼师傅见着徐寅，老远就喊："英雄来了！"徐寅赶紧制止住了他。他躺在楼师傅宽大的理发椅上，享受着这份难得的悠闲。

楼师傅也很是替他高兴，哼起了小曲。徐寅慢慢睡着了。梦中，他感觉自己已化为雄鹰，展翅在万里云层之上，俯视着这江屿大地，守护着这里的一草一木……

江屿的天依然那么蓝，蜿蜒的昌蒲江依旧奔腾不息，孕育着勃勃生机。

（全文终）

后　记

人生没有坦途。有太多的坎坷，太多的歧途，太多的曲折，当然也有太多的回忆，太多的期待，太多的不舍，太多的执着，太多的刻骨铭心和甘心付出……在正义与邪恶、善良与丑陋、情义与法律、道德与伦常之间，你将面临无数个抉择，甚至之前你以为只是一个简单的选项，却在抉择中有着踌躇与痛苦的煎熬，乃至生命的代价，直叫人生死相许。无论结果如何，活在这过程中，即便是挣扎，也是你的选择。你无奈着，痛苦着，抑或快乐着，回头看看脚印，昂首张望远处，这个过程便是：徘徊。

我是一个从警近三十年的警察，一直在基层刑侦一线工作，担任过好多基层的指挥员，担负着维护一方平安的责任。中间最难忘的经历是自己分管刑事侦查工作的那些岁月，我不迷醉于所破案件情节的扑朔迷离，而在意案件后面那些千姿百态人性的展示带给我的思考。

我觉得好多人吧，在人生道路上迷茫徘徊时，也许是一念之间，也许是执迷不悟，错误的选择导致了畸态的人生，这种惨痛背后的原因，难道不值得我们全社会去深深地思考？于是，我突然萌生了写这部《人性的徘徊》的冲动，故事是虚构的，绝无雷同之处。相信读者看了后会与我一起感慨，乃至唏嘘。也许会萌生出一份责任与道义，参与到维护公平与正义的社会洪流中去，哪怕做一束淡淡的微光，让社会多一些美丽与欢笑，少一些叹息与泪水，让自己人生的意义更有所值。

小说几乎是一气呵成的，不算长。经验不足，也碍于水平，与读者的要求相去甚远。好在得到了领导与战友的支持，得到了好多朋友的无私帮助。国家一级作家顾志坤老师是我的同乡，他给予了悉心的指导和帮助，还专门给本书写了序，不少溢美之词令我汗颜，也很感动。初涉文坛，虽然是满腔热血，但能力上总有太多的不尽人意。小说中的人物案情与现实绝无关系，完全虚构，希望读者勿作牵强对应。文笔之不足，构思之欠缺，望多提宝贵意见，以利改进。谢！

徐文华